Ina Glahe

Tierische Liebe –

Tödlicher Hass

Ina Glahe

Tierische Liebe – Tödlicher Hass

Roman

Deutsche Erstausgabe 11/2014

Copyright © 2014 by Ina Glahe

1

Dieses Leben ist so unglaublich einsam! Alle sind der Meinung, dass ich ja so glücklich sein müsste, weil ich mit dem goldenen Löffel im Mund geboren worden bin. Aber ich bin alles andere als glücklich. Denn was nutzen einem all das Geld, die Häuser, die Autos, wenn man nie erfahren hat, wie es ist, wirklich geliebt zu werden? Nie bin ich mir sicher, ob wirklich ich oder doch nur das Geld von den Menschen um mich herum gemocht wird.

Als kleines Mädchen habe ich am liebsten Werbespots für Backwaren oder ähnliches gesehen. Denn nichts habe ich mir sehnlicher gewünscht als eine Mutter, die mit mir in der Küche steht und vor Weihnachten Plätzchen backt oder mir abends eine Geschichte vorliest.

Ich hingegen hatte ständig wechselnde Kindermädchen, die nach spätestens drei

Monaten vor meinem Vater, dem Schürzenjäger, geflohen sind.

Meine Eltern haben es nie zugegeben, aber ich denke, dass ich nur ein Unfall war. In das Leben meiner aufgestylten Mutter habe ich nämlich nie gepasst.

Ich hingegen bin zwar in die Welt der "Reichen und Schönen" hineingeboren worden, aber wohl fühle ich mich in diesen Kreisen nicht. Der einzige Vorteil ist, dass ich das Geld meiner Eltern für wohltätige Zwecke einsetzen kann. Und da es nach außen hin einen guten Eindruck macht, wenn man sich sozial engagiert, lassen sie mich gewähren.

Ich bin jetzt also 25 Jahre alt, fahre ein für mein Alter viel zu teures Auto und wohne in meiner eigenen Wohnung, die sich in der Villa meiner Eltern befindet und die mit 200qm² viel zu groß für mich alleine ist. Eine feste Beziehung hatte ich noch nie. Mit One-Night-Stands und kurzen Liebschaften vertreibe ich mir meine Freizeit. Weniger gut situierte Männer trauen sich entweder nicht an mich heran oder versuchen mich auszunutzen und die reichen kann man sowieso alle vergessen. Ich will keines von diesen Modepüppchen werden mit Designerklamotten und manikürten Nägeln.

Doch einen Mann gibt es, der es geschafft hat, mein Herz höher schlagen zu lassen. Bislang kenne ich nur seinen Vornamen: Till. Er arbeitet als Kellner für den Caterer, der immer das Essen und Personal für die von mir organisierten Veranstaltungen stellt. Seine Augen sind so blau, dass ich glaube, das Meer in ihnen sehen zu können, und er hat diese sexy breiten Schultern, an die ich mich nur zu gerne mal anlehnen würde. Immer wenn wir uns sehen, unterhalten wir uns so gut. Till studiert Kunst und Architektur und ist so begeisterungsfähig und witzig. Mit dem Job finanziert er nicht nur sein Studium, sondern unterhält auch seine Mutter und seine kleine Schwester. In seiner Gegenwart habe ich Schmetterlinge im Bauch und werde auf einmal ganz schüchtern. So gerne würde ich ihn einladen, aber er hält mich bestimmt auch nur für eine reiche, verzogene Göre, die alles hinten rein geschoben bekommt. Also beobachte ich ihn immer heimlich und muss dabei aufpassen, dass mir der Sabber nicht aus dem Mund tropft. Nächste Woche Samstag wird es wieder so weit sein. Ich plane eine Veranstaltung, um Gelder für den Tierschutz zu sammeln. Und hoffe so sehr, dass Till Dienst hat, auch wenn ich eh wieder zu feige sein werde, ihn um ein Date zu bitten.

»Georgia?« Meine Mutter Cintia reißt mich aus meinen Tagträumen.

»Ich bin auf der Terrasse«, rufe ich und klappe den Laptop auf meinem Schoß zu.

»Da bist du ja.« Sie setzt sich auf die Liege neben meiner. »Wir haben noch gar nicht darüber gesprochen, was du am Samstag anziehen wirst.«

»Ich werde wohl das schwarze, lange Neckholder-Kleid tragen.«

»Aber das hattest du doch auf einer anderen Veranstaltung schon mal an.«

»Ja. Ich weiß«, antworte ich genervt.

»Wir haben doch schon öfter darüber gesprochen, dass ich es nicht gutheiße, wenn du mehrfach dasselbe Kleid trägst.«
»Und ich habe dir schon öfter gesagt, dass ich es Verschwendung finde, mir ständig neue Kleider zu kaufen.«
»Was sollen denn meine Freunde aus dem Golfklub denken?«
»Es ist mir total egal, was die denken. Es geht um die Tiere und nicht darum, wer das schönste Kleid trägt.«
»Dass dir das egal ist, habe ich mir schon gedacht. Du könntest es wenigstens mir zuliebe tun. Lass uns doch morgen zusammen shoppen gehen.« Ermutigend blickt sie mich an.
»Nein. Ich habe echt Besseres vor.«
»Ist ja wieder typisch. Wahrscheinlich steckst du wieder alle Zeit in die Planung, aber für dein Outfit nimmst du dir nur 'ne Stunde.«
»Cintia, es reicht jetzt. Ich muss beim Caterer anrufen, um noch die letzten Feinheiten für das Buffet zu besprechen.«
»Tu, was du nicht lassen kannst.«

»Mache ich. Wir sehen uns heute Abend beim Essen.« Ich schnappe mir meinen Laptop und mache mich auf den Weg zu meiner Wohnung, um Herrn Schmelz, den Chef vom Catering, anzurufen.

Aus meiner Kontaktliste wähle ich seine Nummer aus und drücke auf anrufen.

»Schmelz Catering, Apparat von Herrn Schmelz, Sie sprechen mit Till Bauer.«

Mir verschlägt es die Sprache.

Till Bauer heißt er also!

»Hallo?«, höre ich am anderen Ende.

»Oh! Hallo, hier ist Georgia… von Hofburg.«

»Hi, Georgia. Der Chef ist gerade nicht da, aber ich soll dir ausrichten, dass er in einer halben Stunde wieder hier sein wird und sich freuen würde, wenn du kurz vorbeikommen könntest, um seine neueste Kreation für das vegetarische Buffet zu probieren.«

»Klar, ich komme gerne vorbei«, stottere ich.

»Super! Dann bis gleich.«

»Bis gleich.« Mit Kribbeln im Bauch lege ich auf. Was hat dieser Mann nur an sich, das mich so aus dem Konzept bringt?
Nach einem kurzen Blick in den Spiegel entscheide ich mich dazu, das Schlabber-T-Shirt doch lieber gegen ein hautenges mit Ausschnitt zu tauschen und die 7/8 Hose gegen einen kurzen Jeansrock.
Vielleicht sollte ich ihn einfach um ein Date bitten und wenn ich mir einen Korb einfange, habe ich endlich Gewissheit!
Nervös gehe ich zu meinem Wagen und mache mich auf den Weg nach Göttingen. Um möglichem Angstschweiß entgegenzuwirken, drehe ich die Klimaanlage ordentlich auf.

Nach etwa 15 Minuten Fahrt und beginnendem Gefrierbrand biege ich auf den Parkplatz ab und steige mit feuchten Händen aus.
Boah, Schorschi! Reiß dich zusammen!
Herr Schmelz nimmt mich schon an der Tür in Empfang.
»Frau von Hofburg, ich grüße Sie.« Er schüttelt meine feuchte Hand.
»Hallo, Herr Schmelz.«

»Kommen Sie doch rein. Ich habe schon alles vorbereitet. Sie wissen ja, bei uns kocht der Chef noch selbst.«

»Ja, ich weiß. Deswegen schwöre ich ja auch auf Ihr Unternehmen.« Freundlich lächele ich.

Wir gehen in einen kleinen Raum, der an die Küche grenzt.

»Setzen Sie sich. Ich schicke Ihnen gleich Till, der bringt Ihnen was zu trinken.« Er verschwindet in der Küche und meine Hände werden noch feuchter.

Nervös klappere ich mit meinen Nägeln auf dem Tisch. Und kurze Zeit später betritt Till mit einem Glas und einer kleinen Flasche Cola den Raum.

»Hi, Georgia. Schön dich zu sehen.« Er stellt das Glas ab und schüttet die Cola hinein.

»Hallo, Till, freut mich auch.« Ich spüre, wie ich rot werde.

Verdammt! Sonst werde ich doch auch nie rot!

»Danke«, sage ich, nachdem er eingegossen hat.

»Hast du Zeit, dich kurz zu mir zu setzen?« Unsicher schaue ich ihn an.
»Klar, gegen ein paar Minuten Stammkundenpflege hat der Chef bestimmt nichts.« Lächelnd setzt er sich und mein Herz macht einen Sprung.
»Wie geht es denn deiner Mutter und Schwester?«
»Gut, danke. Und wie geht es deiner Familie?«
»Zu gut, wie immer.« Ich rolle mit den Augen und er lacht.
»Zu gut kann es einem doch nicht gehen.«
»Hast du 'ne Ahnung.« In diesem Moment traue ich mich das erste Mal in seine Augen zu schauen. Bei dem Anblick wird mir ganz schwindelig, aber ich nehme all meinen Mut zusammen. »Du, Till, ich wollte dich fragen…«
»Ja«, sagt er zu meiner Überraschung, noch bevor ich ausgesprochen habe.
»Du weißt doch gar nicht, was ich dich fragen wollte.« Ich lache.
»Ich kann es mir denken und hoffe schon seit langem, dass du mich irgendwann mal

fragst.« Er lächelt und mit diesem Lächeln werden meine Knie noch weicher.

»Und warum hast du mich dann nie gefragt?«

»Weil ich immer dachte, dass eine Frau wie du mit einem wie mir sicher nicht ausgehen würde.«

Da haben wir es wieder!

»Gut. Samstag 19 Uhr?«

»Nein.«

Was soll das denn jetzt?

»Wieso nein?«

»Samstag muss ich arbeiten. Freitag 19 Uhr?«

»Gerne!« Verlegen schaue ich zu Boden.

»Soll ich dich zu Hause abholen?«

»Nein, nein. Lass uns, uns irgendwo treffen.«

»Wir haben einen kleinen Schrebergarten am Stadtrand. Gartenanlage zur Rose. Magst du dort hinkommen?« Wieder schenkt er mir dieses sexy Lächeln.

Wow! Kann mich mal einer mit 'nem Flammenwerfer abkühlen kommen?

»Ich hatte eher an ein Restaurant gedacht, aber gerne. Ich weiß sogar, wo ich hin muss.«

»Dann treffen wir uns dort um 19 Uhr?«

»Genau. Freitag 19 Uhr.«

»So jetzt bin ich so weit.« Herr Schmelz kommt mit einem Tablett bewaffnet aus der Küche zurück. »Till, was machst du denn hier? Hast du nichts zu tun?«

»Bin schon unterwegs, Chef.« Lachend salutiert er. »Bis Freitag.« Er zwinkert mir zu, ehe er in der Küche verschwindet. Ich probiere Herrn Schmelz' neueste Köstlichkeiten und bin wie immer begeistert, aber nicht annährend so begeistert wie von meinem Date mit Till.

»Das ist wirklich unglaublich lecker.« Ich schiebe mir noch eine gefüllte Tomate in den Mund.

»Das freut mich.« Zufrieden grinst er.

»Was ist das?« Ich deute auf eine kleine Auflaufform.

»Das sind griechische Kritharáki, also kleine Nudeln in einer Tomatensoße mit schwarzen Oliven und mit Feta überbacken.«

Ich nehme eine Gabel voll. »Mmmh, das ist so gut.«

Herr Schmelz strahlt vor Freude, wie immer, wenn ich zum Probeessen da bin.

Die Küchentür geht auf und Till kommt mit einem Tablett herein. Er stellt es auf einem kleinen Schrank in der Ecke ab und bückt sich, um das Geschirr einzuräumen. Verträumt kaue ich die Kritharáki und bemerke, peinlich berührt, dass Herr Schmelz mich dabei beobachtet hat, wie ich Till auf den Hintern gucke.

»Das scheint Ihnen zu gefallen?« Er lacht und schaut zu Till.

Oh man, wie peinlich!

»Ja, alles wirklich sehr gut«, antworte ich in der Hoffnung, dass Till nichts mitbekommen hat.

Er geht zurück in die Küche, dreht sich aber, als er an der Tür ist, zu mir um und lächelt.

Der macht mich echt wahnsinnig!

»Also soll ich alle Neuheiten in das Buffet aufnehmen?«

»Ja, auf jeden Fall.«

»Haben Sie sonst noch Wünsche? Vielleicht welche, die das Personal für diesen Abend betreffen?« Wieder lacht er.

»Sie haben mich voll erwischt.« Verlegen lächele ich. »Aber die Personalfrage lege ich gerne in Ihre kompetenten Hände.«

»Gut. Ich werde mein Bestes geben.« Er steht auf.

»Vielen Dank, Herr Schmelz. Sie sind mir wie immer eine große Hilfe.« Ich schüttele seine Hand.

»Es ist doch alles für den guten Zweck. Die Zeltbaufirma war auch schon hier, um sich das Grundstück anzuschauen. Es läuft also alles nach Plan.«

»Super! Wir sehen uns dann nächsten Samstag und sollte es vorher noch Fragen geben, rufen Sie mich an.«

Wir gehen langsam zum Ausgang.

»Das werde ich tun.«

»Tschüss, Herr Schmelz.«

»Tschüss.«

Auf dem Weg zu meinem Wagen drehe ich mich noch kurz um und sehe Till am Fenster der Küche stehen. Schüchtern winke ich ihm, er winkt zurück und lächelt.

Dieses Lächeln! Diese Augen! Und dieser Hintern erst!

Stolz auf mich selbst steige ich in meinen Wagen und fahre los.

Am nächsten Tag nach der Arbeit kommt mir die Zeit bis Freitag wie eine Ewigkeit vor.

Noch drei Tage!

Jetzt, da ich weiß, dass auch er Interesse an mir hat, flattern die Schmetterlinge in meinem Bauch noch heftiger als zuvor.

Müsste ich nicht noch was Dringendes mit Herrn Schmelz besprechen?

Stark grübelnd gehe ich in meinem Wohnzimmer auf und ab.

Da fällt mir ein, dass die kleinen Kärtchen, auf denen die Kontonummer für die Spenden und alle anderen Informationen stehen, noch bei der Druckerei liegen. Eigentlich wollte Herr Schmelz sie am Montag abholen. Aber warum

sollte ich den armen Mann nicht etwas entlasten?
In der Hoffnung, dass Till dann auch da sein wird, wenn ich die Kärtchen bringe, ziehe ich mir was Hübsches an. Meine Wahl fällt auf ein Trägertop mit Spitzenborte und eine Hotpants aus Jeansstoff. Bevor ich fahre, betrachte ich mich einigermaßen zufrieden im Spiegel.

Bei der Druckerei angekommen, gehe ich in den Verkaufsraum.
»Hallo«, begrüße ich den jungen Mann hinter dem Tresen.
»Hallo. Wie kann ich Ihnen behilflich sein?« Deutlich erkenne ich seine Blicke auf meinen Beinen.
Vielleicht doch etwas zu kurz!
»Ich wollte die Infokärtchen abholen für von Hofburg.«
»Ich gehe mal kurz nach hinten und schaue danach.« Er verlässt den Verkaufsraum.
»Habe sie gefunden.« Mit einer kleinen Kiste kommt er zurück. »Bezahlt wurden sie ja schon, also können Sie die gleich mitnehmen. Haben Sie sonst noch einen

Wunsch?« Er lächelt und senkt seinen Blick für meinen Geschmack etwas zu lang.

»Danke. Nein.« Ich nehme ihm die Kiste ab.

»Dann wünsche ich Ihnen noch einen schönen Tag. Beehren Sie uns bald wieder.«

»Wünsche ich Ihnen auch. Danke.«

Immer noch von meinem Plan überzeugt, fahre ich weiter zu Herrn Schmelz.

Als ich dort eintreffe, verlädt er gerade Warmhaltebehälter für ein Buffet in seinen Lieferwagen.

»Hallo, Herr Schmelz.« Ich gehe auf ihn zu.

»Hallo. Mit Ihnen habe ich aber so schnell nicht gerechnet. Haben wir gestern etwas vergessen?« Er stellt den Behälter ab.

»Nein. Ich habe die Kärtchen aus der Druckerei geholt.«

»Sollte ich die nicht abholen?«

»Echt? Oh, da haben wir wohl aneinander vorbeigeredet.«

Bei der knappen Hose sollten Lügen lieber keine kurzen Beine machen! Das sähe unschön aus!

»Gehen Sie mal in die Küche. Till ist noch da. Ich muss leider los. Bin schon spät dran.« Er steigt in seinen Lieferwagen und winkt noch, bevor er ihn anlässt.

Das lief ja wie geschmiert!

Mit der Kiste in der Hand gehe ich zum Eingang. Vor der Glastür, in der ich mich spiegele, bleibe ich noch kurz stehen und zupfe meine Haare zurecht.

Ich gehe rein und gleich in die Küche. Till trocknet gerade Teller ab. »Na Chef, noch was vergessen?«

»Du musst mich nicht Chef nennen, außer du willst es unbedingt.«

Er dreht sich zu mir um. »Was für eine nette Überraschung.«

»Ich habe die Kärtchen aus der Druckerei geholt und soll sie dir geben, dein Chef ist schon weg.« Ich strecke ihm die Kiste entgegen.

»Stell sie einfach dort ab. Ich räume sie dann weg.« Er deutet auf einen kleinen Tisch in der Ecke.

Ich stelle sie ab und als ich mich umdrehe, sehe ich noch, wie sein Blick nach oben schnellt.

Die Magie der Hotpants!

»Musst du noch lange machen?«, frage ich und tue so, als hätte ich nichts bemerkt.

»Schon noch ein wenig. Der Chef bringt auf dem Rückweg noch dreckige Behälter mit und für morgen müssen wir noch was vorbereiten.« Er kommt ein wenig näher. »Und du? Heute noch was vor?«

Außer an dich zu denken?!

»Ne. Eigentlich nichts.«

»Wenn ich nicht noch arbeiten müsste, würde ich zu gerne ein Eis mit dir essen gehen.« Er lächelt und ich befürchte, dass ich dämlich grinse.

»Zu schade, aber wir sehen uns ja am Freitag.«

»Genau. Ich kann es kaum erwarten.« Wieder kommt er näher und ich habe das Gefühl, als wäre die Luft zwischen uns elektrisch aufgeladen.

»Vielleicht essen wir am Freitag auch ein Eis, es ist ja so unglaublich heiß… also ich meine, es soll sehr heiß werden«, stottere ich.

»Eine Abkühlung wäre sicher nicht verkehrt.« Tief schaut er mir in die Augen.

Dieses Blau macht mich verrückt!

»Was man nicht im Kopf hat…« Schwungvoll betritt Herr Schmelz die Küche. »Georgia, Sie sind ja noch da. Halten Sie mir den Till aber mal nicht von der Arbeit ab.«

»Natürlich nicht. Ich wollte gerade gehen. Tschüss, Till.«

»Tschüss.« Er fährt sich mit seiner Hand durch seine braunen Haare.

Zusammen mit Herrn Schmelz gehe ich zum Auto.

Jetzt wäre 'ne kalte Dusche gut!!!

Am Freitag nach der Arbeit mache ich mich ganz aufgeregt auf den Weg nach Hause. Leider ist mir während der letzten Tage kein guter Grund mehr eingefallen, Herrn Schmelz aufzusuchen. Wäre wohl auch etwas auffällig gewesen. Ich kann es kaum erwarten, Till am Abend zu treffen.

»Georgia, da bist du ja.« Meine Mutter kommt mir in unserem Foyer entgegen.

»Hallo, Cintia.«

»Du sollst mich doch Mama nennen«, ermahnt sie mich und ich rolle mit den Augen. »Kannst du heute Abend auf meine Babys aufpassen?«

Mit „Babys" meint sie ihre zwei kleinen Hunde, die zu den wenigen Tieren auf der Welt gehören, die ich nicht leiden kann. Hauptsächlich wohl, weil sie sich um die so kümmert, wie sie es bei mir nie getan hat.

»Ich bin heute Abend verabredet.«

»Du? Verabredet? Mit wem?«

»Kennst du nicht«, flunkere ich, obwohl sie wahrscheinlich wirklich nie Notiz von Till genommen hat, weil er ja „nur" zum Personal gehört.

»Triffst du dich etwa mit Jeff?«

»Nein, das tue ich nicht.«

»Schade. Na gut, dann muss ich mir einen anderen für meine kleinen Schätze suchen.«

»Das musst du wohl.« Mit dem Gedanken an Jeff gehe ich hoch in meine Wohnung.

Jeff ist, wie meine Mutter sagen würde, ein Sohn aus gutem Hause. Seine Eltern sind mindestens so reich wie meine und er lässt das auch nur zu gerne raushängen. Jedes Mal, wenn wir uns sehen, gräbt er an mir rum, aber ich kann ihn nicht ausstehen, diesen selbstverliebten Schleimer.

Ich schließe meine Wohnungstür auf, gehe ins Wohnzimmer und lasse mich auf mein Sofa in meinem viel zu großen Wohnzimmer fallen.

Noch zwei Stunden, dann ist es endlich soweit. Das erste Mal in meinem Leben bin ich wirklich aufgeregt vor einem Date. Ich gehe in meinen begehbaren Kleiderschrank, der nur spärlich gefüllt ist, und suche nach einem passenden Outfit. Da wir uns ja im Garten treffen, entscheide ich mich für eine kurze Jeans, ein grünes T-Shirt mit einer lila Blume drauf und einem Paar weiße Mokassins. Zusätzlich nehme ich eine schwarze Strickjacke mit, falls es abends kühler werden sollte. Nachdem ich mich umgezogen habe, gehe ich ins Bad, um ein leichtes Make-Up aufzulegen. Etwas Puder, Eyeliner, Mascara und Lipgloss. Kritisch begutachte ich mich im Spiegel.

Ich denke, so kann ich rausgehen!

2

Um 18:40 Uhr mache ich mich auf den Weg von Bovenden nach Göttingen, zur Gartenkolonie, und kaufe unterwegs noch zwei Eis am Stiel.

Aufgeregt schlendere ich den Weg an den Gärten entlang und halte Ausschau nach Till.

»Hey, schöne Frau. Wo willst du hin?« Till tritt durch eine Gartenpforte auf den Weg und mein Herz schlägt noch schneller, als ich ihn sehe.

Wo ich hinwill? Wäre dein Bett eine Option?

»Hi, ich suche hier nach meinem Date. Ich hoffe, er hat mich nicht versetzt.« Ich gehe auf ihn zu.

»Wenn er dich versetzt hat, wäre er ein Idiot.« Er lächelt.

Wir umarmen uns zur Begrüßung und er riecht unglaublich gut.

»Ich freue mich, dich zu sehen«, sage ich, nachdem wir die Umarmung gelöst haben.

»Ich mich auch. Komm mit.« Till nimmt meine Hand und wir gehen durch seinen Garten. Überall stehen hochgewachsene Obstbäume, wilde Blumen und der komplette Garten wird von einer Rosenhecke umgeben, die herrlich duftet.

»Willkommen in meiner Oase der Ruhe.« Er deutet auf ein kleines Holzgartenhaus mit einer Veranda, auf der eine Hollywoodschaukel, ein Tisch und zwei Stühle stehen.

»Es ist wunderschön hier«, staune ich.

»Ja, das ist es und ich nehme nur wenige Leute mit hierher.«

»Was für eine Ehre«, sage ich lächelnd und setze mich auf die Schaukel.

»Was magst du trinken? Ich habe Wasser, Cola oder Fassbrause.«

»Ich würde eine Fassbrause nehmen.«

Till verschwindet kurz in der Hütte.

»Bitte, einmal mit Holundergeschmack.« Er reicht mir die Brause und setzt sich neben mich. »Auf einen schönen Abend.« Wir stoßen mit den Flaschen an.

»Ich habe uns auch Eis mitgebracht.« Ich ziehe es aus meiner Tasche und gebe ihm eins.

»Ach ja, wir wollten uns ja abkühlen.« Er packt es aus.

»Genau.« Etwas verschämt entferne auch ich die Verpackung.

»Ich hoffe, es ist okay für dich, aus der Flasche zu trinken? In deinen Kreisen macht man das bestimmt nicht.« Er lächelt.

»Vergiss meine Kreise. Ich passe da eh nicht rein.« Ich nehme einen Schluck.

»Das habe ich auch schon gedacht, aber warum ist das so?«

»Ich glaube, du bist der Erste, der mich das fragt. Ich denke… ich weiß selber nicht warum, aber es war schon immer so.« Ich lecke an meinem Eis und bemerke, wie er mich dabei beobachtet.

»Aber ist es nicht schön, so sorgenfrei zu sein?« Er schaut mich interessiert an.

»Klar, ich darf mich nicht beschweren. Immerhin bin ich reich, ohne auch nur einen Finger dafür krumm machen zu müssen, aber ich gehörte niemals irgendwo dazu.«

»Das verstehe ich nicht. Warum gehörtest du niemals dazu?«

»Ich habe schon als Kind lieber mit zerrissenen Hosen im Schlamm gespielt als mit Puppen. Ich war immer nur auf Privatschulen oder im Internat und dort wollten die Mädchen nicht mit mir spielen, weil ich zu wild war, und die Jungs wollten nicht mit mir spielen, weil es sich für ein Mädchen aus unseren Kreisen nicht gehört, sich dreckig zu machen.«

»Okay, ich verstehe. Aber heute ist das doch anders, oder? Du wirst doch bestimmt die Immobilienfirma deines Vaters übernehmen.« Er beißt von seinem Eis ab.

»Nein, das werde ich nicht. Dafür habe ich gar nicht die richtige Ausbildung.«

»Was hast du denn für eine Ausbildung?«

»Ich bin Tierpflegerin.«

»Tierpflegerin?« Erstaunt sieht er mich an.

»Ja, genau. Ich arbeite im Tierpark.«

»Ich dachte immer, du würdest studieren und das mit dem Tierschutz wäre… dein Hobby.« Er leckt einen runterlaufenden Tropfen von seinem Eis und ich erwische mich dabei, wie es meine Fantasie beflügelt – nicht jugendfrei.

»Ich denke, du weißt so viel über mich nicht.« Ich schaue ihm tief in die Augen und die Schmetterlinge in meinem Bauch fliegen Loopings. »Was ist mit dir? Was machst du so, wenn du nicht studierst oder kellnerst?«

»Ich male und zeichne gerne und verbringe viel Zeit mit meiner Familie. Seit mein Vater vor drei Jahren gestorben ist, bin ich der Mann im Haus.« Sein Blick verfinstert sich.

»Das mit deinem Vater tut mir leid.«

»Danke, aber wie sagt man so schön »das Leben muss weitergehen«. Man kann es leider nicht ändern, auch wenn es wehtut.«

»Da hast du wohl leider recht.« Ohne vorher darüber nachzudenken, streichele ich sanft über seinen Unterarm und er bekommt eine Gänsehaut. Verlegen lächelt er mich an.

»Du siehst wirklich sehr hübsch aus.« Er legt einen Arm um mich, kommt näher und ich sauge seinen Geruch geradezu auf.

Oh man!

»Danke«, hauche ich.

»Hallo, Till. Wir gehen jetzt.« Eine ältere Frau betritt den Garten und wir fahren auseinander.

»Gut. Tschüss, Grete«, sagt er.

»Oh, du hast Besuch, das habe ich nicht gesehen«, entschuldigt sie sich.

»Hallo«, sage ich mit immer noch wild pochendem Herz.

»Hallo. Ich gehe dann mal. Wir sehen uns. Tschüss.« Grete verlässt den Garten und wir müssen lachen.

»Das war meine Gartennachbarin.«

»Gutes Timing, die Liebe.« Verlegen lächele ich.

»Ich habe uns auch was zu essen mitgebracht. Hast du Hunger?« Er steht auf.

»Klar. Soll ich dir helfen?«

»Bleib' du man sitzen. Ich habe da schon was vorbereitet und alles ist vegetarisch. Du bist doch Vegetarierin, oder?«

»Ich esse sehr, sehr selten Fleisch und wenn, dann nur vom Biobauern um die Ecke.«

»Ich dachte du isst gar kein Fleisch, weil du für deine Veranstaltungen immer vegetarisches Buffet bestellst.«

»Sehr zum Leidwesen meiner Mutter. Sie schämt sich immer für das Buffet ohne Fleisch, Lachs und Kaviar, aber da bleibe ich stur. Bei einer Veranstaltung für den Tierschutz sollte es kein Fleisch geben und auch Eier und Milchprodukte sollten nur vom Biobauern kommen«, sage ich energisch.

»Von dieser Seite habe ich es noch nie betrachtet, aber ich finde es gut.« Er verschwindet in der Hütte und kehrt zurück mit vielen kleinen Leckereien, wie Tomate und Mozzarella, gefüllte Kirschpaprika und herzhaft belegtes Baguette.

»Ich hoffe, es wird dir schmecken.« Er reicht mir einen Teller.

»Ganz bestimmt. So viel Mühe hättest du dir aber nicht machen müssen.« Ich lege eine kleine Auswahl auf meinen Teller.

»Das habe ich wirklich gerne gemacht.« Wieder schaut er mir tief in die Augen.

Reiß dich zusammen! Der ist was Besonderes! Lass es langsam angehen!

»Und Georgia, wie schmeckt es?«, fragt Till, nachdem ich die ersten Bissen genommen habe.

»Gut, aber bitte nenn' mich nicht Georgia. Ich hasse diesen Namen. Die Mädchen in der Schule haben mich immer Georg genannt.«

Er lacht. »Wie soll ich dich denn nennen?«

»Erstens gibt es da nichts zu lachen.« Ich kneife ihm in die Seite. »Und zweitens haben mich die wenigen Freunde, die ich in meinem Leben hatte, Schorschi genannt.«

»Schorschi?«, wiederholt er amüsiert.

»Genau.« Ich tue eingeschnappt.

»Und mich zählst du jetzt zu deinen Freunden?« Er fixiert mich mit seinem Blick und mir stockt der Atem.

»Ja, oder ist dir das nicht recht?«, frage ich leise.

»Doch, sehr. Und gerne wäre ich auch noch mehr!« Er legt seine rechte Hand in meinen Nacken und zieht mich näher an sich heran.

»Darf ich dich küssen?«

»Lieber später entschuldigen, als vorher um Erlaubnis zu bitten«, hauche ich zurück.

Seine Lippen kommen langsam immer näher und legen sich sanft auf meine. Ich schließe die Augen und genieße es. Ein warmes, kribbelndes Gefühl zieht sich durch meinen Körper. Eines ist klar, so gut wurde ich in meinem Leben noch nicht geküsst.

»Wow!«, entfährt es mir verträumt, nachdem er unseren Kuss beendet hat.

»Das Kompliment kann ich nur zurückgeben.« Er lächelt mich unwiderstehlich an und mein Herz macht einen weiteren Sprung. »Ich habe mich immer schon gefragt, wie es sein würde, dich zu küssen.« Sanft streicht er mir eine Haarsträhne aus dem Gesicht.

»Jetzt weißt du es.«

»Richtig. Und jetzt, da ich es weiß, kann ich gar nicht wieder aufhören.« Erneut kommt er näher und küsst mich. Dieses Mal leidenschaftlicher, seine Zunge schiebt sich in meinen Mund und tanzt Tango mit meiner.

Der Mann ist der absolute Wahnsinn!

Ich löse mich von ihm und schaue in seine Augen, die mich vom ersten Augenblick an fasziniert haben. Eine Zeit lang erfreue ich mich einfach nur an seinem Anblick, hier in diesem romantischen Garten. Irgendwie komme ich mir vor wie in einem schnulzigen Liebesfilm und genieße es, obwohl solche Filme eigentlich so gar nicht meine Sache sind.

»Hat es dir die Sprache verschlagen?« Till holt mich in die Wirklichkeit zurück.

»Etwas«, stammele ich.

»Ich wusste gar nicht, dass ich so eine Wirkung auf dich habe.«

»Die hattest du schon immer.«

»Wirklich?« Er wirkt erstaunt.

»Ja, das muss ich wohl zu meiner Schande gestehen.«

»Das ist nun wirklich keine Schande, Frau von Hofburg.«

Wieder dieser Blick!

»Wie machst du das nur?«

»Wie mache ich was?« Es scheint so, als würde ihn der Verlauf dieses Gespräches amüsieren.

»Dass du mich so durcheinander bringst.« Zärtlich streichele ich über die kurzen Härchen in seinem Nacken.

»Was meinst du, wie es mir mit dir geht?« Wieder küsst er mich.

»Mit dir ist es schon… anders.« Ich lächele.

»Anders gut oder anders schlecht?«

»Gut natürlich. Bei den Dates, die ich bisher hatte, wurde von den Männern zu diesem Zeitpunkt schon energisch daran gearbeitet, mich flachzulegen.« Unsicher darüber, ob das nicht zu viel Information war, beiße ich mir auf die Unterlippe.

»Glaub mir, es ist nicht so, dass ich in der letzten Stunde nicht mindestens 100 Mal darüber nachgedacht habe, wie schön es wäre, um es mit deinen Worten zu sagen, dich flachzulegen, aber ich meine es wirklich ernst mit dir. Ich will nicht nur mit dir in die Kiste. Ich will mehr.« Er hebt eine Augenbraue und schaut mich an, als wolle er fragen, ob ich das verstanden habe.

»Ich will auch mehr von dir.« Bei dem Gedanken wie viel mehr beschleunigt sich mein Atem.

»Aber ich muss mich bei dir echt beherrschen. Du bist so unglaublich sexy. Als du in dieser Hotpants in der Küche gestanden hast, hat es mich Mühe gekostet, dich nicht sofort dort auf der Arbeitsplatte flachzulegen.« Er lacht.

»Das wäre spätestens in dem Augenblick peinlich geworden, als dein Chef zurückgekommen ist.« Verlegen lächele ich und er küsst mich.

»Du hast ein echt süßes Lächeln. Hat dir das schon mal einer gesagt?«, fragt er nach dem Kuss.

»Ja, du gerade.« Wieder lächele ich ihn an.

Den Rest des Abends verbringen wir kuschelnd und knutschend auf der kleinen Veranda. Das alles ist wirklich vollkommen neu für mich. Nie hatte ich solche Gefühle für einen Mann. Ich hatte immer nur Treffen mit Männern, bei denen eindeutig Sex im Vordergrund stand. Selbst mein erstes Mal mit 17 war mit dem 20-jährigen Gärtner in unserem Poolhaus. Fast habe ich mir damals gewünscht, dass meine Eltern etwas davon mitbekommen, nur um sie zu ärgern und ihnen vielleicht irgendeine Art von Emotion abzujagen. Doch an Tills Seite fühle ich mich das erste Mal in meinem Leben sicher und geborgen.

Um kurz nach ein Uhr morgens wird mir langsam etwas frisch draußen und wir beschließen zu gehen. Till schließt die Hütte ab und bringt mich danach zu meinem Wagen.

»Komm gut nach Hause.« Fest nimmt er mich in den Arm und küsst mich dann.

»Du auch.« Ich gebe ihm noch einen Kuss auf die Wange und steige danach ein.
Mit Kribbeln im Bauch lasse ich meinen Wagen an und sehe, dass auch Till in seinen eingestiegen ist. Aus meinem Handschuhfach nehme ich eine CD von den Toten Hosen und lege sie ein. ‹An Tagen wie diesen› dröhnt aus den Boxen…

Immer noch freudestrahlend treffe ich zu Hause ein.
»Hey, Philipp.« Ich begrüße einen unserer Sicherheitsmänner, der das Grundstück bewacht.
»Hey, Georgia. So spät noch unterwegs?«
»Ja. Ich habe ja zum Glück schon Feierabend und will auch nicht mit Ihnen tauschen.«
»Dafür liege ich am Montag im Bett, wenn Sie arbeiten.«
»Das ist wohl wahr.«
»Schlafen Sie gut.«
»Danke, Philipp, das werde ich ganz bestimmt.« Fröhlich lächelnd gehe ich ins Haus.

Als ich glücklich im Bett liege, kommt mir der Gedanke, was meine Eltern wohl zu ihm sagen würden, einem Mann aus ganz normalen Verhältnissen. Eigentlich kenne ich die Antwort schon und beschließe, mir davon aber nicht die Laune verderben zu lassen.

Als ich am nächsten Morgen erwache, sind meine Gedanken sofort wieder beim gestrigen Abend und dabei macht sich sogleich ein Lächeln auf meinen Lippen breit. Ich schnappe mir mein Handy und schicke Till eine Nachricht.

<Georgia: Morgen, ich fand den Abend gestern wirklich sehr schön. Kann es kaum erwarten, dich wiederzusehen! LG

Gerade will ich mein Handy zur Seite legen, da piept es.

>Till: Hallo Schorschi;-)! Ich fand den Abend gestern auch sehr schön. Muss das ganze Wochenende arbeiten, aber am

Dienstag hätte ich Zeit. Magst du mir nach Feierabend den Tierpark zeigen?
<Georgia: Das mache ich gerne. Kannst du um 16:30 Uhr da sein?
>Till: Klar! Kann es kaum erwarten! Ich vermisse dich jetzt schon!
<Georgia: Ich dich auch! :-*

Wie ein frisch verliebter Teenager lasse ich mich quiekend aufs Bett fallen und halte dabei mein Handy ans Herz.

Mit dem festen Entschluss mir meine gute Laune heute nicht von meinen Eltern verderben zu lassen, ziehe ich mir etwas über und gehe wie jeden Samstagmorgen runter zum gemeinsamen Frühstück. Mein Vater besteht darauf, da er die ganze Woche über geschäftlich unterwegs ist. Ich gehe allerding davon aus, dass 50% des Geschäftlichen in Wahrheit Sex mit anderen Frauen ist. Mit großer Wahrscheinlichkeit denkt meine Mutter genauso, aber sie ist froh, dass ihr jemand das Botox und ihren sonstigen Schnickschnack finanziert.

»Guten Morgen, Georgia.« Mein Vater erhebt sich von seinem Stuhl, als ich die Terrasse betrete.

»Hallo, Papa.« Ich gebe ihm einen Kuss auf die Wange.

»Oh, so gut gelaunt? Setz dich. Lucia macht gerade Pfannkuchen.«

»Das hört sich toll an. Guten Morgen, Mama«, sage ich, während ich mich setze, um nicht wieder eine »nenn-mich-Mama«-Diskussion vom Zaun zu brechen.

»Guten Morgen, mein Kind«, erwidert sie zufrieden. »Wie war denn dein Treffen gestern?«

»Gut. Danke der Nachfrage.« Höflich lächele ich.

»Georgia, ich kann nächsten Samstag nicht zu deiner Veranstaltung kommen. Mir ist beruflich etwas dazwischen gekommen«, erklärt mein Vater.

Na klar, beruflich! Blond oder brünett?

»Okay, dann weiß ich Bescheid«, antworte ich knapp.

»Ach Rainer, das ist aber schade. Die Whites kommen auch mit ihrem Sohn Jeff.«

»Ach ja, der Jeff, ein feiner Bursche. Aber einer muss ja das Geld für den ganzen Luxus hier verdienen.«

Freundlich grinsen! Arschloch denken!

»Hier sind die Pfannkuchen.« Lucia erlöst mich von dem Gespräch.

»Guten Morgen, Lucia. Vielen Dank!«

Sie legt jedem von uns Pfannkuchen auf die Teller und meine Eltern nehmen es wortlos hin.

»Guten Morgen, Schorschi«, sagt Lucia fröhlich.

»Lucia, bitte! Nennen Sie unsere Tochter doch Georgia«, ermahnt sie meine Mutter.

»Natürlich, entschuldigen Sie bitte.« Sie geht zurück in die Küche und ich esse schnell meine Pfannkuchen auf.

»Ich gehe dann mal in meine Wohnung, um noch die letzten Vorbereitungen für nächsten Samstag zu treffen.« Beim Aufstehen nehme ich meinen leeren Teller.

»Lass doch den Teller stehen, Georgia. Dafür wird Lucia bezahlt«, zischt meine Mutter mich an.

»Ist ja gut, Cintia«, zische ich zurück und trage den Teller trotzdem auf dem Weg zu meiner Wohnung in die Küche.

»Danke, Schorschi«, sagt Lucia leise, als ich den Teller in den Geschirrspüler räume.

»Gerne, Luci.«

»Du strahlst so. Was ist los?«

»Ich hatte gestern ein Date.« Bei dem Gedanken daran muss ich mal wieder lächeln.

»Oh, dieses Lächeln sagt alles. Ist er nett?«

»Er ist wirklich was Besonderes.«

»Lerne ich ihn mal kennen?«

»Ich denke, so schnell wird das nicht passieren. Er ist halt kein Jeff White, falls du verstehst.« Ich tue so, als würde ich mir den Finger in den Hals stecken.

»Ich verstehe. Also ein ganz normaler, bodenständiger Mann.«

»Genau.«

»Passt auch besser zu dir als so ein Geldsack.«

»Danke. Und noch dazu ist er ein richtiges Sahneschnittchen.«

»Da ist wohl wer verliebt?«

»Ich muss dann auch mal los.«

Sie lacht. »Tschüss, du Geheimniskrämerin.«

»Tschüss, Luci.«

Das Wochenende verbringe ich damit, noch einige Kleinigkeiten für die Veranstaltung vorzubereiten und damit, dem Dienstag entgegenzufiebern. Es ist wirklich so schade, dass Till an den Wochenenden so viel arbeiten muss. Ständig erwische ich mich bei Tagträumen. Dieser Mann hat mich wirklich vollkommen in seinen Bann gezogen.

Als es dann endlich so weit ist, kann ich mir das dümmliche Grinsen nicht aus dem Gesicht wischen. Schon um 16:20 Uhr stehe ich ungeduldig am Eingang des Tierparks. Kurz überlege ich, ob ich mich nicht doch noch umziehen sollte, aber wenn er mich hier besucht, muss er auch mit dem

Anblick meiner dreckigen Arbeitskleidung klar kommen.

Pünktlich trifft Till am Eingang des Parks ein.

»Der gehört zu mir«, rufe ich unserer Kassiererin Beate zu und spüre dabei, wie gut sich dieser Satz anfühlt. Sie winkt Till durch und dann steht er vor mir und sieht wieder so unglaublich heiß aus.

»Hi, ich habe dich vermisst.« Er gibt mir einen Kuss.

»Ich dich auch«, erwidere ich und schlinge meine Arme um seinen Hals und küsse ihn erneut.

»Wenn du mich weiter so küsst, kann ich meine Finger nicht von dir lassen und es wird heute nichts mehr mit der Parkführung.« Schelmisch grinst er.

»Ist das ein Versprechen oder eine Drohung?« Herausfordernd blicke ich in seine Augen.

»Wie war das? Man sollte lieber danach um Verzeihung bitten als davor um Erlaubnis?!« Sein Lächeln wird noch breiter.

»Du hast es erfasst.« Wieder küsse ich ihn.

»Nehmt euch ein Zimmer!«, ruft Beate vom Kassenhäuschen herüber und wir müssen beide lachen.

»Wollen wir los?«, frage ich und nehme wie selbstverständlich seine Hand.

»Kann losgehen.«

Hand in Hand schlendern wir durch den Park. An jedem Gehege bleiben wir stehen und Till fragt mir Löcher in den Bauch. Fast habe ich das Gefühl, dass er Zeit schindet, um sich nicht so schnell verabschieden zu müssen. Mir soll es nur recht sein, denn ich genieße jede Sekunde, die ich mit ihm zusammen bin.

Bei dem Rotwild erkläre ich ihm etwas über die Brunftzeit, woraufhin er seine Arme über den Kopf streckt, um ein Geweih zu imitieren. Dann beginnt er auch noch einen Brunftschrei nachzuahmen. Vor Lachen kann ich mich kaum noch halten.

»Schorschi, Schorschiiii…«, röhrt er und die anderen Parkbesucher schauen schon zu uns herüber.

»Du weißt schon, dass ich hier noch arbeiten muss?« Ich wische mir eine Träne aus dem Augenwinkel.

»Jaaa, das weiß ich«, sagt er mit seiner Hirschimitationsstimme.

»Ich kann echt nicht mehr. Du machst mich fertig.«

»Wenn du nicht mehr kannst, dann trag ich dich.« Er zeigt auf seinen Rücken.

»So meinte ich das zwar nicht, aber wenn du es schon anbietest.«

Er nimmt mich huckepack.

»Mach mir den Hirsch.« Ich gebe ihm einen Klaps auf den Po und er läuft los und macht dabei wieder seinen Brunftschrei.

»Stopp!« Ich ziehe an seinen Schultern. »Hier wären wir dann bei meinen absoluten Lieblingen«, erkläre ich und er lässt mich runter.

»Du hast hier alle möglichen Tiere und die liebsten sind dir die Kaninchen?« Erstaunt sieht er mich an.

»Ja, das waren sie schon immer. Komm wir gehen ins Gehege.« Ich ziehe ihn hinter mir her. Wir betreten das großzügige Gehege und mein Lieblingskaninchen kommt gleich zu mir und reckt sich an meinem Bein hoch.

»Den kleinen Schatz hier habe ich Flitzer getauft.« Ich nehme Flitzer auf den Arm.

»Der ist aber süß und so ein weiches Fell hat er«, stellt Till fest, nachdem er ihn gestreichelt hat.

»Ja, da ist wohl etwas Rex mit drin. Ist so ein Rassending, obwohl ich davon nicht viel halte. Für mich ist das alles egal, ob jetzt super Zucht- oder Senf-Kaninchen.« Ich setze Flitzer wieder auf den Boden.

»Was bitte ist ein Senf-Kaninchen?«

»Na, eines wo jede Rasse mal ihren Senf dazugegeben hat.«

Till lacht. »Ach so, und warum heißt der kleine Kerl Flitzer?«

»Weil er mal ausgebüxt ist und wir sechs Leute gebraucht haben, um ihn wieder einzufangen.«

»Dabei sieht er so harmlos aus mit seinen Schlappohren.«

»Da hast du recht. Aber es ist nicht immer alles so, wie es scheint.«

»Stimmt. Dafür bist du wohl der beste Beweis.«

»Meinst du?«

»Man sieht dich im Abendkleid auf einer deiner Veranstaltungen und denkt, dass du bestimmt mit einem wie mir nicht ausgehen würdest. Dabei arbeitest du hier in Gummistiefeln.«

»Meine Kollegen hier wissen gar nicht, wie reich ich bin.«

»Echt?« Erstaunt blickt er mich an.

»Genau wegen dieser Vorurteile. Wer hätte mich so denn eingestellt? Jeder denkt doch, dass ich mir die Finger nicht dreckig machen würde.«

Ich schiebe meine Weste etwas zur Seite und zeige ihm das T-Shirt, das ich drunter trage.

»Ich habe meinen Chef gebeten, beim Namensschild das ‹von› vor meinem Namen wegzulassen.« Ich zeige auf das Schild an meinem T-Shirt, auf dem Georgia Hofburg steht.

»Ist das deinen Eltern nie aufgefallen?«

»Du glaubst ja wohl nicht, dass die auch nur einmal hier waren. Die haben alles versucht, um mich von diesem Job abzubringen.«

»Sorry, das hätte ich mir denken können.«
»Wollen wir noch am Imbiss 'ne Portion Pommes essen? Hier gibt es die besten Pommes der Stadt«, versuche ich das Thema zu wechseln.

»Wenn das so ist!«
Jeder von uns isst noch eine Portion Pommes und danach gehe ich mich umziehen. Till wartet auf dem Parkplatz auf mich.
»Magst du noch mit in meinen Garten kommen? Ich habe dir noch gar nicht das Innere meiner Hütte gezeigt.« Er zieht mich nah an sich heran, als ich auf ihn zugehe, und meine Beine werden ganz zitterig.

»Gerne. Ist bestimmt ein architektonisches Meisterwerk. Wir treffen uns da.« Schnell gebe ich ihm einen Kuss und gehe zu meinem Wagen, weil ich Angst habe, sonst gleich hier auf dem Parkplatz über ihn herzufallen.

Dieser Mann könnte einen ganzen Gletscher zum Schmelzen bringen!

Am Garten angekommen, geht Till vor und schließt die Hütte auf. »Nach Ihnen.« Er hält mir die Tür auf.

Ich gehe hinein und sehe im Inneren eine Sitzecke mit einem kleinen Sofa und eine kleine Küchenzeile. Er schließt die Tür hinter mir und schlingt danach seine Arme von hinten um mich.

»Du riechst so gut«, flüstert er mir ins Ohr.

»Ich hatte schon Angst, noch zu sehr nach Hasenstall zu riechen.« Lächelnd drehe ich mich zu ihm um und lege meine Arme um seinen Nacken. Fest zieht er mich an sich und küsst mich. Seine Hände wandern dabei meinen Rücken hinab bis zu meinem Po.
Meine Hände gleiten seinen Bizeps entlang. »Du trainierst wohl?«

»Das kommt alles vom Tabletts schleppen!« Wieder küsst er mich. »Ich würde dir gerne noch die weiteren Räumlichkeiten meines großen Anwesens zeigen.« Er holt aus der Ecke eine Leiter.

»Jetzt bin ich aber mal gespannt.«

Er hängt die Leiter an eine Art Zwischendecke und lässt mir den Vortritt.

»Bitte, zieh aber am besten hier unten die Schuhe aus.«

Ich gehorche, klettere die Leiter hinauf und staune nicht schlecht. Oben befindet sich eine große Liegewiese mit vielen bunten Kissen. Till klettert nach mir die Leiter hinauf. »Ich mache mal das Dachfenster auf. Es ist ziemlich warm hier oben.« Er öffnet das Fenster.

»Gemütlich. Hier verführst du also die Frauen?«

»Wie ich bereits am Freitag gesagt habe, nehme ich nur sehr wenige Menschen mit hierher.«

Ich lege mich auf den Rücken und Till legt sich auf die Seite neben mich und stützt seinen Kopf auf der Hand ab. Mit seiner freien Hand fasst er nach meiner und gleitet dann langsam meinen Arm hinauf, zu meiner Schulter, weiter zu meinem Hals und bis zu meiner Wange. »Du hast so weiche Haut«, flüstert er und beugt sich zu mir herab, um mich zu küssen. Ich vergrabe meine Hand in seinen Haaren, ziehe ihn dann noch näher an mich heran und lasse sie danach seinen Rücken hinunter bis zu seinem festen Hintern wandern. Er drückt sich fester gegen mich und ich kann seine Erregung an meinem Bein spüren. Seine Zunge schiebt sich immer wilder in meinen Mund und ein Stöhnen entfährt mir, als er seine Hand langsam unter mein T-Shirt schiebt. Fest umfasst er den BH, in dem meine Brüste liegen.

Plötzlich hört er auf mich zu küssen und schaut mir tief in die Augen. »Wir sollten vielleicht mal einen Gang runterschalten«, schnauft er.

»Runterschalten?« Verständnislos schaue ich ihn an. »Das habe ich ja von einem Mann noch nie gehört.«

»Ich meine es wirklich ernst mit dir und wir sind erst seit fünf Tagen zusammen. Wir können uns doch noch etwas Zeit lassen.«

Mist! Nach diesen Worten will ich ihn nur noch mehr!

»Okay«, erwidere ich knapp.

»Bist du jetzt sauer?«

»Quatsch. Es ist nur eine ganz neue Situation für mich.«

»Warum eine ganz neue Situation?«

»Ich hatte noch nie eine ernste Beziehung. Meine bisherigen Beziehungen waren eher sexueller Natur und das meist auch nicht sehr befriedigend.«

»Ich verstehe.« Er lacht.

»Lachst du mich etwa schon wieder aus?« Ich drehe mich mit meinem ganzen Gewicht auf ihn, sodass er unter mir liegt.

»Nein. Ich musste nur lachen, weil ich es dir ganz anders zeigen werde.«

»Was willst du mir anders zeigen?« Ich halte seine Handgelenke links und rechts neben seinem Kopf fest.

»Ich werde dich befriedigen. Das verspreche ich dir!«

Ich kann es mir bildlich vorstellen!

»Oh, da ist aber jemand von sich selbst überzeugt. Das lass dann mal lieber mich beurteilen, also gib kein Versprechen, das du nachher nicht halten kannst.« Ich gebe ihm einen Kuss.

»Du wirst schon sehen.« Blitzartig dreht er sich und liegt nun zwischen meinen Beinen, auf mir. »Vielleicht sollte ich es dir doch gleich zeigen?« Er will mich küssen, aber ich drehe meinen Kopf zur Seite.

Jetzt kannst du mich auch mal!

»Dann hätte ich aber das Gefühl, dass du mich als Frau nicht respektierst«, sage ich ironisch mit piepsiger Stimme.

»Sehr witzig. Lass uns runtergehen und ich hänge uns meine XXL-Hängematte zwischen die Bäume. Wenn ich mit dir hier oben bleibe, könnte es sein, dass ich doch noch meine guten Vorsätze vergesse.« Mit einem letzten flüchtigen Kuss steht er auf und klettert die Leiter hinunter.

»Du bist echt unglaublich.« Frustriert folge ich ihm.

»Es soll halt nicht nullachtfünfzehn werden. Es soll was Besonderes sein.«

»Du redest wie 'ne Jungfrau«, necke ich ihn.

»Jetzt ist es raus. Ich hatte noch nie Sex. Bitte, sei zärtlich zu mir.« Er lacht.

»Lach mal nicht zu doll. Nicht dass dein Jungfernhäutchen reißt.« Gespielt böse schaue ich ihn an.

»Guck nicht so böse, sonst muss ich es dir austreiben.«

»Da warte ich ja drauf, aber keine Sorge, ich lasse dir alle Zeit der Welt.« Lachend schlinge ich meine Arme um ihn.

»Ich hole lieber die Hängematte. Unter Gretes wachsamen Blicken werden wir uns wohl beherrschen können.«

Er holt die Hängematte, hängt sie zwischen zwei Bäumen auf und wir legen uns zusammen rein. Ein warmer Sommertag könnte nicht schöner zu Ende gehen.

Am Mittwochmorgen piept mein Handy.

>Till: Kann ich dich heute Abend sehen?
<Georgia: Klar! Wo und wann?
>Till: Um 19 Uhr bei dir? Du hast doch eine eigene Wohnung, oder? Bei mir wohnen ja noch meine Mutter und meine Schwester!
<Georgia: Ja, ich habe eine eigene Wohnung, aber man muss durch die Eingangshalle meiner Eltern und eine nach allen Seiten offene Treppe hinauf. Bring also lieber eine Leiter mit und komm über den Balkon ;-).

>Till: Kein Problem. Bis heute Abend!
<Georgia: Bist du verrückt? Das war ein Spaß! Unser Haus wird abends von einem Sicherheitsdienst bewacht. Mein Vater hat immer Angst, dass wir entführt werden und er uns für teures Geld zurückkaufen muss ;-)!
>Till: Oh man! Dann schlag was vor!
<Georgia: Vergiss die Leiter. Du parkst einfach etwas vom Haus entfernt und ich lenke die Sicherheitsleute ab!
>Till: Bin pünktlich um 19 Uhr da!
Georgia: Bis heute Abend :-*

Gut gelaunt mache ich mich für die Arbeit fertig.

Um 18:55 Uhr gehe ich zu unserem Sicherheitsmann Philipp.
»Guten Abend, Philipp, wie geht es Ihnen?«, frage ich höflich.
»Gut, danke Georgia. Und Ihnen?«
»Danke, gut. Aber könnten Sie mir wohl drinnen kurz helfen? Eine Lampe in der Küche meiner Eltern funktioniert nicht und wenn meine Mutter gleich aus der

Badewanne kommt, wird sie wieder einen Anfall bekommen. Das wollen wir doch beide nicht, oder?« Ich rolle mit den Augen.

»Ganz bestimmt nicht.« Lachend folgt er mir zu der Stehlampe, bei der ich nicht nur die Birne etwas herausgedreht, sondern auch den Stecker gezogen habe.

»Diese Lampe meine ich.« Ich deute auf die Stehlampe in der Ecke.

»Ich schaue mir das mal an.«

»Okay und ich bin gleich wieder da.« Schnell gehe ich zum Eingang zurück und öffne die Tür. Im Gebüsch neben der Tür wackelt es und Till kommt zum Vorschein. Wortlos zeige ich auf meine offenstehende Wohnungstür die Treppe hinauf und er macht sich auf den Weg.

»Was ist denn mit Ihnen heute los, Georgia?«, ruft Philipp aus der Küche und kommt ins Foyer. »Sie sind doch sonst nicht so technisch unbegabt. Der Stecker war gezogen und die Birne saß nicht richtig drin«, erklärt er.

»Echt? Das ist mir jetzt aber peinlich. Danke, Philipp.«

»Gerne.« Kopfschüttelnd bezieht er wieder seinen Posten vorm Haus.

Voller Vorfreude gehe ich die Treppe hinauf und schließe meine Wohnungstür hinter mir. Till begrüßt mich mit einem stürmischen Kuss.

»Ich habe dich vermisst«, flüstert er in mein Ohr.

»Ich dich auch und ich lasse dich auch heute nicht mehr gehen. Selbst wenn ich es wollte, ginge es nicht, weil ich Philipp bestimmt nicht nochmal von seinem Posten bekomme.« Ich muss lachen.

»Dann muss ich wohl hier übernachten.«

»Das musst du wohl. Vor sieben Uhr morgen früh rücken die nicht ab.«

»Das gehört wohl alles zu deinem finsteren Plan, mich hier in dein Verlies zu locken.«

»Oh, ja. Du hast mich durchschaut.« Ich küsse ihn.

»Und was, wenn deine Mutter mal hochkommt?«

»Unwahrscheinlich. Das kommt vielleicht zweimal im Jahr vor.«

Wir gehen in mein Wohnzimmer.

»Ganz schön protzig hier. Hast du das so eingerichtet?«

»Ich wollte, aber meine Mutter hat auf einen Raumausstatter bestanden. Irgendwann ziehe ich alleine in eine ganz normale Wohnung. Raus aus dem ganzen Wahnsinn hier.«

»Meinst du?« Ungläubig schaut er mich an.

»Ja, meine ich.« Ich schubse ihn, sodass er rückwärts auf meinem Sofa landet und setze mich rittlings auf ihn.

»Ich kann dir gleich mal zeigen, was ich noch alles so meine!«

»Denk an meine guten Vorsätze.« Er lacht.

»Ich kann leider an nichts anderes mehr denken.«

»Oh, du hast eine Spielekonsole.« Begeistert zeigt er auf den Controller.

»Ey, lenk nicht ab.«

»Muss ich aber. Lass mich wenigstens noch heute so tun, als hätte ich auch nur ein klein wenig Selbstbeherrschung.«

»Gut. Dann lass uns 'ne Runde zocken.« Etwas beleidigt gehe ich von ihm runter.

»Ich werde dich fertigmachen.« Er reibt sich die Hände.

»Das wollen wir ja mal sehen. Nicht, dass du nachher in Embryonalstellung auf dem Sofa liegst und weinst.« Herausfordernd lächele ich ihn an.

Den Rest des Abends verbringen wir vor der Spielekonsole und ich habe so viel Spaß mit Till. In ihm habe ich einen ebenbürtigen Gegner gefunden.
»Magst du was essen?« Ich lege den Controller, nachdem wir etwa drei Stunden gespielt haben, beiseite.
»Klar. Was gibt es? Champagner und Kaviar?«
»Nein, ausnahmsweise nicht. Ich hätte Pizza oder Pizza.«
Gespielt nachdenklich reibt er sein Kinn.
»Ich nehme Pizza.«
»Habe aber nur welche ohne Fleisch da.«
»Das habe ich mir gedacht.«

Nachdem wir die Pizza gegessen und eine weitere Runde gespielt haben, ist es schon kurz vor Mitternacht.
»Wir sollten wohl so langsam ins Bett. Ich muss morgen früh raus.«

»Ich bin auch müde. Du hast nicht zufällig 'ne Zahnbürste für mich?«

»Hab ich sogar.«

»Du nötigst wohl öfter Männer dazu, hier schlafen zu müssen.«

»Du kannst auch gerne runtergehen und versuchen Philipp zu erklären, wo du herkommst und wie du reingekommen bist.«

»Du würdest mich also lieber eiskalt auflaufen lassen, als deiner Mutter von mir zu erzählen?«

»Glaub mir, wenn du sie besser kennen würdest, würdest du Philipps Schwitzkasten auch vorziehen.« Ich muss lachen.

Als ich nach dem Zähneputzen aus dem Bad komme, liegt Till schon im Bett, ich lege mich zu ihm und beginne ihn zu küssen. Unsere Küsse werden wilder und ich spüre deutlich seine Erregung.

»Du weißt doch, dass ich mit dir was ganz Besonderes vorhabe. Auch wenn sich das jetzt wieder mal schnulzig anhört.« Sanft stößt er mich weg.

»Richtig, das hört sich schnulzig an, aber gut. Wie du willst.« Schmollend rolle ich mich auf meine Seite des Bettes.

»Nicht schmollen.« Er kuschelt sich an mich.

»Ich schmolle nicht, ich versuche zu schlafen. Also pssst.« Ich lege einen Finger über meine Lippen und höre, wie er lacht.

»Gute Nacht.« Sanft küsst er meinen Nacken.

»Gute Nacht.«

Als ich am nächsten Morgen die Augen öffne, blicke ich direkt in seine.

»Hast du mich beim Schlafen beobachtet?«, grummele ich.

»Vielleicht.«

»Du bist gruselig.« Ich ziehe mir die Decke übers Gesicht.

»Nein. Ich bin verliebt.«

Hat er gerade verliebt gesagt?

Er zieht die Decke von meinem Gesicht.

»Hat es dir jetzt die Sprache verschlagen?« Unsicher schaut er mich an.

»Ich weiß gar nicht, was ich sagen soll. So was hat noch nie einer zu mir gesagt.«

»Du musst nichts dazu sagen, wenn du nicht willst.« Verlegen schaut er weg, doch ich umfasse sein Kinn mit meiner Hand und drehe seinen Kopf, sodass er gezwungen ist mich anzusehen.

»Till, ich bin auch verliebt in dich. Das war ich vom ersten Augenblick an.«

»Vom ersten Augenblick also?« Er lächelt.

»Ganz genau.«

»Also bist du schon seit über einem Jahr in mich verliebt?«

»Kann sein.« Jetzt schaue ich verlegen weg.

»Ich würde dich jetzt ja gerne küssen, aber mir wäre es lieber, erst Zähne zu putzen.«

Wir müssen beide lachen.

»In den schnulzigen Liebesfilmen küssen die sich aber auch immer leidenschaftlich vor dem Zähneputzen.« Ich schlage mit meinem Kopfkissen nach ihm.

»Ja, aber in solchen Filmen haben die morgens auch nicht so ein Vogelnest an Haaren auf dem Kopf und sind immer gut gestylt.«

»Du bist ja total charmant.«

»Ich weiß, danke.«

Wir stehen auf und um kurz nach sieben schleicht Till sich raus und ich kann es kaum erwarten, ihn wieder zu sehen. In der Hoffnung, dass es dann was ganz Besonderes wird...

In der Frühstückspause nehme ich mein Handy und schicke Till eine Nachricht.

<Georgia: Es war sehr schön heute Morgen neben dir aufzuwachen, auch wenn du mich so gruselig beobachtet hast ;-). Wann hast du mal wieder Zeit? LG

Als ich in der Mittagspause auf mein Handy schaue, sehe ich, dass ich keine neuen Nachrichten habe. Enttäuscht beiße ich in meine Stulle.
Hoffentlich verliert er nicht schon das Interesse!
Ich rede mir ein, dass so ein Student sicher eine Menge zu tun hat und gehe nach der Pause als erstes zu Flitzer, um kurz zu kuscheln.

Nach Feierabend schlendere ich zu meinem Wagen und habe immer noch keine Nachricht bekommen. Beleidigt setze ich mich hinters Steuer, fahre alle Scheiben herunter und schalte ‹Lass uns gehen› von Revolverheld ein, denn der Song verbessert immer meine Laune. Nachdem ich meine Sonnenbrille aufgesetzt habe, fahre ich vom Parkplatz und gebe auf der Landstraße ordentlich Gas.

Als ich durch Göttingen fahre, passe ich meine Geschwindigkeit natürlich dem Stadtverkehr an und lasse nochmal ‹Lass uns gehen› laufen.

War ich das gerade auf dem Plakat??

Bei der nächsten Gelegenheit wende ich und halte auf der gegenüberliegenden Straßenseite an. Unsicher darüber, was ich gesehen habe, schaue ich auf das Plakat. Tatsächlich befindet sich darauf eine riesige Zeichnung von mir. Peinlich berührt wechsele ich die Straßenseite und stehe ungläubig davor.

»Das sind ja Sie auf dem Plakat«, stellt eine Frau neben mir fest.

»Ja, das bin ich wohl.«

»Wie romantisch«, sagt sie, bevor sie sich auf ihr Fahrrad setzt und davon fährt.

„Nichts ist schöner, als neben dir aufzuwachen!" steht neben dem Portrait.

Überwältigt wische ich mir eine Träne aus dem Augenwinkel.

»Sorry, ich habe deine Nachricht eben erst gesehen. Ich war heute sehr beschäftigt.«

Ich drehe mich um und sehe Till.

»Du bist verrückt?!« Stürmisch falle ich ihm um den Hals.

»Ja. Nach dir.« Zärtlich küsst er mich.

»Ich weiß gar nicht, was ich sagen soll.«

»Brauchst du auch nicht. Ich kann das sicher für mein Studium verwenden.« Er lacht.

»Also war ich nur ein zufälliges Motiv?« Ich hebe die Augenbrauen.

»Mein Lieblingsmotiv.« Aus seiner Tasche holt er einen Zeichenblock und zeigt mir mehrere Bilder von mir, unter anderem im Abendkleid.

»Das hatte ich an, als wir uns das erste Mal gesehen haben.«

»Ja. Ich habe es in der Woche drauf gezeichnet, weil du mir nicht aus dem Kopf gegangen bist.«

Ungläubig starre ich auf das Bild. »Die Bilder sind echt toll. Du bist toll.«

»Ich muss jetzt leider los zur Arbeit. Sonntagabend habe ich frei. Lust auf ein Date?« Verführerisch lächelt er.

»Klar, aber wir sehen uns doch sicher am Samstagabend, oder?«

»Ich denke schon. Wir besprechen heute die Dienstpläne.«

»Bis Sonntag wäre es auch viel zu lange.« Wieder küsse ich ihn.

»Da hast du recht. Ich muss los. Tschüss.« Fest nimmt er mich in den Arm und küsst mich leidenschaftlich.

»Tschüss«, stammele ich, als ich etwas Luft geholt habe.

Ich gehe zurück zu meinem Wagen und werfe noch einen letzten Blick auf das Plakat, ehe ich einsteige, wende und nach Hause fahre.

3

Der große Tag ist da: meine Veranstaltung für den Tierschutz. Und zu meiner großen Freude arbeitet Till. Das einzige Problem dabei ist, dass ich nicht so recht weiß, wie ich mich verhalten soll. Noch weiß ja fast niemand, dass wir ein Paar sind, und meine Mutter würde wohl Amok laufen, wenn es heute Abend vor all ihren Schickimicki-Freunden rauskäme. Ich habe aber beschlossen, ihn nicht vorher zu unterweisen, wie er sich verhalten soll. Wenn er meint, mich vor versammelter Mannschaft zur Begrüßung zu küssen, soll er es tun, und wenn nicht, dann halt nicht.
Um 18 Uhr beginne ich langsam, mich fertig zu machen. Ich schlüpfe in das schwarze Neckholder-Kleid, bei dem der Rücken tief ausgeschnitten ist, und benötige nichts weiter als halterlose, schwarze Strümpfe und einen Slip. Einen BH würde man am Rücken sehen und bei

Körbchengröße 75A bin ich auch nicht unbedingt drauf angewiesen. Zu meinem 20. Geburtstag wollte meine Mutter mir eine Brustvergrößerung schenken, die ich dankend abgelehnt habe.

Nachdem ich mich angezogen habe, gehe ich ins Bad, um mich zu schminken. Ausnahmsweise trage ich eine Schicht Make-up und ein wenig Puder auf, zusätzlich grauen Lidschatten, Eyeliner und Mascara. Meine langen, gelockten, dunkelbraunen Haare zwirbele ich in einzelnen Strähnen zusammen und stecke sie am Hinterkopf fest.

Nach etwa 45 Minuten bin ich fertig und betrachte das Ergebnis im Spiegel. Ich bin natürlich in der freudigen Erwartung, dass Till das Outfit heute so gut gefällt, dass er seine guten Vorsätze ganz und gar vergisst.

Um 19 Uhr ziehe ich noch meine schwarzen High Heels an und mache mich auf den Weg zu meinem Auto.

»Cintia, ich fahre jetzt schon mal los. Wir treffen uns dann dort«, rufe ich in das Wohnzimmer meiner Eltern, bevor ich das Haus verlasse.

»Ist gut, Georgia, ich muss nur noch schnell meine Babys schick machen.« Ich werfe einen Blick ins Wohnzimmer und sehe, wie meine total aufgedonnerte Mutter den Hunden kleine Anzüge anzieht.

Als Tierschützerin sollte ich da eigentlich eingreifen!

»Ist gut«, sage ich kopfschüttelnd.

Mit meiner Clutch bewaffnet gehe ich zum Auto und tausche dort für die Fahrt meine High Heels gegen Turnschuhe.

Um kurz vor halb acht treffe ich auf dem Gelände von Herrn Schmelz ein, der mir seinen großzügigen Garten kostenlos für die Veranstaltung zur Verfügung gestellt hat.

Ich tausche wieder die Schuhe und gehe die Abkürzung um das Gebäude herum auf die Wiese, um mir das extra aufgebaute Zelt anzuschauen. In dem Zelt, das etwa Platz für 100 Leute bietet, sind alle schon fleißig am Wuseln. Zwölf große, runde Tische mit weißen Tischdecken und Blumengestecken aus roten Rosen sind

festlich gedeckt und die Stühle davor mit weißen Hussen bezogen. Für einen Moment denke ich darüber nach, wie viel Gutes ich schon mit dem Geld hätte tun können, dass ich für diesen Abend investiert habe, aber in diesen Kreisen ist es nun mal so, dass man mit Speck Mäuse fängt. Ich gehe zu Herrn Schmelz hinüber, der gerade die Deko für das Buffet drapiert.
»Hallo, Herr Schmelz.« Ich schüttele ihm die Hand. »Vielen Dank nochmal, dass ich ihren Garten nutzen darf.«
»Hallo. Das mache ich doch gerne. Ich habe jetzt leider keine Zeit, weil in 15 Minuten das Buffet stehen muss. Sie wissen ja, da bin ich immer im Stress.« Er lächelt freundlich.
»Ich weiß. Ich stelle mich an den Rand und schaue nochmal über meine Eröffnungsrede.«
Herr Schmelz flitzt schon wieder in die Küche. Und ich stelle mich in eine Ecke mit dem Gesicht zur Wand und spreche mir selber leise meine Rede vor.
Ich hasse es, Reden zu halten!
»Du siehst wirklich atemberaubend aus.«

Ich drehe mich um und blicke in Tills Augen, die mich sofort meinen Text vergessen lassen.
»Vielen Dank.« Verlegen kaue ich auf meiner Unterlippe. Am liebsten würde ich ihn sofort küssen, aber wir halten uns beide zurück.
»Es sind alle etwas im Stress. Wir sehen uns also später.«
»Ich laufe nicht weg.«
Er schenkt mir noch ein Lächeln, ehe er in Richtung Küche verschwindet.

Nach und nach füllt sich das Zelt und auch meine Mutter mit ihren Lieblingen trifft ein.
Eine halbe Stunde lang bin ich nur damit beschäftigt Hände zu schütteln.
Gegen Viertel nach acht trete ich aufgeregt vor die Menge.
»Darf ich um Ruhe bitten?« Ich warte einen Moment, bis alle sitzen.
»Guten Abend. Die meisten von Ihnen kennen mich bereits, ich bin Georgia von Hofburg und stehe hier heute vor Ihnen, um Spenden für einen guten Zweck zu

sammeln. Tiere finden in unserer Welt oft keine Lobby und werden vernachlässigt, misshandelt oder ausgesetzt. Das hier gesammelte Geld werde ich unter den ansässigen Tierheimen und Tierschutzorganisationen verteilen. Bitte kaufen Sie fleißig Lose für die Tombola, bei der man tolle Preise gewinnen kann, die uns alle von Sponsoren zur Verfügung gestellt worden sind, oder spenden Sie direkt auf das Spendenkonto. Die Kontonummer finden Sie auf den Informationskärtchen auf ihrem Tisch. Mein besonderer Dank gilt heute mal wieder Herrn Schmelz, ohne den diese Aktion finanziell nicht zu stemmen gewesen wäre. Vielen Dank! Ich wünsche uns allen einen schönen Abend. Das Buffet ist eröffnet.«

Die Menge applaudiert, die Ersten machen sich auf den Weg zum Buffet und ich kann endlich durchatmen. Mit der Rede habe ich den für mich schwierigsten Teil hinter mich gebracht.

»Eine beeindruckende Rede, Frau von Hofburg. Darf ich Ihnen etwas zu trinken bringen?« Till lächelt mich unwiderstehlich an.

»Dürfen Sie. Ein Wasser wäre gut.« Mein Herz klopft bei seinem Anblick sofort schneller.

»Gerne. Ich bin sofort wieder da.« Er geht zur Bar.

»Georgia. Hallo.« Jeff White steuert auf mich zu und begrüßt mich mit Küsschen-links-Küsschen-rechts.

»Hallo, Jeff. Schön, dass du es einrichten konntest«, übertreibe ich.

»Für dich doch immer, meine Liebe.« Er greift nach meiner Hand, um einen Kuss auf meinen Handrücken zu hauchen.

»Ich muss dann mal kurz zu meiner Mutter«, versuche ich mich aus der Affäre zu ziehen.

»Warte doch mal. Ich habe mir schon so oft einen Korb von dir eingefangen, aber ich kann es nicht lassen. Du gehst mir einfach nicht aus dem Kopf. Dein Lächeln, deine Augen, deine Haare und deine zarte Haut.« Mit einem Finger streichelt er mir sanft über meine nackte Schulter.

Wenn du weiter so quatschst, geht dir auch gleich mein Erbrochenes nicht mehr aus dem Kopf!

»Für die Dame ein Wasser.« Till reicht mir das Wasser und drängt sich geschickt zwischen Jeff und mich. »Frau von Hofburg. Ich hätte da noch eine Frage zum Thema Tierschutz, wenn Sie eine Minute Zeit für mich hätten?« Interessiert blickt Till mich an.

»Natürlich«, sage ich und versuche dabei mein Lachen zu unterdrücken, um möglichst formell zu klingen.

»Sehen Sie denn nicht, dass wir uns hier unterhalten«, ereifert sich Jeff, aber Till und ich verziehen uns unbeeindruckt in eine ruhige Ecke.

»Du flirtest ja wohl nicht für Spendengelder?« Er lacht.

»Ganz bestimmt nicht und schon gar nicht mit diesem Schleimer Jeff.« Mich schüttelt es.

»Der lässt wohl nichts anbrennen.« Sichtlich amüsiert schaut Till mich an.

»Dich scheint das ja zu amüsieren.«

»Ehrlich gesagt nicht. Am liebsten hätte ich dich gerade vor seinen Augen an mich herangezogen und geküsst, aber ich denke, dass du deiner Mutter noch nichts von mir erzählt hast.«

»Nein, noch nicht wirklich.« Verschämt schaue ich auf den Boden.

»Das macht nichts. So fühlt es sich verboten und geheimnisvoll an.« Er berührt mich sanft am Unterarm und wieder einmal durchzieht ein Kribbeln meinen ganzen Körper.

Er kommt etwas näher. »Ich habe heute noch etwas Besonderes mit dir vor«, flüstert er mir ins Ohr und ich bemerke, wie mir die Röte ins Gesicht steigt.

»Hast du das?« Herausfordernd schaue ich ihm tief in die Augen.

»Du wirst schon sehen, aber jetzt muss ich zurück an die Arbeit.« Er geht zurück zur Bar und lässt mich mit unanständigen Bildern im Kopf stehen.

Vielen Dank auch!

»Georgia.« Meine Mutter kommt auf mich zu. »Unterhalte nicht das Personal. Wie wäre es, wenn du Jeff mal zum Tanzen auffordern würdest?« Sie deutet in seine Richtung.

»Lieber nicht, Cintia.«

»Sei doch nicht immer so. Der Jeff soll bald die Firma seiner Eltern übernehmen. Er ist eine wirklich gute Partie.«

»Das siehst wohl nur du so.«

»Denk doch mal an die Zukunft, Georgia.«

»Der Typ ist schleimig und ein Weiberheld«, sage ich energisch.

»Sag doch nicht sowas. Dein Vater versteht sich auch so gut mit ihm.«

Wen wundert das?! Gleich und Gleich gesellt sich gern!

»Dann adoptiert ihn doch und jetzt endschuldige mich, ich muss mich um meine Gäste kümmern.« Ich wende ihr den Rücken zu, um mich bei den Gästen, die mich noch nicht kennen, vorzustellen und sie über meine Arbeit zu informieren.

Der Abend vergeht schnell und alle Lose sind verkauft worden. Die letzten Gäste sind gegangen und ich halte Ausschau nach Till, den ich bestimmt schon seit über einer Stunde nicht mehr gesehen habe.

Als ich gerade beginne, die Hussen von den Stühlen zu ziehen, um Herrn Schmelz etwas Arbeit abzunehmen, schlingt jemand von hinten seine Arme um mich.

»So ganz alleine hier im Zelt?«, flüstert Till mir ins Ohr.

»Jetzt wohl nicht mehr.« Ich drehe mich zu ihm und gebe ihm den langersehnten Kuss.

»Ich warte hier auf einen Mann, der unglaublich blaue Augen hat und mir für heute Abend ein besonderes Erlebnis versprochen hat.«

»Ist das so?« Er lächelt mich schief an.

»Ja, das ist so. Ich helfe nur noch kurz beim Abbauen und dann können wir los.«

»Der Chef hat gerade gesagt, dass wir uns morgen zum Abbau um ein Uhr wieder treffen, weil es jetzt schon so spät ist.«

»Okay, dann können wir ja gleich los. Wollen wir uns bei dir im Garten treffen?«

»Daran habe ich auch gedacht.«

»Super! Würdest du mir noch ein Glas Cola holen? Ich habe echt zu wenig getrunken heute.«

»Klar.«

»Danke.«

Till geht los, um mir eine Cola zu holen, und ich krame in meiner Clutch nach meinem Autoschlüssel, um dies nicht auf dem Parkplatz, der sicher nicht mehr beleuchtet sein wird, tun zu müssen.

»Bitte, Ma'am, ihre Cola.« Er überreicht mir das Glas. »Ich hoffe, die schmeckt noch. Irgendein Idiot hat die Flasche ohne Deckel stehen lassen.«

Ich nehme einen Schluck. »Hatte schon bessere, aber danke. Ich gehe schon mal zu meinem Wagen, weil ich mir noch andere Schuhe zum Fahren anziehen will.«

»Mach das. Wir sehen uns gleich dort.«

Ich trinke das Glas leer und gehe über die Wiese, wieder die Abkürzung um das Haus herum, zu meinem Wagen. Auf halbem Weg spüre ich, wie mir schwindelig wird. Kurz bleibe ich stehen, aber es wird eher schlechter als besser. Im Dunkeln drehe ich mich um, in der Hoffnung, dass Till kommt, aber soweit ich es erkennen kann, ist niemand zu sehen. Da ich schon mein Auto im leichten Schein einer entfernten Straßenlaterne erkennen kann, beschließe ich zum Auto zu gehen, um mich zu setzen. Das Rauschen in meinen Ohren wird immer lauter und ich verfluche meine High Heels noch mehr als sonst, dann geben meine Beine nach...

4

Langsam öffne ich die Augen und blinzele gegen einen Sonnenstrahl, der sich an der Seite einer schwarzen Jalousie vorbeidrängt. Mein Kopf pocht und ich bin verwirrt.

Wo bin ich und wie bin ich hierhergekommen?

Bei dem Versuch, meine Arme zu bewegen, stelle ich fest, dass ich an das Bett, auf dem ich liege, gefesselt bin.

Scheiße, was passiert hier?

All die mahnenden Worte meines Vaters schießen mir durch den Kopf „Die Welt ist voller schlechter Menschen. Nimm einen der Sicherheitsmänner mit, wenn du nachts unterwegs bist." So langsam dämmert es mir:

Ich wurde entführt!!!

Gerade jetzt, als ich das erste Mal in meinem Leben glücklich bin, ist es vielleicht bald vorbei.

Obwohl ich unglaubliche Angst habe, versuche ich mich bemerkbar zu machen.

»Hallo?«, rufe ich in Richtung der verschlossenen Tür, aber es kommt keine Reaktion.

»Hallo?«, rufe ich nochmal etwas lauter und höre etwas.

Die Tür öffnet sich und ein großer Mann mit Skimaske und Sonnenbrille betritt das Zimmer. Im Halbdunkeln sehe ich, wie er ans Bett herantritt.

»Du brauchst keine Angst zu haben. Wenn dein Vater bezahlt hat, kannst du gehen und wenn du dich bis dahin ruhig verhältst, passiert dir auch nichts. Verstanden?«, fragt er ruhig.

Kurz überlege ich, was ich ihm wohl antworten soll, aber mir fällt einfach nichts ein. Was soll man auch einem Mann sagen, der einen entführt hat? »Danke, wie nett, dass Sie mir nur im Notfall wehtun werden«?!

Ich nicke.

»Hast du Hunger?«

Ich schüttele den Kopf.

»Durst?«

Als ich gerade den Kopf schütteln will, bemerke ich, dass ich wirklich Durst habe und nicke.

»Ich hole dir was.« Kurz verlässt er das Zimmer und kehrt mit einer kleinen Plastikflasche Wasser zurück.

Er setzt sich zu mir aufs Bett und dreht die Flasche auf. Mein Herz schlägt mir bis zum Hals.

»Hier trink.« Mit zitternden Händen hält er mir den Flaschenhals an die Lippen und ich richte mich etwas auf, um trinken zu können. Dabei überlege ich, warum er wohl so zittert. Ein aufgeregter Gangster kommt mir eher unwahrscheinlich vor, aber was, wenn er auf Entzug ist und die Kontrolle verliert und mir doch wehtut oder Schlimmeres…

»Reicht das erst mal?« Er nimmt die Flasche von meinen Lippen.

»Ja«, antworte ich knapp.

Er stellt sie auf den Nachttisch neben mir und verlässt den Raum.

Voller Panik versuche ich einen klaren Gedanken zu fassen, zerre an meinen Fesseln, aber die sitzen fest. Ich überlege weiter und das Letzte, an das ich mich erinnern kann, ist, dass ich alleine zum Auto gegangen bin und mir schlecht geworden ist. Da kommt mir Till in den Sinn. Er wird mich sicher vermissen, aber geht er zu meinen Eltern oder vielleicht zur Polizei? Aber was, wenn er zur Polizei geht, und der Entführer mich dann deswegen umbringt? Tränen rollen über meine Wangen. Irgendwie muss ich hier rauskommen, aber wie?

Die Sonnenstrahlen neben der Jalousie verschwinden langsam, bis es im Zimmer vollkommen dunkel ist.
Quietschend öffnet sich die Tür und der Mann schaltet das Licht ein. Im ersten Moment bin ich geblendet, doch nachdem sich meine Augen an das Licht gewöhnt haben, sehe ich, dass ich in einer Blockhütte oder Ähnlichem sein muss. Die Wände sind komplett aus Holz und über dem Bett hängt ein ausgestopfter Hirschkopf samt Geweih.

»Ich habe hier was zu essen für dich.« Wieder setzt er sich neben mich und schiebt die Wasserflasche und die Nachttischlampe etwas zur Seite, um den Teller abstellen zu können.

»Es sind zwar nur Ravioli aus der Dose, aber besser als nichts.« Vorsichtig fasst er mir mit seiner linken Hand in den Nacken, um meinen Kopf anzuheben.

»Die sind ohne Fleisch.« Er nimmt eine Nudel auf den Löffel und hält ihn mir vor den Mund. Langsam nehme ich die Teigtasche mit meinen Lippen von dem Löffel.

Ohne Fleisch. Warum erwähnt er das extra?
Er füttert mich und ich spüre, wie seine Hand in meinem Nacken leicht zittert und immer feuchter wird. Ich schaue auf seine Sonnenbrille und er wendet sofort den Blick von mir ab, obwohl ich mich eh nur selbst in den Gläsern spiegele.

»Das reicht«, sage ich.

Behutsam legt er meinen Kopf auf dem Kissen ab, steht auf und will den Teller mitnehmen, dabei stößt er mit dem Teller gegen die Flasche und diese fliegt gegen die Nachttischlampe. Der Lampenschirm aus Glas zerspringt in lauter Scherben, als er auf dem Nachttisch aufprallt.

»So ein Mist«, flucht er und bückt sich, um die Scherben einzusammeln.

Auf dem Bett neben meiner Hand liegt eine größere Scherbe. So weit wie möglich strecke ich meine Finger aus, um an sie heranzukommen. Nervös werfe ich einen Blick auf den Entführer, der immer noch vor dem Bett kniet und Scherben einsammelt. Ganz knapp erreiche ich mit meinen Fingern die Scherbe und es gelingt mir, sie unter mein Kopfkissen zu schieben.

»Ich glaube, ich habe alles erwischt. Versuch jetzt etwas zu schlafen. Wenn was ist, ruf einfach nach mir.« Er steht auf, schaltet das Licht aus und schließt die Tür hinter sich. Einen Moment warte ich, bis sich seine Schritte entfernt haben, dann fische ich nach der Scherbe unter dem Kopfkissen. Ich bekomme sie zu fassen und beginne, damit an meinen Fesseln zu reiben. Je mehr Druck ich mit der Scherbe auf die Fessel ausübe, desto stärker bohrt sie sich auch in meine Handinnenfläche. Eine ganze Zeit lang versuche ich so, die Fessel zu durchtrennen. Immer wieder mache ich eine kurze Pause, um zu lauschen, ob er vielleicht zurückkommt, aber alles ist ruhig. Ich spüre, wie Blut von meiner Hand auf das Laken tropft und dann habe ich es endlich geschafft. Die Fessel reißt und ich bekomme meinen linken Arm frei. Schnell befreie ich auch den rechten. Wieder lausche ich, ob alles ruhig ist. Danach taste ich im Dunkeln nach meinen High Heels, die ich zuvor neben dem Bett habe stehen sehen. Da die besser sind als gar keine Schuhe, nehme ich das Paar in die Hand. Möglichst geräuscharm schleiche ich zum Rollo, schiebe es zur Seite und werfe einen Blick nach draußen. Zu meiner Erleichterung befinde ich mich im Erdgeschoss, aber zu meinem großen Entsetzen scheine ich wirklich in einer Hütte mitten im Wald zu sein. Vorsichtig öffne ich das Fenster und schaue mich um. Niemand zu sehen. Ich raffe mein Kleid hoch, klettere durch das Fenster und sehe, dass sich die Hütte auf einer Lichtung befindet, zu der eine kleine Schotterstraße führt.

Wenn ich auf dem Weg laufe, findet er mich gleich!

Ich beschließe, etwas in den Wald hineinzugehen, um dann parallel zu der kleinen Straße zu laufen. Als ich gerade an der Hütte vorbei bin, geht das Außenlicht, wohl ausgelöst durch einen Bewegungsmelder, an. Voller Panik beginne ich zu laufen und sehe noch aus dem Augenwinkel, dass ein Auto neben der Hütte steht. Gerade erreiche ich den Wald, da höre ich es aus der Hütte lautstark fluchen. Ohne darüber nachzudenken laufe ich nur mit meinen Nylonstrümpfen an den Füßen und in meinem Abendkleid immer weiter, tiefer in den Wald hinein, bis ich mit meinem rechten Fuß an etwas hängen bleibe und hinfalle. Vollkommen außer Atem schaue ich zurück zur Hütte, die in der Ferne immer noch hell erleuchtet ist. Jetzt erst realisiere ich, dass ich mich mal

abgesehen von der Entführung gerade in einem meiner größten Alpträume befinde. Nachts alleine im Wald. Mit meinen tränenüberfluteten Augen sehe ich mich um, aber viel erkennen kann ich nicht. Überall knackt es und ich höre einen Uhu, der ganz in der Nähe auf einem Baum zu sitzen scheint. Langsam richte ich mich wieder auf und reibe meinen Knöchel.
Ich muss weiter! Bevor er mich findet!
Noch tiefer gehe ich in den Wald hinein und weiß überhaupt nicht mehr, wo die Straße verläuft. Die Dunkelheit umschließt mich, vom Schein der Hütte ist nichts mehr zu sehen. Zaghaft taste ich mich an Bäumen entlang, bis ich die Hand vor Augen nicht mehr sehen kann. Ich setze mich auf den Waldboden und lehne mich mit dem Rücken an einen Baum. In der Ferne höre ich es grunzen.
Bitte, keine Wildschweine!
Ich nehme einen meiner High Heels in die Hand und versuche mir einzubilden, dass ich mich mit dem Absatz im Ernstfall verteidigen könnte. Ängstlich starre ich in die Dunkelheit, meine Ohren werden

empfindlicher und ich höre immer mehr Geräusche um mich herum. In meinem ganzen Leben hatte ich noch nie so große Angst. Ganz dicht ziehe ich meine Beine vor meinen Oberkörper, lege meinen Kopf auf den Knien ab und halte mir die Ohren zu.
Es ist alles gut, morgen bist du wieder zu Hause! Wieder bei Till!
Kaum traue ich mich zu atmen.
Lass es doch einfach wieder hell werden!
Eine ganze Zeit lang kauere ich so auf dem Boden, bis mich etwas am Arm berührt. Instinktiv nehme ich meinen High Heel und schlage um mich.
»Hör auf damit. Ich will dir nicht wehtun müssen.«
Orientierungslos schaue ich mich um.
Wie konnte er mich ohne Lampe in dieser Dunkelheit nur finden?
Er fasst mich fest am Arm. »Bitte, ich will dich nicht so hart anfassen müssen.« Er klingt fast kläglich.
»Da musst du schon mehr Eier in der Hose haben, wenn du mich kriegen willst«, sage ich voller Adrenalin und schlage erneut mit meinem Schuh zu, treffe ihn, er lässt

los und ich laufe. Nach vielleicht fünf Metern endet meine Flucht äußerst schmerzhaft vor einem Baum. Noch benommen von meinem Aufprall nimmt er mich und schmeißt mich über seine Schulter.

Wie bitte kann dieses Arschloch mich sehen?

Da ich meine Waffe, den High Heel, verloren habe, schlage ich nun mit meinen Fäusten so fest ich kann gegen seinen Rücken.

»Lass das bitte. Ich verspreche dir, dass dir nichts passieren wird«, versucht er mich erneut zu besänftigen.

Ich gebe auf. Gegen einen großen Mann mit so breitem Kreuz habe ich halt keine Chance.

Nach einem Marsch durch den Wald kommen wir wieder bei der Hütte an. Noch bevor die Außenlampe angeht, zieht er sich etwas vom Kopf und ich kann ein Nachtsichtgerät in seiner Hand erkennen, als der Bewegungsmelder reagiert.

Das erklärt einiges!

Wir betreten die Hütte und er setzt mich ab.

»Versuch nicht noch einmal wegzulaufen. Du kommst doch alleine im Dunkeln sowieso nicht weit.« Er schaut mich an, das erste Mal nur mit Maske, ohne Sonnenbrille. Und ich schaue instinktiv zu Boden, um ihm bloß keinen Anlass zu geben, zu glauben, dass ich ihn später irgendwie identifizieren könnte.

»Du siehst ja fürchterlich aus. Wir machen dich jetzt erst mal etwas sauber.« Ich schaue an mir herab und sehe, dass meine Hände blutverschmiert sind und mein Kleid total zerrissen ist, genau wie meine Strümpfe. Zusätzlich sind meine Füße voller Kratzer.

»Komm mit mir ins Bad.« Er zeigt auf eine Tür und ich gehe vor.

Aus dem Augenwinkel sehe ich noch, wie er sich eine Tasche schnappt.

Was hat er vor?

Bilder von meinem zerteilten Körper, eingezwängt in die Tasche, kommen mir in den Sinn und mein Puls beschleunigt sich noch mehr.

Ich öffne die Tür und betrete das kleine Bad. Es ist weiß gefliest und spartanisch mit einem WC, einem Waschbecken und einer kleinen Badewanne eingerichtet. Unsicher schaue ich in den Spiegel über dem Waschbecken und sehe, dass ich das Blut überall hingeschmiert habe. Zusätzlich habe ich ein ordentliches Veilchen von meiner Kollision mit dem Baum und mein Mascara zeichnet den Weg jeder einzelnen Träne nach, die über meine Wangen gelaufen sind.

Er stellt die Tasche auf dem Wannenrand ab und öffnet den Reißverschluss.

Jetzt hat mein letztes Stündlein geschlagen!

In Gedanken verabschiede ich mich von Till.

Er greift in die Tasche und holt… einen Waschlappen heraus.

»Hier mach dich sauber.« Er gibt mir den Lappen.

Erleichtert lasse ich Wasser aus dem Hahn auf den Waschlappen laufen und nehme etwas von der Seife, die am Beckenrand liegt. Vorsichtig beginne ich erst mein Gesicht zu reinigen und arbeite mich dann nach unten weiter vor. Alles unter seinen wachsamen Blicken. Immer wieder spüle ich das Blut aus dem Waschlappen und das Seifenwasser brennt in meiner immer noch blutenden Hand.

»Hinten an den Schultern hast du noch was.« Fast wie selbstverständlich nimmt er den Waschlappen und mir stockt der Atem. Behutsam reibt er mir die Stellen an meinem oberen Rücken sauber, die ich übersehen habe.

Als er den Lappen zurück in das Waschbecken legt, traue ich mich wieder Luft zu holen. Kurz werfe ich durch den Spiegel einen Blick auf ihn. Senke aber sofort wieder meine Augen, als ich sehe, dass auch er mich durch den Spiegel beobachtet.

Er hebt seine Hände und befreit mich vorsichtig von den verrutschten Klemmen in meinem Haar. Deutlich kann ich meinen Pulsschlag in meinen Ohren rauschen hören.

»Dreh dich um. Ich verbinde dir die Hand und danach bekommst du ein paar saubere Klamotten von mir. Die werden zwar zu groß sein, aber besser als das zerrissene Kleid.«

Ich drehe mich zu ihm und er holt einen kleinen Verbandskasten aus der Tasche, nimmt eine Binde und eine sterile Wundauflage heraus und öffnet beides.

»Streck die Hand aus.«

Ich gehorche.

Mit seiner linken Hand fasst er unter meine und drückt vorsichtig mit der anderen die Auflage auf meine Wunde.

»Du hast mich ganz schön erschreckt, weil schon im Zimmer überall Blut war.«

Als ob dich das interessieren würde!

Er wickelt den Verband um meine Hand. Ich blicke kurz auf und schaue direkt in seine Augen.

Mist! Jetzt macht er mich bestimmt kalt! Aber Moment mal...

Gegen meinen innerlich aufschreienden Verstand blicke ich wieder in seine Augen und mein Herz bleibt fast stehen, denn ich glaube in seinen Augen das Meer sehen zu können, so schön blau sind sie.

»Till!«, entfährt es mir zu meinem eigenen Schreck laut.

Erschrocken blickt er mich an. Keine Zweifel, solche Augen habe ich in meinem Leben erst einmal gesehen.

»Schorschi, es tut mir leid. Lass es mich erklären.« Er nimmt die Maske ab.

»Nichts brauchst du mir erklären.« Schnell mache ich die Badtür auf und laufe durch das große Wohnzimmer mit Kamin. Ich will nur raus hier. Der Gedanke an ihn hat mich das alles bis jetzt durchstehen lassen, dabei ist er es, der es mir antut.

Kurz vor der Haustür bekommt er mich zu packen. Von hinten schlingt er seine Arme um mich und hebt mich hoch. Mit aller Kraft schlage ich gegen seine Arme und trete gegen seine Schienbeine.

»Du verdammtes Arschloch. Warum tust du das? Du hast mir was in die Cola geschüttet. Du Mistkerl!« Nach Leibeskräften wehre ich mich.

»Schorschi, bitte! Versuche dich zu beruhigen!«

»Nenn mich nicht Schorschi! Du bist nicht mein Freund. Du bist das widerlichste

Stück Abschaum, das mir je untergekommen ist! Lass mich los! Verdammt!«

»Ich wollte das nicht. Die haben meine Mutter und meine Schwester.«

»Wer sind die?« Da mich meine Kräfte eh so langsam verlassen, höre ich auf zu zappeln.

»Ich weiß nicht genau, wer die sind. Es ging alles so schnell. Versprichst du mir nicht wegzulaufen, wenn ich dich runterlasse?«

»Dir verspreche ich gar nichts.«

Er lässt mich trotzdem herunter.

»Bitte, Schor… Georgia. Hör mir kurz zu.«

»Okay. Du hast eine Minute.«

»Wollen wir uns nicht setzen?«

»55 Sekunden!«

»Ist ja gut. Die wollten dich entführen, um Lösegeld zu fordern. Doch an dem Tag muss ich denen irgendwie in die Quere gekommen sein und dann haben die wohl ihren Plan geändert. Da vor Ort außer mir niemand meine Mutter und meine Schwester vermissen würde, haben sie die beiden entführt und sind dann gestern bei deiner Veranstaltung zu mir gekommen. Mit einem

Foto von ihnen. Gefesselt und geknebelt. Da es wohl durch den Sicherheitsdienst schwieriger ist, an dich heranzukommen als an meine Familie, haben sie mich gezwungen, dein Vertrauen auszunutzen, um dich zu entführen. Sie haben mir die K.-o.-Tropfen gegeben, die Wegbeschreibung zu dieser Hütte, den Schlüssel und diese Tasche mit allem, das ich benötigen würde. Der Typ hat außerdem gesagt, dass wenn ich erwischt werden würde, mir eh niemand glauben würde. Und dann werden sie meine Familie umbringen und es mir noch zusätzlich anhängen. Auch wenn ich zur Polizei gehen würde, bringen sie sie um.« Mit Tränen in den Augen sieht er mich an.

»Das soll ich dir glauben?« Auch mir schießen die Tränen in die Augen.

»Ich weiß, das klingt abenteuerlich, aber das ist die Wahrheit.«

»Warum hast du mir das nicht gleich gesagt? Ist dir nicht klar, was für eine scheiß Angst ich hatte?«

»Es tut mir so leid. Ich hatte nur eine halbe Stunde Zeit darüber nachzudenken, wenn ich dich gestern Abend nicht gleich mitgenommen hätte, hätten die sie getötet. Ich soll das Lösegeld von deinem Vater besorgen und es ihnen kommenden Mittwoch übergeben. Dann lassen sie meine Familie gehen.«

»Woher soll ich wissen, dass du dir das nicht gerade erst ausgedacht hast?«

»Du musst mir wohl einfach vertrauen. Ich wollte wirklich nicht, dass du verletzt wirst.« Unsicher schaut er mich an. »Hier.« Er hält mir einen Autoschlüssel hin. »Wenn du gehen willst, dann geh. Ich will nicht, dass du nochmal abhaust und dir im Wald das Genick brichst.«

Kurz denke ich darüber nach, ob ich den Schlüssel nehmen soll oder nicht. Vielleicht pokert er gerade nur hoch und fängt mich auf dem Weg zum Wagen doch wieder ab oder er sagt die Wahrheit.

Wortlos nehme ich den Schlüssel aus seiner Hand und gehe Richtung Ausgang. Regungslos bleibt er stehen. Ich gehe durch die Tür, schließe sie hinter mir und gehe in meinen zerrissenen Sachen weiter zum Wagen, der links neben der

Hütte steht. Übermannt von Gefühlen verschiedenster Art drücke ich auf den Schlüssel und der Wagen blinkt. Unsicher drehe ich mich noch einmal zur Hütte um, öffne die Autotür, setze mich hinein, stecke den Schlüssel in das Schloss und lasse ihn an. Zögernd und die Hütte beobachtend lasse ich die Kupplung kommen und der Wagen setzt sich langsam in Bewegung. Die Gedanken in meinem Kopf überschlagen sich, wenn er lügen würde, würde er mich dann einfach fahren lassen? Wohl kaum. Oder er ist der Erfinder des Pokerface.

Ich trete Kupplung und Bremse und drehe den Schlüssel im Zündschloss. Der Wagen verstummt und ich gehe zurück zur Hütte. Als ich die Tür öffne, sitzt Till mit dem Gesicht in den Händen vergraben auf dem Sofa. Irritiert blickt er auf, als ich die Tür laut ins Schloss fallen lasse.
»Du bist noch da?«
»Ja. Vielleicht bin ich naiv, aber ich konnte einfach nicht fahren.«
Till steht auf und kommt auf mich zu.
»Danke!« Er nimmt mich in den Arm und ich

stehe wie versteinert da. »Tut mir leid.« Er löst die Umarmung, als er merkt, wie ich mich versteife.

»Was hat mein Vater zu der Lösegeldforderung gesagt?«

»Er will morgen Früh ein Beweisfoto von dir. Ich denke, er glaubt, dass du schon wieder auftauchen wirst. Wenn er das Foto bekommen hat, organisiert er das Geld.«

»Wie viel Geld?«

»Eine Million Euro.«

»Eine Million?«, wiederhole ich entsetzt.

»Ja.«

»Wie soll er das Geld übergeben?«

»Er soll es abends in einer Tasche in einen großen Müllcontainer eines Discounters werfen und ich hole es, wenn die Luft rein ist, dort ab. So steht es auf dem Plan der eigentlichen Lösegeldforderer. Die haben alles ganz genau aufgeschrieben.«

»Wenn du den Typen aber gesehen hast, dann würdest du ihn doch wiedererkennen?«

»Die verlassen sich wohl darauf, dass ich Angst habe wegen deiner Entführung ins Gefängnis zu müssen.«

Macht das wirklich alles Sinn? Ich weiß es nicht. Sollte ich ihm wirklich glauben oder will ich es nur unbedingt, weil ich so verliebt in ihn bin?

»Du zitterst ja. Ich hole dir etwas zum Anziehen.« Er steht auf und geht ins Bad und erst jetzt fällt mir auf, wie sehr ich zittere. Ob vor Kälte oder Aufregung, kann ich gar nicht so genau sagen.

Till kommt mit der Tasche aus dem Bad. Wir setzen uns auf das Sofa und er stellt sie auf dem Tisch davor ab.

»Hier hast du einen Pullover und eine Jogginghose. Die haben auch was in deiner Größe eingepackt.« Ich nehme ihm beides aus der Hand, lege es neben mich auf das Sofa und ziehe die Überreste meines Kleides nach oben, um mir die Strümpfe auszuziehen. Vorsichtig ziehe ich sie an meinen Beinen hinab und das volle Ausmaß meiner Kratzer und Schürfwunden kommt zum Vorschein. Ich bemerke Tills Blick auf meinen Beinen und sehe, wie er schlucken muss. Erneut beuge ich mich vor, um mir die Hose anzuziehen. Danach ziehe ich mir das Kleid über den Kopf und er blickt zur

Seite, als ich oben ohne dasitze und mir dann das graue Sweatshirt anziehe.

»Du darfst wieder gucken.«

Verschämt schaut er mich an, ich lasse meinen Blick durch das Wohnzimmer der Blockhütte wandern und überlege, wie schön und romantisch es unter anderen Umständen hier wäre.

»Also machen wir morgen ein Foto mit der aktuellen Tageszeitung oder wie hast du dir das vorgestellt?«

»Ich denke, dass es auch ohne Zeitung gehen wird. Wir sind ja hier nicht im Film.«

»Kommt mir aber fast so vor. Wo sind wir hier überhaupt?«

»Irgendwo im Harz. Du hättest noch ewig laufen können. Der nächste Ort ist bestimmt eine halbe Stunde mit dem Auto von hier entfernt. Man kann nur langsam fahren, weil die Wege nicht gerade die besten sind.«

Bei dem Gedanken, was mit mir hätte passieren können, wenn er mich nicht gefunden hätte, wird mir schlecht.

»Du kannst dir gar nicht vorstellen, was ich für eine Angst da draußen im Dunkeln hatte. Ich habe die Hand vor Augen nicht sehen können.« Vorwurfsvoll schaue ich ihn an.

»Glaub mir. Es hat mir fast das Herz zerrissen, als ich dich da zusammengekauert auf dem Waldboden habe sitzen sehen. Ich hätte es mir doch niemals verzeihen können, wenn dir was passiert wäre.« Er schaut mir direkt in die Augen. »Ich liebe dich doch.«

Trotz allem macht mein Herz einen Sprung, auch wenn ich mir das erste „ich liebe dich" anders vorgestellt habe.

Zaghaft nimmt er meine Hand und schaut mir dabei weiter in die Augen. Ich kann mich diesem Blau einfach nicht entziehen und mein Herz beginnt zu pochen.

»Ich hoffe, du wirst mir eines Tages verzeihen können.«

»Ich weiß es nicht. Im Moment weiß ich gar nichts mehr.« Unsicher senke ich meinen Blick, doch er legt seine Finger um mein Kinn und zwingt mich sanft, ihm wieder in die Augen zu sehen. »Schau mich bitte an. Meinst du, ich könnte dir so in die Augen schauen, wenn ich lügen würde?«

Ich kann nicht sagen, warum, aber ich glaube ihm.

»Nein. Ich hoffe nicht, dass du mir dann so in die Augen schauen könntest.«

Verunsichert beiße ich mir auf die Unterlippe.

»Ich liebe dich!«, flüstert er, während er immer noch mein Kinn festhält und näher kommt.

Was mache ich hier bloß? Soll ich ihn gewähren lassen oder ihm eine knallen?

Seine Lippen kommen meinen immer näher und ich kann mich ihm einfach nicht entziehen. Zärtlich küsst er mich und es fühlt sich an, als würde er mit seiner Zunge in meinem Mund einen Schalter in meinem Kopf umlegen. Seine Hand wandert von meinem Kinn hinab bis zu meiner Hüfte, um sich unter meinen Pullover zu schieben.

»Ich will dir einfach nur ganz nah sein, wenn du das nicht willst, dann sag einfach »stopp« und ich höre sofort auf.«

Kurz nicke ich und er küsst mich erneut. Langsam schiebt er seine Hand weiter nach oben, bis sie meine Brüste erreicht. Als er anfängt, leicht an meiner Brustwarze zu ziehen, kann ich ein Stöhnen nicht unterdrücken. Seine Lippen wandern saugend meinen Hals entlang. Kurz lässt er von mir ab und ich hebe die Arme, sodass er mir den Pullover ausziehen kann.

»Du bist so unglaublich sexy«, raunt er, bevor auch er sein T-Shirt auszieht.

Für einen Moment betrachte ich seinen Sixpack und lege mich dann hin. Er nutzt diese Chance und befreit mich auch gleich von der Jogginghose. Nur noch mit einem Slip bekleidet liege ich vor ihm und er hebt mein rechtes Bein, beginnt zärtlich meinen ramponierten Knöchel zu küssen und lässt seine Lippen dann schmerzhaft langsam die Innenseite meines Beines hochgleiten. Ich bin kurz vorm Explodieren, als er fast an der Stelle, wo sich meine Beine treffen, angekommen ist.

»Das hebe ich mir für später auf.« Schelmisch grinst er mich an, richtet sich auf und legt sich dann auf mich. »Vergiss nicht, du musst nur »stopp« sagen.« Kurz schaut er mir in die Augen und küsst mich dann erneut.

Wieder wandern seine Lippen von meinem Mund weiter meinen Hals hinab und suchen sich ihren Weg bis zu meinen Brüsten. Bei meinen Brustwarzen angekommen umschließt er sie fest mit seinen Lippen, saugt daran und knabbert.

»Aua!«, entfährt es mir stöhnend.

»Sorry, soll ich lieber aufhören?« Er fixiert mich mit seinem Blick.

»Tu das bloß nicht. Du weißt doch: Bitte mich danach lieber um Verzeihung.« Ich richte mich leicht auf, öffne seine Hose und greife mit meiner rechten Hand hinein. Mit festem Griff massiere ich ihn und sein Atem beschleunigt sich.

»Ich habe ja nichts dagegen, wenn die Frau die Führung übernimmt, aber ich habe dir doch versprochen, dass unser erstes Mal was Besonderes wird. Also lehn dich zurück und genieße es.« Verführerisch lächelt er mich an und schiebt sanft meine Hand aus seiner Hose.

»Glaub mir, unter diesen Umständen ist es eh schon was ganz Besonderes.«

Für einen kurzen Augenblick wirkt er wie erstarrt, aber fängt sich dann wieder.

»Ich hatte da eher an was Besonderes im positiven Sinne gedacht. Vertraust du mir?«

»Verdammt, Till. Bitte mich danach, wenn nötig, um Verzeihung«, wiederhole ich ungeduldig.

»Gut. Ich hole nur kurz was.« Er steht auf und holt von dem gegenüberstehenden Sessel seine Krawatte und ein Kondom aus seiner Jackentasche.

»Ich sehe, du warst wirklich auf einen besonderen Abend vorbereitet.« Ich lächele ihn an.

»Natürlich war ich das.« Er setzt sich neben mich. »Dreh dich.«

Ich drehe mich von ihm weg und er verbindet mir mit der Krawatte die Augen.

»Alles klar?«

»Till!«, ermahne ich ihn.

»Leg dich wieder hin.«

Still gehorche ich ihm und er kniet sich zwischen meine Beine. Ich spüre, wie er seine Hände links und rechts neben meinem Kopf abstützt. Seine Lippen küssen meinen Hals und wandern wieder tiefer. Er saugt immer fester an meinen Brustwarzen, bis ein süßer Schmerz meine Brüste durchzieht.

»Oh, Till!«, stöhne ich.

Er leckt mit seiner Zunge sanft hinunter zu meinem Bauch, umkreist meinen Nabel und lässt sie wieder höher, an meiner Seite entlang, wandern. Mit einer Hand umfasst er meine beiden Handgelenke und drückt sie sanft über meinen Kopf. »Lass deine Arme so liegen«, flüstert er mir ins Ohr. Zärtlich beginnt er die Innenseite meines Ellbogens zu küssen und lässt seine Zunge dann bis zu meiner Achselhöhle gleiten. Im ersten Moment bin ich irritiert, weil mich dort noch nie ein Mann geküsst hat, aber es ist wirklich unheimlich erregend.

»Du riechst so gut«, haucht er, als er mich ein letztes Mal dort küsst.

Er richtet sich auf, schiebt mir seine Zunge in den Mund und lässt seine Hand meinen Körper heruntergleiten bis zu meinem Slip. Zielsicher schiebt er seine Finger erst in meinen Slip und dann sofort in mich hinein.

»Es macht mich so unglaublich an, dass du so feucht bist«, säuselt er und ich kann gar nicht sagen, mit wie vielen Fingern er in mir ist.

Er gibt mir noch einen Kuss und steht auf, da ich nichts sehen kann, bin ich etwas verunsichert, aber dann merke ich, wie er mir den Slip auszieht. Wieder kniet er sich zwischen meine Beine und beginnt mich zwischen ihnen zu küssen. Seine Lippen saugen sanft und seine Zunge umkreist erst meinen Kitzler und dringt dann in mich ein. Mein Stöhnen wird immer lauter, als er immer heftiger mit seiner Zunge kreist. Instinktiv strecke ich meine Arme nach unten, um seinen Kopf noch dichter an mich zu drücken.

»Habe ich nicht gesagt, dass deine Hände oben bleiben sollen?« Er lässt von mir ab und schiebt meine Arme wieder über meinen Kopf.

»Till!« Frustriert gehorche ich.

»Ich denke, du hast eine kleine Strafe verdient.« Bildlich kann ich mir sein Lächeln vorstellen.

»Das habe ich wohl«, steige ich in sein kleines Spiel ein.

Wie aus dem Nichts gibt er mir einen festen Klapps zwischen die Beine.

»Au!«, entfährt es mir erschrocken, doch kurz danach spüre ich, wie das Nachbeben des Schlags mehr als angenehm nachwirkt.

»Das gefällt dir wohl?« Wieder lässt er seine Hand zwischen meine Beine schnellen, um danach das Nachbeben mit seiner Zunge zu verstärken.

»Ich bin gleich so weit«, stöhne ich.

»Noch nicht.« Er lässt von mir ab und ich höre etwas knistern.

Er spreizt meine Beine erneut und dringt in mich ein. Heftig stößt er mich und sein Atem geht schwerer. Mit einer Hand greift er in meine Haare und zieht meinen Kopf nach hinten. Gierig schiebt sich seine Zunge in meinen Mund. Seine

Bewegungen werden schneller und er beginnt zu stöhnen. Es ist so ein unglaubliches Gefühl, ihn in mir zu spüren. Sein Stöhnen wird lauter und plötzlich zieht er sich aus mir zurück.
Das war es jetzt ja wohl nicht!
Sein Mund wandert wieder nach unten und er verwöhnt mich erneut. Es dauert nicht lange und ich explodiere unter seiner Zunge. Als ich gerade denke, es sei vorbei, zieht er mich an sich heran und dringt wieder in mich ein. Noch fester als zuvor stößt er zu, bis er stöhnend kommt.

»Wow!«, ist das Erste, was mir einfällt, als er sich aus mir zurückzieht.
Ich nehme die Krawatte von meinen Augen und blinzele ihn an, als er gerade das Kondom herunterzieht.
»Ich gebe zu, das war wirklich besser als alles, das ich bis jetzt kannte.« Erschöpft lächele ich ihn an.
»Freut mich zu hören.« Auch er lächelt.
Till verschwindet im Bad und ich ziehe mich wieder an.

»Ich hoffe, ich habe dich jetzt nicht überrumpelt?«, fragt er, als er aus dem Bad kommt und sich neben mich setzt.

»Ich bin nur insofern überrumpelt, dass du mich in so einer Situation rumbekommen hast.«

»Das war wohl nicht wirklich passend«, entschuldigt er sich.

»Es war immerhin eine Ablenkung«, versuche ich ihn zu beruhigen. »Wie spät ist es überhaupt? Ich habe jedes Zeitgefühl verloren.«

»Es ist gleich drei Uhr morgens. Wir sollten vielleicht versuchen etwas zu schlafen. Wir haben hier zwei Schlafzimmer, falls du also lieber alleine schlafen möchtest.«

»Nein. Ich will bei dir sein.«

Sichtlich erleichtert legt er den Arm um mich. »Dann gehen wir in das andere Schlafzimmer, nicht in das, in dem du gelegen hast.« Er nimmt meine Hand und steht auf. »Komm.«

Ich folge ihm und wir gehen ins Schlafzimmer. Dieses ist größer als das andere, aber über dem Bett hängt auch ein ausgestopfter Tierkopf. Dieses Mal ein Wildschwein.

»Ich finde die ganzen ausgestopften Tiere hier echt gruselig.« Ich betrachte das Wildschwein.

»Das habe ich mir fast gedacht.« Till legt sich ins Bett und hält die Decke für mich hoch. Ich schlüpfe drunter und er kuschelt sich von hinten an mich heran.

»Ich hoffe wirklich, deiner Mutter und deiner Schwester geht es gut.« Ich schalte das Licht aus.

»Das hoffe ich auch.« Noch fester zieht er mich an sich.

»Wenn die ihnen was antun, bringe ich die Kerle um.« Deutlich kann ich spüren, wie er sich anspannt.

»Mir tut das so leid«, flüstere ich.

»Warum bitte tut es dir leid? Dir muss gar nichts leidtun.«

»Hätte ich dich nicht um ein Date gebeten, hätten die Typen mich wie geplant geschnappt und dir und deiner Familie wäre nichts passiert.«

»Mach dir bloß nicht solche Gedanken.« Sanft küsst er meinen Nacken. »Versuch zu schlafen.«

Ich schließe meine Augen und habe nur noch einen Gedanken, den ich vor Till nicht laut aussprechen kann.

Was passiert, wenn mein Vater nicht zahlt?

5

Am nächsten Morgen erwache ich und mein ganzer Körper schmerzt. Ich drehe mich, um einen Arm um Till zu legen, aber das Bett ist leer. Wieder drehe ich mich, um aufzustehen. Als ich stehe, spüre ich deutlich meinen rechten Knöchel, mit dem ich gestern im Wald hängen geblieben bin. Vorsichtig setze ich einen Fuß vor den anderen und betrete das Wohnzimmer. Von Till ist nichts zu sehen, also gehe ich durch die einzige Tür, durch die ich bis jetzt noch nicht gegangen bin und sehe ihn in der Küche stehen.

»Morgen.« Er kommt auf mich zu und gibt mir einen Kuss. »Wie geht es dir?«

»Ich fühle mich in etwa so, als wäre ein Lkw über mich gerollt.«

»Das kann ich mir gut vorstellen. Ich spüre heute auch deutlich deine Tritte und Schläge von gestern.« Er lächelt.

»Du hast es ja auch nicht anders verdient. Wie hattest du dir das eigentlich vorgestellt, wenn ich dich nicht erkannt hätte? Hättest du dann so getan, als wäre nie etwas gewesen?« Prüfend schaue ich ihn an.

»Wenn ich ehrlich sein soll, hatte ich so weit noch gar nicht gedacht. Ich hätte dir ja eh nicht mehr in die Augen schauen können.« Er senkt seinen Blick.

»Wollen wir gleich das Foto machen?«, frage ich, um das »was-wäre-wenn«-Gespräch nicht weiter zu vertiefen.

»Können wir machen. Ich muss nur eine neue Karte in das Handy legen.«

»Warum eine neue Karte?«

»Die haben mir ein Prepaidhandy gegeben mit mehreren Karten und genauer Anweisung, wann ich es mit welcher Karte anschalten darf. Jede Karte darf nur einmal benutzt werden.«

»Die scheinen so was wohl öfter zu machen.«

»Ich hoffe nicht.« Er geht und kommt mit dem Handy zurück. »Setz dich dort auf den Stuhl vor die Wand.«

Ich setze mich und er schießt mit dem Handy ein Foto. »So jetzt schicke ich es an deinen Vater mit der Anweisung, wann und wo er das Geld deponieren soll und wann du dann freikommst.«

Sofort piept das Handy.

»Er hat geantwortet, dass er das Geld besorgt und sich an den Plan hält.« Till entfernt die Karte aus dem Handy.

»Mich wundert es, dass du hier Empfang hast. Das müssen die ja vorher auch gecheckt haben.«

»Die machen das vielleicht wirklich nicht zum ersten Mal.«

»Und wann ist dann die Übergabe mit denen?«

»Mittwochnacht hier.«

Bei dem Gedanken, dass Till diesen Leuten alleine gegenübertreten muss, wird mir schlecht.

»Ich mache uns jetzt erstmal Frühstück, okay?«

»Okay.« Ich setze mich an den Tisch und schaue ihm zu, wie er Käse auf Toast legt.

»Für die Dame, Käsetoast und den besten Orangensaft unseres Hauses.« Er lächelt. Aber wie fast jedes Lächeln von ihm, seit wir hier sind, erreicht es seine Augen nicht.

»Vielen Dank, der Herr.«

Es ist eindeutig, dass wir beide versuchen, möglichst locker zu wirken, aber die Anspannung ist förmlich greifbar. In jeder einzelnen Sekunde, die wir hier verbringen.

Nachdem wir gegessen haben, setzen wir uns aufs Sofa im Wohnzimmer.

»Es ist schon nach 14 Uhr, da haben wir aber lange geschlafen«, stellt er fest.

»Ich bin aber trotzdem schon wieder müde, das sind wohl die Nachwirkungen der K.-o.-Tropfen.«

»Oder die des ganzen gestrigen Tages.«

»Gut möglich. Ich mache nochmal kurz meine Augen zu.«

Nachdem ich mir eines der Sofakissen unter den Kopf geknautscht habe, lege ich meine Füße auf seinem Schoß ab.

»Die sind ja eiskalt. Wir haben Juli, wie kann man da so kalte Mauken haben?!«

Sanft beginnt er meine Füße warm zu kneten.

»Du weißt doch, die meisten Frauen haben immer kalte Füße«, brumme ich noch, ehe mir die Augen zufallen.

Als ich wieder erwache, spüre ich eine Decke über mir, strecke mich erst mal und schlage sie dann zur Seite, um aufzustehen.
»Till?«, rufe ich. Doch er antwortet nicht.
Aus dem Bad höre ich das Plätschern des Wassers und gehe nachsehen. Möglichst leise öffne ich die Tür und sehe, dass der Duschvorhang zugezogen ist und das Wasser läuft. Durch den Vorhang kann ich seine Silhouette erkennen. Ich schließe die Tür hinter mir, wickele den Verband von meiner Hand und ziehe mich aus. Als ich den Vorhang zur Seite schiebe, zuckt er zusammen.
»Ich bin es nur«, sage ich, als ich in die Wanne steige.
»Du hast mich erschreckt.« Er zieht mich an sich ran und hält mich fest in den Armen.

Tief schaut er mir in die Augen, bevor er sich leicht zu mir herunter beugt, um mich zu küssen. Seine Hände wandern dabei runter zu meinem Po und umfassen ihn fest. Das warme Wasser läuft an unseren Körpern herunter und umgibt uns wie ein schützender Mantel. Er löst seine Lippen von meinen und schaut mich an.
»Ich liebe dich«, sage ich und es kommt tief aus meinem Inneren.
»Ich liebe dich auch und alles wird gut werden.« Sanft streicht er mir über mein nasses Haar.
Mit meiner rechten Hand fasse ich ihm in den Nacken und ziehe ihn wieder zu mir herab. Seine Lippen berühren meine und seine Zunge schiebt sich in meinen Mund. Noch fester zieht er mich an sich und ich kann seine Erregung deutlich spüren. Seine Lippen wandern zu meinem Hals und er beißt leicht zu. Meine Fingernägel bohren sich in seinen Rücken und er zieht meinen Kopf an meinen Haaren nach hinten.
»Da fährt wohl jemand seine Krallen aus.« Er lässt seinen Kopf tiefer zu meinen Brüsten wandern und auch an meinen

Brustwarzen spüre ich seine Zähne, sodass ich stöhnen muss. Langsam geht er vor mir auf die Knie und beginnt sich mit seinen Küssen von meinem Bauchnabel nach unten vorzuarbeiten.

»Stopp!«, stöhne ich.

Er richtet sich auf. »Tut mir leid. Wenn du nicht möchtest, höre ich sofort auf.«

»Till. Halt deinen Mund.«

Jetzt knie ich mich vor ihn und bestaune seine Männlichkeit, die sich direkt vor mir aufbaut. Mit beiden Händen umfasse ich seine Hüfte und ziehe ihn näher an mich heran. Zart beginne ich mit meiner Zunge an seiner Eichel zu spielen und er holt hörbar tief Luft. Sanft nehme ich die Spitze seines Gliedes in meinen Mund, sauge leicht und umkreise sie fester mit meiner Zunge. Mit beiden Händen packt er mir in die Haare und versucht mich näher an sich heranzuziehen, doch ich halte dagegen. Ich löse meine Lippen und blicke zu ihm auf. »Wie wäre es, wenn du jetzt mal die Kontrolle abgibst?« Herausfordernd lächele ich ihn an.

»Du bringst mich noch um den Verstand.«

Wieder senke ich meinen Kopf, um leicht an seinem besten Stück zu knabbern, und er lässt artig seine Hände auf meinem Kopf ruhen, ohne weiteren Druck auszuüben. Langsam nehme ich ihn immer tiefer in den Mund, bis mir durch die Reizung meines Zäpfchens Tränen in die Augen steigen.

»Georgia«, stöhnt er.

Mit einer Hand umfasse ich sanft seine Hoden, massiere sie und sein Stöhnen wird lauter. Da ihm das zu gefallen scheint, ziehe ich seinen Penis aus meinem Mund und nehme stattdessen vorsichtig seinen Hoden zwischen meine Lippen. Sanft umspiele ich seine Eier mit meiner Zunge, um mich danach wieder seiner Erektion zu widmen. Immer und immer wieder nehme ich seinen Penis tief in meinen Mund auf und das warme Wasser läuft über meinen Rücken. Seine Hände krallen sich in meinen Haaren fest und er baut doch erneut Druck auf. Ich lasse ihn gewähren. Tief versinkt er in meinem Mund, als er stöhnend kommt.

»Das war wirklich der Wahnsinn.« Er hilft mir auf.

»Danke.« Ich muss lachen.

»Was gibt es denn da zu lachen?« Amüsiert blickt er zu mir.

»Wenn ich die Hände runternehme, bestrafst du mich, aber du kannst deine nicht im Zaum halten.«

»Da ist es wohl mit mir durchgegangen, aber deine Strafe war ja wohl nicht wirklich eine, oder?«

»Nein, aber das wusstest du ja vorher nicht, ob es mir gefällt.«

»Wenn nicht, hätte ich danach halt um Verzeihung gebeten.« Unheimlich sexy lächelt er.

»Schlag mich ruhig mit meinen eigenen Waffen.« Ich kneife ihm in die Seite.

»Krieg ich 'nen Kuss?«

»Erst nachdem du dir die Zähne geputzt hast.« Er lacht.

»Männer! Du durftest mich gestern auch küssen.«

»Das ist ja auch was anderes.«

»Ist klar.«

Wir genießen noch eine Zeit lang das warme Wasser. Dann trockne ich zuerst meine Haare und wickele anschließend das Handtuch um meinen Körper. Ohne Vorwarnung hebt er mich hoch und mir entfährt ein Quieken.

»Lass mich runter.« Ich lege meine Arme um seinen Hals.

»Ich werde dich jetzt ganz romantisch zum Bett tragen.«

»Ach so, und zu welchem Zweck?« Lachend schaue ich ihm in die Augen.

»Das wirst du dann gleich sehen.« Mit einem Tritt stößt er die angelehnte Schlafzimmertür auf.

»Und da wären wir.« Er schmeißt mich aufs Bett und ich quieke erneut.

Sanft löst er das Handtuch von meinem Körper, seine Hand wandert meinen Körper hinab, bis er zwischen meinen Beinen ist. Leise stöhne ich auf und er wendet seinen Blick nicht von meinem Gesicht ab. Ganz genau beobachtet er jede meiner Reaktionen, während seine Finger mich zart an meiner empfindlichsten Stelle streicheln. Immer noch angeheizt durch den Blowjob dauert es nicht lange und ich komme unter seinen Berührungen...

Den restlichen Tag verbringen wir im Bett oder auf dem Sofa, denn es gibt ja nichts anderes zu tun als abzuwarten.
»Dieses Warten raubt mir noch den Verstand.« Ungeduldig schaut er auf seine Uhr.
»Mir auch. Ich hoffe wirklich, dass alles glattgeht.«
»Willst du deinen Eltern dann erzählen, wie es wirklich war?«
»Ich weiß nicht. Wahrscheinlich werden sie die Geschichte so eh nicht glauben und dich ganz alleine dafür verantwortlich machen, aber irgendwas müssen wir doch tun, um denen das Handwerk zu legen.«
»Ich habe mir darüber auch schon den Kopf zerbrochen, aber ich habe keine Ahnung, wie wir das anstellen könnten.« Nachdenklich schaut er mich an.
»Ich denke, wenn das hier alles vorbei ist, werden wir einen klaren Gedanken

fassen können.« Zart streichele ich ihm über den Unterarm.

»Da hast du wohl recht. Wollen wir schlafen gehen?«

»Das machen wir. Nur noch Morgen. Und am Mittwoch ist dieser Alptraum hoffentlich vorbei.«

Am nächsten Morgen werde ich von einem Geräusch geweckt, das sich bei genauerem Hinhören als Auto entpuppt.

»Till!« Ich schüttele an seiner Schulter, aber er grunzt nur kurz.

»Till, du musst wach werden. Da kommt jemand.«

Mit einem Satz sitzt er im Bett.

»Ich habe ein Auto gehört«, flüstere ich.

Er steht auf und wirft einen Blick an der Jalousie vorbei nach draußen. »Ich kann nichts sehen. Warte hier.« Er verlässt das Zimmer. Gebannt lausche ich und höre das Klappern von Autotüren.

Er kommt zurück.

»Ist das die Polizei?«

»Nein, ich denke das sind die«, sagt er mit finsterer Miene. »Komm schnell mit rüber in das andere Zimmer.«

Ohne weitere Fragen zu stellen, folge ich ihm.

»Leg dich hin.«

Ich gehorche und er fesselt mich mit den Resten der Fesseln ans Bett.

Es klopft an der Tür.

»Sei ganz still. Hast du verstanden?«

Kurz nicke ich und kann mein Herz durch den Pulli schlagen sehen.

Er verlässt das Zimmer und lehnt die Tür an.

Danach höre ich, wie er die Haustüre öffnet.

»Herr Bauer, hallo. Wir wollten uns nur vergewissern, dass alles nach Plan läuft«, höre ich eine Männerstimme.

»Wo ist denn die Kleine?«, fragt ein zweiter.

»Alles läuft nach Plan. Machen Sie sich keine Sorgen«, sagt Till energisch. »Wie geht es meiner Familie?«

»Denen geht es gut, solange Sie schön machen, was wir verlangen.«

»Morgen um 24 Uhr werden wir hier sein und Sie werden sie unversehrt zurückbekommen.«

»Wo ist die Kleine? Ich will sie sehen«, wiederholt der andere und ich höre, wie die Tür von dem anderen Schlafzimmer geöffnet wird. »Hier ist sie nicht«, ruft er und seine Schritte kommen näher. Die Tür öffnet sich.

»Da bist du ja.« Er lächelt mich mit seinen ungepflegten Zähnen an. »Du bist ja in echt noch süßer als auf dem Foto.« Er tritt ans Bett heran und ich höre Till lautstark mit dem anderen diskutieren, verstehe aber nicht genau worüber, weil der schmierige Typ die Tür hinter sich geschlossen hat.

»Der hat dich aber ganz schön übel zugerichtet. Du hast dich wohl gewehrt, kleines Täublein.« Wieder grinst er. »Die, die sich wehren, sind mir am liebsten.« Er setzt sich auf die Bettkante und der Geruch seines billigen Rasierwassers steigt mir in die Nase.

Bei seinem Anblick muss ich an die Mutter und Schwester von Till denken und hoffe, dass er sich nicht an ihnen vergriffen hat.

Er legt seine Hand auf mein Knie. »Du brauchst keine Angst zu haben, Prinzessin. Ich bin ein ganz Lieber.«

»Fassen Sie mich nicht an«, sage ich, ohne vorher darüber nachzudenken und hoffe, dass ihn das nicht noch mehr anheizt.

»Was willst du denn dagegen tun?« Seine Hand wandert weiter nach oben.

Wo um alles in der Welt bleibt Till?

Angewidert schaue ich den schmierigen Kerl mit zurückgegelten Haaren an.

»Wir können doch etwas Spaß zusammen haben, das mit deinem Freund ist ja wohl eh Geschichte.« Er lacht und schiebt seine Hand langsam unter meinen Pullover.

»Till!«, schreie ich voller Verzweiflung und ein paar Sekunden später fliegt die Zimmertür auf. Till kommt rein, erkennt die Situation und packt ihn an der Gurgel. Er hebt ihn hoch und drückt ihn gegen die Wand.

»Wenn du sie noch einmal anfasst, bringe ich dich um!«

»Das solltest du lieber nicht tun, wenn du deine Mutti wiedersehen willst«, keucht er.

Der andere kommt hinterher und hält Till von hinten eine Pistole an den Kopf.

Mein Herz bleibt fast stehen.

»Lass ihn los«, sagt er ganz ruhig. »Sonst muss ich dir leider das Gehirn aus der Birne schießen und dann kannst du dir vorstellen, was ich mit deinen Frauen mache.«

Langsam setzt Till ihn ab und dreht sich um.

»Geht doch.« Er nimmt die Waffe runter. »Und dir habe ich gesagt, dass du die Finger von den Geiseln lassen sollst. Hast du das verstanden?« Er schaut den Schmierigen an.

»Ja, habe ich.« Zu meiner Erleichterung verlässt er das Zimmer.

»Till, mein Freund. Was hast du mit der Kleinen angestellt? Die wollte wohl nicht so wie du?« Amüsiert mustert er mich.

»Nein, wollte sie nicht«, antwortet er wahrheitsgemäß.

»Das hätte ich dir gar nicht zugetraut.« Er klopft ihm anerkennend auf die Schulter. »Ja, die Angst um die Liebsten kann Berge versetzen.« Auch er verlässt das Zimmer und Till folgt ihm.

Kurze Zeit später höre ich wieder die Autotüren und den startenden Motor. Erleichtert atme ich auf.

»Sie sind weg. Hat er dir wehgetan?« Er setzt sich neben mich auf das Bett und löst die Fesseln.

»Der hat dir eine Waffe an den Kopf gehalten.« Schluchzend schlinge ich meine gerade befreiten Arme um ihn.

»Ist doch nichts passiert. Am liebsten hätte ich ihn erwürgt.«

»Nichts passiert? Der hätte dich erschießen können!«

»Hey, schau mich mal an.« Er nimmt mich an den Schultern und schiebt mich leicht zurück. »Niemand wird hier sterben. Hörst du? Morgen um Mitternacht ist das alles vorbei!«

»Und wenn die uns nicht gehen lassen? Immerhin habe auch ich sie jetzt gesehen«, sage ich ganz leise.

»Das werden sie. Du hast immer noch nicht auf meine Frage geantwortet. Hat er dir wehgetan?«

»Nein, hat er nicht. Er wollte…« Ich kann den Satz nicht beenden und schlinge wieder meine Arme um ihn.

»Ich hätte ihn einfach umbringen sollen!«

»Wie alt ist deine Schwester?«, frage ich, nachdem ich mich etwas beruhigt habe.

»Sie ist 18. Wenn der Typ sie oder meine Mutter…« Tränen steigen ihm in die Augen.

»Morgen wird alles vorbei sein«, flüstere ich und ziehe seinen Kopf an meine Schulter.

In der letzten Nacht haben wir noch schlechter geschlafen als die davor. Bei dem kleinsten Geräusch sind wir aufgeschreckt und ich hatte einen schrecklichen Traum von dem schmierigen Typen. Heute Abend muss Till wegfahren, um das Geld zu holen und ich hoffe, dass mein Vater wirklich zahlt und nicht die Polizei gerufen hat.

Den ganzen Tag verbringen wir unruhig auf dem Sofa oder gehen im Wohnzimmer auf und ab.

Um kurz vor acht Uhr abends geht Till in die Küche und kommt mit einem großen Küchenmesser zurück.

»Hier, verstecke das unter der Matratze und halte dich nur in dem kleineren Schlafzimmer auf, solange ich weg bin.«

»Okay.« Ich nehme das Messer, gehe damit in das Schlafzimmer und er folgt mir.

»Wenn die hier wieder auftauchen sollten, während ich unterwegs bin, dann lauf notfalls weg.« Er bringt mir noch das Nachtsichtgerät, als ich das Messer unter der Matratze verschwinden lasse.

»Ich muss jetzt los.«

Wir gehen gemeinsam bis zur Tür.

»Ich liebe dich, vergiss das nie.« Er schaut mir tief in die Augen.

»Das hört sich so nach Abschied an.« Tränen kullern meine Wangen hinab.

»Wir sehen uns später«, sagt er, wohl um mich zu beruhigen.

»Bis später. Ich liebe dich auch.«

Fest nimmt er mich in den Arm und gibt mir einen Kuss, um dann zum Auto zu gehen und wegzufahren.

Ich schließe die Tür hinter mir. Mit Herzklopfen setze ich mich auf das Bett und starre auf das Nachtsichtgerät.

Bitte, komm heil zurück!

Jetzt, da ich ganz allein in der Hütte bin, nehme ich jedes Geräusch wahr und meine Ohren spielen mir wohl einen Streich, da ich mir ständig einbilde, dass ich das Zuschlagen einer Autotür hören würde.

Nervös kaue ich auf meinen Fingernägeln und beginne dann wieder, neben dem Bett auf und ab zu gehen.

Jede Sekunde fühlt sich wie eine Ewigkeit an...

Ich kann nicht genau sagen, wie viel Zeit vergangen ist, aber plötzlich meine ich wieder, einen Wagen zu hören. Kurz darauf kann ich das Knarren der Eingangstür hören. Schritte nähern sich und ich setze mich auf die Matratze, um im Zweifelsfall schnell an das Messer zu kommen. Die Tür öffnet sich und er ist es tatsächlich: Till! Erleichtert springe ich auf und falle ihm um den Hals.

»Hast du das Geld?«

»Ja, und von der Polizei war weit und breit nichts zu sehen.«

»Ich kann gar nicht glauben, dass mein Vater bezahlt hat.«

»Hast du daran gezweifelt?« Er schiebt mich etwas weg von sich.

»Ehrlich gesagt, ja. Mein Vater liebt sein Geld mehr als alles andere.«

»Das sagst du mir erst jetzt?« Erstaunt schaut er mich an.

»Ich wollte dich nicht noch mehr verunsichern.«

»Ist ja jetzt auch egal. Wir haben das Geld. Jetzt müssen wir nur noch bis Mitternacht warten.«

»Du fesselst mich aber nicht wieder?«

»Nein, das ist mir zu riskant. Ich gehe raus, wenn die kommen, und du kannst vom Wohnzimmer aus alles beobachten. Wenn dir aber irgendwas komisch vorkommt, haust du ab.«

»Ich lasse dich doch nicht alleine«, sage ich entsetzt.

»Georgia, bitte versprich es mir.« Eindringlich blickt er mir in die Augen.

»Okay, ich verspreche es.« Hinter meinem Rücken kreuze ich die Finger.

»Ich gebe dir meinen Autoschlüssel, steck ihn dir in die Hosentasche.«

Ich nehme den Schlüssel und stecke ihn ein.

»Gut.« Er scheint zufrieden und nimmt sich seine silberne Kette, die einen ‹T› als Anhänger hat, ab. »Die ist für dich. Damit du mich niemals vergisst.« Er hält mir die Kette hin.

»Gib mir die, wenn das alles hier vorbei ist.«

»Ich will, dass du sie jetzt nimmst, bitte.«

»Okay.« Ich drehe mich, damit er sie mir anlegen kann.

»Danke«, sage ich, nachdem er mich geküsst hat, und hoffe, dass alles wieder gut wird.

Um Mitternacht sitzen wir auf heißen Kohlen. Um ungefähr fünf nach geht das Licht draußen an und ein Wagen fährt vor. Till nimmt die Tasche mit dem Geld.
»Warte hier. Du weißt was du mir versprochen hast?«
»Ja.«
Er küsst mich zärtlich. »Ich liebe dich so sehr, wie ich noch nie eine Frau geliebt habe.«
»Ich liebe dich auch so sehr. Pass auf dich auf.« Erfolglos versuche ich die Tränen zurückzuhalten.
Er geht nach draußen und schaltet das Licht im Wohnzimmer aus. Ich gehe zum Fenster herüber und öffne es, um hören zu können, was gesprochen wird.
Wieder sind es die beiden Männer, die auch gestern schon da waren, und noch ein dritter, sehr großer, dicker ist dabei.
»Herr Bauer, hallo«, begrüßt ihn der, der ihm gestern die Waffe an den Kopf gehalten hat.
»Hier ist das Geld.« Till hält ihm die Tasche hin und der Schmierige kommt,

nimmt sie ihm ab und bringt sie dem anderen.

»Wo ist meine Familie?«

»Immer mit der Ruhe, mein Freund. Wo ist die Kleine?«

»Im Haus. Ich übergebe sie ihrem Vater, wenn ich meine Mutter und meine Schwester zurückbekommen habe.«

»Gut, gut.« Er öffnet die Tasche und nimmt einige Scheine heraus, plötzlich fängt er an zu lachen. »Du willst mich wohl verarschen?« Er schaut zu Till.

»Du glaubst also, dass ich Falschgeld nicht erkennen würde?«

Scheiße! Falschgeld?!

»Hören Sie, ich wusste nicht, dass es Falschgeld ist. Ich werde mich darum kümmern«, versucht Till ihn zu beschwichtigen.

»Du wolltest dir das Geld wohl selber unter den Nagel reißen, mein Freund.«

»Das ist ein Missverständnis. Das ist das Geld von Herrn von Hofburg. Das müssen Sie mir glauben.«

»Wenigstens muss ich jetzt kein schlechtes Gewissen mehr haben.« Er geht zum Wagen und öffnet den Kofferraum.

Ich kann zwar nicht in den Kofferraum sehen, aber Tills Gesicht sagt alles. Um nicht laut zu schreien, halte ich mir die Hand vor den Mund.

Sie haben sie getötet!

»Du glaubst ja wohl nicht, dass ich Zeugen laufen lassen kann.«

Tills Gesicht wird weiß und Tränen steigen ihm in die Augen.

»Warum haben Sie das getan?«, fragt er fassungslos.

»That's the game.«

Mein Herz springt mir fast aus der Brust. Eigentlich sollte ich jetzt flüchten, aber wie angewurzelt schaue ich auf Till.

»Deine Kleine brauchen wir jetzt noch, um an das richtige Geld zu kommen, aber dich brauchen wir dann nicht mehr.«

Bevor Till antworten kann, hebt er seine Waffe und schießt ihm in die Brust.

»Nein!«, schreie ich und laufe jedem Verstand widersprechend nach draußen.

»Da ist ja die kleine Prinzessin«, sagt der Schmierige.

Ich sinke vor dem am Boden liegenden Till auf die Knie.

Ich muss das träumen! Lass mich aufwachen! Bitte, ich will aufwachen!

Ich rüttele an seinen Schultern, aber er rührt sich nicht.

»Till, bitte!«, schreie ich verzweifelt. »Du darfst nicht sterben. Ich liebe dich. Bitte, mach die Augen auf!« Ich streichele über seine Wange. »Bitte!«, flüstere ich mit tränenerstickter Stimme.

»Holt sie da mal weg, da werde ich ja noch ganz sentimental.« Er steckt seine Waffe weg und der Schmierige gehorcht.

»Steh auf.« Unsanft zieht er mich am Arm nach oben.

»Fessele die Süße, damit sie uns nicht stiften geht. Um sie kümmern wir uns, wenn wir das Geld haben.«

Mir wird klar, dass ich meinem Vater keine Million wert war, wenigstens keine echte.

An meinem Arm schleift er mich zurück in die Hütte, in das kleine Schlafzimmer.

»Jetzt kann dir dein Freund nicht mehr helfen.« Er schmeißt mich auf das Bett und knöpft sich langsam sein Hemd auf. Seine Waffe nimmt er aus dem Halfter und legt sie auf das Fensterbrett. Mit meinem Handrücken wische ich mir die Tränen aus dem Gesicht.

»Jetzt kümmere ich mich um dich.«

Ich fasse kurz an das ‹T› an meiner Kette und lasse ihn näher kommen.

»Wehre dich ruhig ein wenig«, sagt er, als er sich auf mich legt.

Ich greife unter die Matratze und ziehe das Messer heraus. Er beginnt meinen Hals zu küssen und ich steche ihm mit meiner ganzen Kraft das Messer in die Rippen.

»Du kleine Schlampe!« Erschrocken blickt er mich an und ich drücke ihn von mir herunter. Als er bemerkt, dass ich aufstehe, versucht er, schneller an die Waffe zu kommen. Doch ich bin als erste an der Fensterbank.

»Gib mir die Waffe. Ich habe deinen Freund nicht getötet.« Er streckt eine Hand aus und hält sich mit der anderen die Stelle, in der das Messer steckt.

Ich richte mit zitternden Händen die Waffe auf ihn, drücke ab und nichts passiert.

Mist! Wie entsichert man das Ding?

»Du Miststück, du wolltest mich abknallen.« Er taumelt auf mich zu und stürzt. Ich greife mir noch schnell das Nachtsichtgerät, öffne das Fenster und springe hinaus.

Wieder flüchte ich in den Wald. Beim Rennen schalte ich das Nachtsichtgerät ein und setze es auf.

Hinter mir höre ich Schreie, aber ich laufe einfach weiter. Irgendwann traue ich mich, mich umzudrehen, und verstecke mich hinter der Wurzel eines umgestürzten Baumes. Ich greife in meine Tasche, um sicher zu sein, dass ich den Autoschlüssel noch habe. Bei dem Gedanken daran, wovor Till mich durch seine Vorsichtsmaßnahmen geschützt hat, schießen mir wieder die Tränen in die Augen. Ich kann kaum realisieren, dass er tot ist. Mir ist so, als könnte ich noch seine Nähe und Wärme spüren.

Eine ganze Weile sitze ich hinter der Wurzel und entschließe mich dann zur Hütte zurückzugehen und mir Tills Wagen zu holen.

Kurz vor der Hütte laufe ich einen Bogen, um mich ihr von hinten zu nähern, damit der Bewegungsmelder nicht ausgelöst wird. Ich verstecke mich hinter einem Baum, richte den Schlüssel auf seinen Wagen, der rechts neben der Hütte steht, und drücke den Türöffner. Der Wagen blinkt und ängstlich warte ich ab, aber zu meiner Überraschung kommt keiner der Männer.

Wahrscheinlich suchen die im Wald nach mir!

Ich renne mit nackten Füßen zum Wagen. Schnell öffne ich die Tür, setze mich hinein, schalte die blendende Innenbeleuchtung aus, schließe die Tür möglichst leise und lege die Waffe auf den Beifahrersitz. Ich drücke den Türknopf der Fahrertür herunter und alle Türen werden verriegelt. Schnell stecke ich den Schlüssel ins Schloss und drehe ihn herum, da sehe ich wie der Dicke aus der Hütte kommt, das Licht geht an und ich muss das Nachtsichtgerät absetzen, weil ich so stark geblendet werde. Er richtet seine Waffe auf mich. Ich ducke mich und gebe Vollgas. Eine Kugel saust durch die Frontscheibe hindurch über meinen Kopf hinweg und gleich danach merke ich, wie etwas auf die Motorhaube und dann auf die Scheibe fliegt. Weiterhin trete ich das Gaspedal durch und sehe im Rückspiegel den Dicken auf dem Boden liegen. Mit der Pistole entferne ich das zerbrochene Glas aus meinem Sichtfeld, dann setze ich das Nachtsichtgerät wieder auf, damit ich kein Licht einschalten muss.

Ich fahre so schnell, wie es auf der Schotterstraße irgendwie möglich ist. Der Fahrtwind bläst mir ins Gesicht und meine Augen brennen unter dem Nachtsichtgerät.

Nach längerer Fahrt verlasse ich endlich den Wald und ich blicke nochmals nervös in den Rückspiegel, aber es ist nichts zu sehen. Ein kleiner Feldweg leitet mich auf eine asphaltierte Straße. Ich setze das Nachtsichtgerät ab und schalte das Licht ein.

Das darf doch alles nicht wahr sein!

Viel zu schnell rase ich über die Landstraße, bis ich endlich ein Ortsschild passiere. Vor mir sehe ich eine Tankstelle und fahre direkt bis vor den Tankstellenshop. Schnell steige ich aus und renne zu den Schiebetüren, aber die öffnen sich nicht. Vom Nachtschalter aus winkt mir ein junger Mann zu. Als ich vor den Schalter trete, guckt er mich entsetzt an.

»Warten Sie«, ruft er und öffnet dann die Schiebetüren. Mit wackeligen Beinen betrete ich den Tankstellenshop und er kann mich gerade noch auffangen, bevor ich zusammenbreche.

»Die haben ihn einfach abgeknallt! Er ist tot! Sie sind alle tot!«, brabbele ich zusammenhangslos.

»Beruhigen Sie sich. Ich hole Hilfe.« Kurz lässt er mich alleine und kommt mit einem Telefon zurück.

Als er wählt, kniet er sich hinter mich, um mich zu stützen.

»Eine Verletzte, ja, bringen Sie die Polizei mit. Sie sagt, es wäre jemand erschossen worden.« Ich verfolge die Teile seines Gespräches wie im Nebel. Geschockt sitze ich einfach nur da und starre vor mich hin. Der junge Mann spricht zwar mit mir, aber ich nehme ihn kaum wahr.

Kurze Zeit später trifft die Polizei ein und gleich danach der Rettungswagen.

»Verstehen Sie mich? Wie heißen Sie?« Ein Sanitäter kniet sich vor mich und leuchtet mir mit einer Taschenlampe in die Augen.

»Sie hat eine Pistole im Wagen«, höre ich jemand anderen sagen.

»Können Sie mich verstehen?« Wieder spricht mich der Sanitäter an, aber ich kann einfach nicht antworten. Er legt mir einen Zugang und hängt mir einen Tropf an.

»Wir brauchen einen Notarzt. Die steht total unter Schock«, sagt er zu seinem Kollegen.

»Der Wagen ist zugelassen auf einen Till Bauer. Vielleicht kann der uns weiterhelfen«, höre ich.

»Kann er nicht. Till ist tot«, sage ich schluchzend, als wäre es mir gerade wieder eingefallen.

Eine Polizistin setzt sich neben mich auf den Boden. »Was ist denn passiert?«

»Sie haben ihn einfach erschossen.« Ich schaue an ihr vorbei ins Nichts.

»Wer hat Till erschossen?« Sie streichelt über meine Schulter.

»Die Entführer.« Ich blicke ihr in die Augen und kann sehen, wie beunruhigt sie ist.

»Die haben Till und Sie entführt?«

»Till hat mich entführt.«

»Ich verstehe nicht. Haben Sie ihn erschossen? Wir haben eine Waffe im Wagen gefunden.« Eindringlich sieht sie mich an und ich versuche das Chaos in meinem Kopf zu sortieren.

»Nein. Sie haben Tills Mutter und Schwester entführt und ihn gezwungen mich zu entführen.«

»Wer sind die? Und gibt es noch lebende Geiseln?«

Der Notarzt kommt und klappt seinen Koffer neben mir auf.

»Ich spritze Ihnen jetzt etwas zur Beruhigung.« Er greift nach meinem Arm.

»Ich will mich jetzt nicht beruhigen. Die sind noch da draußen im Wald und die werden nach mir suchen. Ich habe zwei von denen verletzt.« Ich ziehe meinen Arm weg.

»Wissen Sie wo?«, fragt die Polizistin weiter.

»Ja, ich bin von dort geflohen.«

»Können Sie uns dort hinbringen?«

»Ich denke schon.«

»Ich halte das für keine gute Idee. Mit einem psychischen Schock ist nicht zu spaßen«, erhebt der Arzt Einspruch.

»Die Hütte liegt tief im Wald. Eine ganze Ecke hinter dem Ortsschild geht links ein Feldweg ab«, erkläre ich.

»Ich kenne die Hütte. Öfters fragen hier mal Touristen nach, wie sie dahin kommen«, sagt der junge Mann von der Tankstelle.

»Sie erklären uns, wie wir dahin kommen«, sagt die Polizistin zum Tankwart und wendet sich dann mir zu: »Und Sie lassen sich ins Krankenhaus fahren. Wissen Sie genau, wie viele Männer es waren?«

»Es waren drei. Einem habe ich ein Messer in die Rippen gerammt und einen anderen habe ich mit dem Auto angefahren.«

Erstaunt sieht mich die Polizistin an. »Gut. Wir gehen der Sache nach und ich komme in der Früh zu Ihnen. Bis alles geklärt ist, stellen wir Ihnen Personenschutz.« Sie greift nach ihrem Funkgerät.

»Können Sie mir denn jetzt sagen, wie Sie heißen?«

»Georgia von Hofburg«, stammele ich und sie verlässt die Tankstelle, nachdem sie sich verabschiedet hat.

»Ich werde Ihnen jetzt ein Beruhigungsmittel spritzen und dann werden Sie etwas schlafen. Haben Sie verstanden?«. Fragend schaut mich der Notarzt an und ich nicke kurz, ehe er mir die Spritze gibt.

6

Ich schlage die Augen auf und es ist taghell. Unsicher schaue ich mich um und bemerke, dass ich im Krankenhaus bin.
Er ist tot!
Alles fällt mir wieder ein und ich bekomme kaum Luft. Ich versuche zu atmen, aber es fühlt sich an, als würde mir die Luft abgedrückt werden. Tränen schießen mir in die Augen und laufen dann über meine Wangen hinab. Gestern war er noch da. Fast ist mir, als könnte ich ihn noch hören, riechen und spüren. Ich fasse an meinen Hals, um mich zu vergewissern, dass die Kette noch da ist. Nach Luft ringend halte ich das ‹T› zwischen meinen Fingern.
Das darf nicht wahr sein! Bitte komm zurück!
»Komm zurück. Du darfst nicht tot sein!«, schreie ich laut. »Das darf doch nicht wahr sein. Till, ich liebe dich doch! Lass mich nicht alleine!« Bei dem Versuch aufzustehen, bemerke ich die Braunüle in

meiner Hand, an der noch immer ein Tropf hängt, und reiße sie mir völlig von Sinnen heraus.

Eine Schwester betritt mit einem Polizisten den Raum.

»Beruhigen Sie sich.«

»Ich kann mich nicht beruhigen. Ich liebe ihn und sie haben ihn vor meinen Augen umgebracht, einfach abgeknallt«, schreie ich und japse dabei nach Luft.

»Ich bitte Sie. Setzen Sie sich und ich bringe Ihnen etwas zur Beruhigung.«

»Verstehen Sie denn nicht, was ich sage? Er ist tot. Warum nur? Warum tun Menschen so was?« Als ich herunterschaue, sehe ich die Blutpfütze neben mir auf dem Boden und wie es weiter aus meiner Hand tropft.

»Sehen Sie? Sie bluten. Setzen Sie sich und ich verbinde Ihnen die Hand und wenn ich Ihnen dann was gebe, bekommen Sie auch wieder besser Luft.«

Erschöpft und hyperventilierend setze ich mich auf die Kante des Bettes.

»Tina! Bring bitte Verbandszeug und schau in der Akte von Frau von Hofburg nach, was der Doktor ihr verordnet hat«, ruft die Schwester in den Gang und auch der Polizist entspannt sich sichtlich.

Sie setzt sich neben mich auf die Bettkante. »Es tut mir so leid, was Ihnen passiert ist«, sagt sie leise und drückt einen Tupfer auf meine Hand. Als ich auf unsere Hände herabblicke, muss ich daran denken, wie Till mir die Hand verbunden hat.

»Mir ist gerade, als ich wach geworden bin, wieder eingefallen, dass er nicht mehr da ist.« Tränen tropfen auf mein Krankenhausnachthemd.

Eine weitere Schwester betritt das Zimmer mit Verbandszeug und einer Spritze.

»Ich mache Ihnen jetzt einen kleinen Druckverband auf die Hand.« Sie nimmt ihrer Kollegin die Sachen ab und nimmt dann zwei frische Tupfer und klebt mit viel Druck ein Klebeband darüber. »Und jetzt legen Sie sich hin und ich gebe Ihnen die Spritze.« Sie klappt die Decke zurück und ich schlüpfe drunter.

»Ich muss die Spritze in den Bauch geben.« Sie hebt die Decke und das Nachthemd etwas und desinfiziert eine

Stelle an meinem Bauch. »Jetzt pikst es kurz… und jetzt haben sie es schon geschafft.« Sie zieht die Nadel heraus. »Versuchen Sie, sich noch etwas auszuruhen. Ihr Körper braucht Kraft, um die Wunden zu heilen. Innere wie äußere.« Sie deckt mich zu und ich merke schon, wie die Spritze langsam wirkt.

»Frau von Hofburg.« Sanft rüttelt jemand an meiner Schulter, ich öffne die Augen und vor mir steht die Polizistin, die auch bei der Tankstelle war.
»Hallo«, sage ich verschlafen.
»Hallo. Ich habe mich noch gar nicht vorgestellt. Ich bin Sandra Frei.« Freundlich lächelt sie mich an. »Darf ich mich setzen?« Sie deutet auf einen Stuhl, der in der Ecke steht.
»Klar.« Ich fühle mich wie in Watte gepackt.
Sie holt den Stuhl an mein Bett und setzt sich. »Ich hätte da noch ein paar Fragen und Sie haben sicher auch welche, oder?«
»Ja, habe ich.«
»Möchten Sie anfangen?«

»Ja. Haben Sie die Männer gefunden?«

»Wir haben einen von ihnen gefunden, den, den Sie überfahren haben, er ist tot.« Prüfend schaut sie mich an und ich muss bei dem Gedanken, dass ich einen Menschen getötet habe, schlucken, auch wenn es Notwehr war.

»Und die anderen?«

»Die müssen zu Fuß geflüchtet sein. Wir denken, weil die Flucht mit dem Auto über die einzige Zufahrtsstraße wohl zu riskant gewesen wäre.«

»Also haben Sie das Auto von denen?«

»Ja, aber den Wagen haben die im Ausland gestohlen und auch die Kennzeichen wurden gestohlen.«

»Waren die Frauen noch im Kofferraum?«

»Ja, und eine männliche Leiche, bei der es sich wohl um Ihren Freund handeln wird. Können Sie mir seinen vollen Namen nennen? Und kennen Sie die Namen der Frauen?«

Ich habe wieder Tills Bild vor Augen, wie er reglos am Boden lag, und meine Augen werden feucht. »Till Bauer. Die Frauen sind seine Mutter und seine Schwester.

Ich weiß aber leider nicht, wie sie heißen.« Entschuldigend schaue ich sie an.

»Das bekommen wir schon raus.« Sie macht sich Notizen. »Sie und Till Bauer waren ein Paar?«

Ich nicke. »Seit kurzem.«

»Und Sie sagten in der Tankstelle zu mir, dass er Sie entführt hat. Das verstehe ich nicht.«

»Die eigentlichen Entführer wollten mich entführen und Till kam ihnen wohl in die Quere. Sie haben dann Informationen über ihn eingeholt und sind auf seine kleine Familie gestoßen. Die drei haben in Göttingen nur sich, alle Verwandten wohnen weiter weg und der Vater ist vor drei Jahren gestorben. Da sie an mich nicht so leicht herankamen, haben sie seine Schwester und Mutter entführt, um ihn zu erpressen, und damit sind sie auch kein Risiko eingegangen, bei der Geldübergabe geschnappt zu werden. Mein Vater ist nicht gerade für sein gutes Herz bekannt.«

»Wie meinen Sie das?«

»Ich war mir bis zum Schluss nicht sicher, ob er zahlt. Wie sich dann ja rausgestellt hat, hat er gezahlt, aber wohl mit Falschgeld.«

»Wir haben auch eine Tasche mit Falschgeld gefunden. Wurden die Geiseln deswegen getötet?«

»Nein. Die waren schon tot im Kofferraum, als die zur Geldübergabe gekommen sind.«

»Also war der Plan, dass alle Geiseln sterben?«

»Ja. Die haben Till sofort erschossen und mich haben die nur leben lassen, damit sie an das echte Lösegeld kommen.«

»Hätte ihr Vater also echtes Geld in die Tasche getan, wären Sie jetzt wahrscheinlich auch tot?«

»Ich denke schon, aber dafür bekommt er keinen Orden von mir.«

»Hat ihr Freund Sie denn von Anfang an eingeweiht?«

»Nein. Ich wusste es erst nach meinem ersten Fluchtversuch, als ich ihm in die Augen blickte.«

»Sie sind also bereits zuvor geflohen?«

»Ja, aber Till hat mich im Wald gefunden.«

»Warum haben Sie ihm geglaubt, dass er nicht in der Sache mit drinsteckt?«

»Nennen Sie mich naiv, aber ich wusste es einfach. Es war von Anfang an so eine besondere Verbindung zwischen uns.«

In meinem Hals bildet sich ein Kloß.

»Ich denke, für heute reicht es. Wenn Sie hier entlassen werden, kommen Sie bitte zur Aussage aufs Revier. Ich brauche von Ihnen nur noch eine Täterbeschreibung und eine unangenehme Frage muss ich noch stellen.« Sie zögert. »Hat einer der Täter Sie sexuell belästigt?« Zögernd schaut sie mir in die Augen.

»Der eine hat es versucht, aber Till ging dazwischen und dann hat er es wieder versucht, als Till schon… als er schon tot war. Aber Till hatte mir zuvor ein Messer gegeben, das ich unter der Matratze versteckt habe und das habe ich dem Typen dann in die Rippen gerammt.«

Respektvoll blickt sie mich an. »Gut, dann sind ja sicher Blutspuren von ihm auf dem Laken, es ist bereits bei der

Spurensicherung. Ich werde auch Ihre Beschreibung als erstes mit der Sexuallstraftäterdatei abgleichen, weil es sich ja nicht so anhört, als würde der zum ersten Mal so handeln. Dann beschreiben Sie mir mal die Männer.«

»Der eine machte den Eindruck, als wäre er der Chef der Gruppe. Er war groß, ich würde schätzen so 1,85m, hatte schwarze kurze Haare, grau an den Schläfen, vielleicht so Ende 30. Unter anderen Umständen hätte ich ihn als attraktiv bezeichnet. Gepflegtes Erscheinungsbild. Er hat einen sehr kontrollierten Eindruck auf mich gemacht.« Ich stocke.

»Und der andere?« Sie setzt kurz den Stift ab und sieht mich an.

»Der, der mich angefasst hat, war vielleicht 1,65m groß, so Mitte 40, dunkle zurückgegelte Haare, drahtige Figur. Sehr ungepflegt, vor allem die Zähne.« Bei der Erinnerung zieht sich mein Magen zusammen.

»Okay, ich habe alles aufgeschrieben. Ich muss ihnen also keinen Gynäkologen

schicken, um eventuelle Spuren zu sichern?« Fürsorglich schaut sie mich an.
»Nein, das brauchen Sie nicht.«
»Dann rufen Sie mich an, wenn Ihnen was Wichtiges einfällt, oder spätestens, wenn Sie entlassen werden.«
»Mache ich. Vielen Dank.«
»Ich danke Ihnen. Es ist wirklich bemerkenswert, wie stark Sie sind. Und haben sie keine Angst, rund um die Uhr sitzt ein Kollege vor ihrer Tür. Ihre Eltern wissen auch schon Bescheid.«
Ganz toll!
Sie verlässt das Zimmer und ich bleibe alleine zurück.

Ich drehe mich auf die Seite und muss an Till denken. Erst denke ich daran, wie er erschossen wurde, und die Tränen steigen mir wieder in die Augen. Mein Herz schmerzt so sehr, seit es bei dem Anblick von Till, wie er in sich zusammensackt, gebrochen ist. Aber dann kommen mir auch schöne Bilder in den Sinn, wie die von unserem ersten Date, als wir uns gerade küssen wollten und die Nachbarin dazwischen kam. Kurz huscht mir ein

Lächeln über die Lippen, das aber auch gleich wieder von diesem schrecklichen Gefühl in mir abgelöst wird. So dankbar bin ich für jede Sekunde, die ich mit ihm zusammen sein durfte, aber zeitgleich weiß ich, dass durch unsere Liebe drei Menschen gestorben sind, die ihr Leben noch vor sich hatten. Bei Till habe ich mich das erste Mal in meinem Leben geborgen gefühlt und jetzt, da er weg ist, fühlt sich die Einsamkeit so viel schlimmer an als zuvor.

Als es an der Tür klopft, werde ich aus meinen Gedanken gerissen.

»Ja.« Ich wische mir die Tränen weg.

Die Tür öffnet sich und meine Eltern kommen herein.

»Georgia, wir haben uns ja solche Sorgen gemacht«, sagt mein Vater beim Reinkommen und meine Mutter will sich gleich auf meine Bettkante setzen.

»Ihr könnt wieder gehen!«, sage ich schroff und meine Mutter tritt von meinem Bett zurück.

»Was ist denn los?«, fragt sie irritiert.

»Was los ist?« Ich setze mich auf. »Das fragt ihr nicht ernsthaft?!«

»Du sprichst von dem Falschgeld«, bringt es mein Vater auf den Punkt.

»Genau davon. Ich weiß, dass eine Million für dich kein Problem ist, und du nimmst Falschgeld?« Ich funkele ihn böse an.

»Man darf doch solchen Leuten nicht auch noch das Geld in den Rachen werfen«, versucht er sich zu verteidigen.

»Solche Leute sind aber nicht blöd und solche Leute haben Waffen.« Wieder schnürt sich meine Kehle zu.

»Wir wussten doch nicht, was wir machen sollten.« Meine Mutter versucht mich zu beruhigen.

»Wären es deine Köter gewesen, hättest du dich sicher mehr eingesetzt.«

Mit offenem Mund starrt sie mich an.

»Das müssen wir uns von dir nicht anhören. Du hast immer alles von uns bekommen.« Mein Vater schaut meine Mutter entschlossen an.

»Außer dem Wichtigsten. Liebe!«

Wortlos und sichtlich entsetzt gehen die beiden.

Und tschüss!

Für den Bruchteil einer Sekunde denke ich darüber nach, Till anzurufen, um ihm davon zu berichten, aber dann erschlägt mich auch schon wieder die Wirklichkeit. Wieder lege ich mich auf die Seite und ziehe die Beine nah an meinen Körper heran und die Einsamkeit trifft mich unerbittlich. Ich denke darüber nach, ob es nicht besser gewesen wäre, wenn ich auch gestorben wäre, aber verwerfe diesen Gedanken schnell wieder, weil ich einfach zu hart um mein Leben gekämpft habe. Ich habe Sachen durchgestanden von denen ich nie gedacht hätte, dass ich dazu fähig wäre. Ich bin in den dunklen Wald geflohen, habe dem Schmierigen ein Messer in die Rippen gerammt und den Dicken umgefahren. Wie ein schlechter Film laufen diese Bilder in meinem Kopf ab und während ich versuche mir einzureden, wie stark ich war, will ich immer nur eines: TILL ZURÜCK!!!

Nach fünf Tagen werde ich aus dem Krankenhaus entlassen, muss aber weiterhin Medikamente nehmen, die mich aus meinem »Tief« holen sollen.

Artig habe ich mich bei Frau Frei gemeldet, eine detaillierte Aussage gemacht und mir einige Fotos von Tätern in der Polizeidatei angeschaut, aber die Männer waren nicht dabei. Auch die DNA-Analysen vom Tatort haben noch nichts hervorgebracht.

Bald sollen auch die Leichen von Till und seiner Familie freigegeben werden. Eine Tante von ihm kümmert sich um die Beerdigungen. Wenn ich daran denke, bekomme ich Bauchschmerzen, weil es sich danach vollkommen endgültig anfühlen wird.

Zurzeit wohne ich noch in der Wohnung im Haus meiner Eltern, aber ich bin auf der Suche nach einer neuen Bleibe. Hätte ich meine Arbeit nicht hier, würde ich in eine andere Stadt ziehen, aber ich würde meine Tiere zu sehr vermissen. Meine Arbeit ist das Einzige, das mich im Moment noch ablenken kann. Nichts ist schlimmer, als abends alleine in meiner Wohnung zu sitzen. Oder doch, schlimmer ist es, wenn ich morgens aufwache und neben mich greife, um dann festzustellen, dass er nicht da ist. Es fühlt sich dann immer für einen Moment so an, als würde mir gerade zum ersten Mal jemand sagen, dass er tot ist. Ich weiß, dass wir ja nicht lange zusammen waren, aber er war der Eine, der Richtige für mich. Das wusste ich von dem Augenblick an, als ich ihn das erste Mal gesehen habe.

Personenschutz habe ich keinen mehr, denn es wird davon ausgegangen, dass ein entkommenes Opfer nicht nochmal entführt wird und die Täter sich lieber über alle Berge davon machen.

7

Am 16.08.14, fast genau einen Monat nach seinem Tod, findet die Beerdigung statt. Die Schwester von Tills Mutter hat alles organisiert und hat mich vor einer Woche angerufen mit der Bitte, ob ich nicht bei der Trauerfeier ein paar Worte über ihn sagen könnte. Alle wissen natürlich was passiert ist und da ich die Letzte bin, die ihn lebend gesehen hat und wir ein Paar waren, würde sie sich freuen. Auch wenn das Halten einer Rede so gar nichts für mich ist, schon gar nicht bei einer Beerdigung und unter diesen Umständen, konnte ich ihr den Wunsch nicht abschlagen. Das Schöne daran ist, dass ich das Gefühl habe, ein letztes Mal was für Till tun zu können.

Als ich ganz in schwarz gekleidet beim Friedhof eintreffe, bleibe ich erst mal in meinem Wagen sitzen. Aus meiner

Handtasche hole ich den Zettel, auf dem meine Rede steht, und lese sie mir durch. Mit weichen Knien steige ich aus und gehe zu der kleinen Friedhofskapelle. Unsicher reihe ich mich in die Schlange ein, um mich in das Kondolenzbuch einzutragen. Als ich vor dem Buch stehe, schreibe ich mit zittrigen Fingern meinen Namen und gehe danach vor bis zur ersten Reihe, weil mir seine Tante dort einen Platz freihalten wollte. Ich schlängele mich durch die Massen in der bereits gut gefüllten Kapelle. Weiter vorne lichten sich die Reihen und ich sehe als erstes viele Blumengestecke; ich lasse meinen Blick weiterwandern und sehe vor drei Urnen drei Bilder stehen. Seine Mama, seine Schwester und Till. Bei dem Anblick seines Lächelns auf dem Foto schnürt sich wieder meine Kehle zu und Tränen steigen mir in die Augen. Wie hypnotisiert starre ich auf sein Bild und kann gar nicht glauben, dass das in der Urne alles sein soll, was von ihm übrig geblieben ist. Plötzlich berührt mich jemand am Arm.

»Georgia?«, fragt die Frau mich und ich sehe, dass auch sie Tränen in den Augen hat. »Ich bin die Tante von Till. Saskia.«

Ohne etwas zu antworten, umarme ich sie. Als wir die Umarmung lösen, deutet sie auf zwei leere Plätze in der ersten Reihe und wir setzen uns.

Gedankenverloren starre ich auf die Urnen.

Eine ganze Familie haben diese Schweine ausgelöscht!

Musik wird gespielt und der Pastor betritt die Kapelle. Er eröffnet seine Rede und ich kann ihm nicht folgen, viel zu weit weg bin ich mit meinen Gedanken. Wieder spielt Musik und er erzählt etwas. Aus meiner Trance werde ich gerissen, als er meinen Namen nennt.

»Georgia, die Freundin von Till, würde gerne noch ein paar Worte sagen.«

Saskia schaut mich ermutigend an und ich nehme meinen Zettel und stehe auf.

Als ich nach vorne trete, macht der Pastor mir Platz am Mikrofon. Zögerlich falte ich den Zettel auseinander und spüre, wie mein Herz klopft.

»Till und ich haben gekämpft«, beginne ich meine Rede und hole tief Luft. »Er hat diesen Kampf leider verloren, aber einzig und allein wegen ihm stehe ich heute noch hier. Jeder weiß aus den Nachrichten, was genau passiert ist, oder glaubt zumindest es zu wissen. Aber wer nicht dabei war, wird es wohl nie verstehen und sollte auch nicht darüber urteilen. Für mich wird Till immer mein Held sein. Er hat mir gezeigt, was es heißt zu lieben und für seine Familie da zu sein.« Erneut muss ich unterbrechen, um durchzuatmen. »Für eine Familie, auf die er so stolz war. Gerne wäre ich Teil dieser Familie geworden, aber diese Chance bekam ich leider nicht. Es ist Zeit zu sagen, dass ich Gott für dich danke, auch wenn du nur so einen kurzen Weg mit mir gehen konntest, bevor er dich zu sich geholt hat. Ich werde dich niemals vergessen!« Schluchzend verlasse ich das Rednerpult und Saskia legt tröstend ihren Arm um mich, nachdem ich mich gesetzt habe.

Nach mir halten auch andere kurze Ansprachen für Frauke und Aileen, seine Mama und seine Schwester, und als die Trauerfeier endet, gehen wir alle gemeinsam hinter den Urnen her, die vor uns getragen werden.

An den Gräbern möchte ich mich etwas abseits stellen, aber Saskia nimmt meine Hand und zieht mich mit nach vorne.

Die Urnen werden in die Erde gelassen und nach und nach treten alle vor, um Blüten und Erde in die Gräber zu werfen. ‹Abschied nehmen› von Xavier Naidoo beginnt leise zu spielen, was es mir nicht leichter macht, meine Emotionen in den Griff zu bekommen.

Zuerst gehe ich an das Grab von Frauke und entschuldige mich im Geiste bei ihr. Genauso mache ich es bei Aileen, denn auch wenn mich eigentlich keine Schuld trifft, liegen alle drei nur hier unter der Erde, weil ich Till um ein Date gebeten habe.

Als letztes trete ich an das Grab von Till, nehme eine Schaufel voll Erde und schmeiße sie in das Grab, dasselbe mache ich mit den Blüten und bleibe danach einen Moment an seinem Grab stehen, um mich zu verabschieden. »Ich liebe dich!«, flüstere ich und trete danach langsam zur Seite. Diesen Schmerz werde ich für immer in mir tragen und ich kann nur hoffen, dass er irgendwann ein erträgliches Maß annehmen wird.

»Wir gehen jetzt noch hier um die Ecke Kaffee trinken. Ich würde mich freuen, wenn du mitkommst.« Wieder umarmt Saskia mich.

»Das mache ich gerne.«

Zu Fuß gehen wir ein kurzes Stück bis zu einer kleinen Cafeteria. Immer mehr Menschen kommen und nehmen Platz an der langen Tafel.

Saskia setzt sich zu mir. »Vielen Dank für die Rede.«

»Ich danke dir. Du hast das alles wirklich toll organisiert.« Kurz lege ich meine Hand auf ihre Schulter.

»Das war das Letzte, was ich für meine Schwester und ihre Familie tun konnte.« Traurig schaut sie auf ihre Kaffeetasse.
»Ich würde dir gerne meine Familie vorstellen.« Sie zeigt auf einen Mann und eine junge Frau, etwa in meinem Alter.
»Georgia, das sind mein Mann Fritz und meine Tochter Larissa.«
»Hallo, ich bin Georgia, aber nennt mich doch bitte Schorschi.«
»Freut mich.« Fritz schüttelt meine Hand.
»Es tut mir so leid, was passiert ist«, sagt Larissa, als sie meine Hand schüttelt und ich sehe, dass sie Tränen in den Augen hat. »Till war immer mein Lieblingscousin. Als Kinder haben wir oft zusammen gespielt, als sie noch bei uns in der Gegend gewohnt haben.«
Ich erinnere mich daran, dass Till wegen des Studiums nach Göttingen gekommen ist und seine Mutter und Schwester sind ihm nach dem Tod des Vaters gefolgt. Sie kommen ursprünglich aus Gerolstein.
»Wie war er denn so als Kind?«, frage ich Larissa und sie erzählt mir ein paar

Geschichten aus ihrer Kindheit mit Till. Wir müssen sogar ein paar Mal lachen.

Saskias Familie mag ich sofort, sie sind so herzlich. Besonders zu Larissa habe ich einen guten Draht.

Nach ein paar Stunden sitzen nur noch wir vier an der langen Tafel.

»Die Kette ist von Till, oder?« Larissa deutet auf meinen Hals.

»Ja, das ist das Einzige, was mir von ihm geblieben ist.« Wie schon so oft streiche ich über den Kettenanhänger. »Ich habe nicht einmal ein Foto von Till und mir.«

»Das ist wirklich schade«, sagt Saskia und ich kann sehen, wie ernst sie es meint.

»Er war wirklich ein guter Junge. Hat so gut für seine Familie gesorgt«, sagt Fritz voller Anerkennung.

»Euer Verlust tut mir sehr leid.«

»Das wissen wir, aber wir sind jetzt eine Familie. Unser Verlust ist auch dein Verlust.« Saskia streichelt über meinen Unterarm.

»Das ist so ziemlich das Liebste, was mir je jemand gesagt hat.« Etwas verschämt senke ich meinen Blick.

»Komm uns doch nächstes Wochenende mal besuchen.« Larissa schaut mich aufmunternd an.

»Das würde ich liebend gern tun.«

»Da freuen wir uns.« Fritz lächelt.

»Dann kannst du mal sehen, wo Till aufgewachsen ist«, sagt Larissa begeistert.

Etwa eine halbe Stunde später beschließen wir zu gehen. Gemeinsam schauen wir noch auf dem Friedhof vorbei. Die Urnengräber verschwinden unter einem Blumenmeer. Schweigend stehen wir an den Gräbern, bis Saskia die Stille durchbricht. »Wollen wir los?«, fragt sie, nachdem sie sich die Tränen mit einem Taschentuch weggewischt hat.

Alle nicken und wir gehen zu unseren Autos.

»Hier unsere Adresse und meine Handynummer.« Larissa überreicht mir eine Visitenkarte.

»Danke. Ich melde mich bei dir wegen des nächsten Wochenendes.«

»Das würde uns sehr freuen«, sagt Fritz noch einmal.

»Ich habe hier noch etwas für dich.« Saskia greift in ihren Kofferraum und holt das Foto von Till, das zuvor vor der Urne stand, heraus. »Das ist zwar kein Foto von euch beiden, aber wenigstens hast du dann überhaupt ein Foto von ihm.« Sie hält mir das Bild hin.

»Vielen Dank. Das ist so lieb von dir.« Mit Tränen in den Augen nehme ich das Foto.

Wir verabschieden uns und ich gehe zu meinem Wagen, setze mich hinein und schaue mir Till auf dem Bild an. Ganz zart berühre ich mit meinen Fingerspitzen seine Wange. »Danke für alles«, flüstere ich, lege es beiseite und fahre los.

Ich schalte das Radio ein und ‹Somebody to die for› von Hurts läuft. Wieder schießen mir die Tränen in die Augen.

Könnte ich ihm doch wenigstens noch einmal in die Augen schauen! In dieses unvergessliche Blau…

Bei der Villa angekommen treffe ich im Foyer auf Lucia.

»Schorschi, da bist du ja wieder. Lass dich drücken.« Fest drückt sie mich an sich.

»Es war wirklich schrecklich, Lucia. Ich vermisse ihn so sehr.«

Sie löst die Umarmung, hält mich aber noch an den Schultern. »Wenn du irgendwas brauchst, ich bin für dich da.«

»Danke, das ist lieb von dir.«

Sie zieht mich etwas heran und drückt mir einen Kuss auf die Wange.

»Ich habe hier auch Post für dich. Ich wollte gerade hochgehen und sie vor deine Tür legen.« Aus ihrer Kitteltasche holt sie einen Brief.

»Danke. Ich gehe dann mal hoch.«

»Lucia, kommen Sie doch mal«, ruft meine Mutter.

»Ich muss.« Lucia deutet in Richtung Wohnzimmer.

»Danke«, sage ich nochmal und gehe die Treppe hinauf in meine Wohnung.

Im Wohnzimmer setze ich mich aufs Sofa und öffne den Brief.

»Vorladung vor Gericht.« Lese ich mir selber laut vor.

Wollen die mich verarschen?

Die Familie des Dicken will mich tatsächlich verklagen. *Was ist nur los in diesem Land?*

Ungläubig falte ich den Brief zusammen und lege ihn auf meinen Wohnzimmertisch mit dem Entschluss, mich darüber nicht aufzuregen und am Montag sofort meinen Anwalt anzurufen.

Das restliche Wochenende verbringe ich in meiner Wohnung, auf dem Sofa oder im Bett. Immer wieder schießen mir die Tränen in die Augen. Besonders, wenn ich mir das Foto von Till anschaue.

Am Sonntagabend liege ich im Bett und kann nicht einschlafen. Ich wälze mich von einer Seite auf die andere und stehe dann auf, um mir ein Glas Wasser zu holen. Plötzlich werde ich von einer Idee angetrieben. Ich ziehe mir ein T-Shirt, Jogginghose und Turnschuhe an und gehe die Treppe runter.

»Hallo, Georgia, wo wollen Sie denn so spät noch hin?« Philipp schaut mich erstaunt an, als ich aus der Haustür komme.

»Hallo, Philipp. Ich muss nur kurz was erledigen.«

»Soll ich jemanden rufen, der Sie begleitet?«

Kurz denke ich über das Angebot nach.

»Nein, danke. Bin gleich wieder zurück.«

Besorgt schaut er mich an. »Sicher?«

»Sicher«, bestätige ich.

»Dann nehmen Sie wenigstens das mit.« Er hält mir eine Dose Pfefferspray hin.

»Danke.« Ich nehme die Dose. »Bis gleich, Philipp.«

»Seien Sie vorsichtig. Bis gleich.«

»Als ich im Auto sitze und losfahre, denke ich darüber nach, wie erfolgreich man wohl einen Angreifer mit Pfefferspray abwehren könnte. Wenn der so gut organisiert wäre wie die Entführer, wahrscheinlich nicht sehr erfolgreich.

Aber besser als nichts!

Ich fahre durch die Nacht, genau die Strecke, die ich seit der Entführung gemieden habe. Im Radio spielt ‹An deiner Seite› von Unheilig und ich muss umschalten, damit ich nicht sofort wieder weinen muss. Fast ist mir so, als würden mich diese traurigen Lieder verfolgen.

An meinem Ziel angekommen, parke ich meinen Wagen am Straßenrand und steige aus.

Vor mir erstreckt sich das große Plakat mit meinem Portrait darauf.

Es gibt nichts Schöneres, als neben dir aufzuwachen!

Wie recht er doch hatte. Um die Strahler, die das Plakat beleuchten, flattern Insekten, aber ansonsten ist es still und niemand ist zu sehen.

Eine ganze Weile betrachte ich das Kunstwerk und erinnere mich daran, wie er mich genau hier, wo ich gerade stehe, geküsst hat. Diese Erinnerungen kommen mir wie ein Traum vor. Einzelne Tränen suchen sich ihren Weg über meine Wange und tropfen herunter auf den Asphalt.

Warum nur musste das alles passieren? Diese scheiß Welt ist so furchtbar ungerecht!

Laut schluchze ich und trete, ohne vorher darüber nachzudenken, gegen einen Mülleimer, der an einer Straßenlaterne hängt. Dieser fliegt im hohen Bogen auf den Gehweg und ich höre einen Hund, in der Nähe bellen, der wohl durch den Krach aufgeschreckt worden ist.

Boah, Schorschi! Ehrlich jetzt?

Mit dem Handrücken wische ich mir die Tränen aus dem Gesicht und beginne den Müll einzusammeln.

Jetzt macht diese scheiß Wut schon einen Vandalen aus mir!

Nachdem ich alles eingesammelt habe, hänge ich den Mülleimer wieder an der Laterne auf, gehe zurück zu meinem Wagen und beschließe, ab jetzt keinen Umweg mehr zur Arbeit und zurück zu fahren, um diesem Plakat aus dem Weg zu gehen. Viel mehr will ich es genießen, so lange es noch hängt. Auch wenn es weh tut!

Am Montagmorgen rufe ich in der Frühstückspause bei meinem Anwalt Herr Dr. Gretzel an, um ihm von der Anklage zu berichten. Nach dem Gespräch bin ich

etwas beruhigter, weil er auch der Meinung ist, dass ich sicher wegen Notwehr freigesprochen werde.
Ich nehme nochmals mein Handy und schicke Larissa eine Nachricht.

<Georgia: Hi Larissa! Würde Samstagmorgen gleich in der Früh losfahren. Freu mich schon auf euch! LG Schorschi

Als ich gerade mein Handy zur Seite legen möchte, piept es.

>Larissa: Hi! Freuen uns auch schon! LG

Voller Vorfreude lege ich mein Handy weg und esse mein Pausenbrot.
Beate betritt mit der Tageszeitung den Raum.
»Du hattest keinen Autounfall, habe ich recht?« Fragend schaut sie mich an und legt mir dann die Zeitung vor. Ich lese die Schlagzeile »Ist sie die entführte Millionärstochter?« und darunter ist ein Foto, auf dem ich an Tills Grab stehe.

Scheiße, aus der Nummer komme ich wohl nicht mehr raus!

Das mit dem Autounfall hatte ich mir ausgedacht, um mein unentschuldigtes Fehlen und die Verletzungen auf der Arbeit zu erklären.

»Nein, hatte ich nicht.« Entschuldigend schaue ich sie an.

»Du bist dieses entführte Mädchen?«

»Ja.«

»Und du heißt von Hofburg und nicht einfach nur Hofburg.«

»Ja.« Plötzlich bekomme ich ein schlechtes Gewissen, weil ich all die Jahre nur die halbe Wahrheit erzählt habe.

»Das tut mir wirklich leid«, stammelt sie.

»Danke. Mir wäre es lieb, wenn du die Zeitung hier nicht liegen lassen würdest.«

»Natürlich, aber ich glaube nicht, dass du das noch lange geheim halten kannst, wenn die Presse dich jetzt im Visier hat.« Sie setzt sich neben mich.

»Stimmt wohl.« Nachdenklich blicke ich auf das Bild.

»Ich weiß gar nicht, was ich sagen soll. Ich wollte einfach nicht so tun, als wüsste ich nichts.«

»Ist schon okay.«

Kurz greift sie nach meiner Hand und drückt sie. Dabei überlege ich, was die Presse wohl noch so alles schreiben könnte.

Am Dienstag habe ich nachmittags einen Termin bei Dr. Gretzel, wieder muss ich die ganze Geschichte erzählen und fühle mich vollkommen aufgewühlt, als ich seine Kanzlei verlasse. Mir schießen die Bilder durch den Kopf, die ich zu verdrängen versuche. Es sind so eine Art Flashbacks, die wie aus dem Nichts in meinen Kopf auftauchen.

Als ich wieder zu Hause bin, muss ich gleich eine von meinen Tabletten nehmen, um mich etwas beruhigen zu können. Einsam blicke ich mich in meiner riesigen Wohnung um.

Ich muss mir echt was Neues suchen!

Erschöpft lege ich mich auf mein Sofa, decke mich mit einer Wolldecke zu und schließe die Augen.

Geweckt von einem lauten Knall, schrecke ich hoch.

»Täublein, da bist du ja.« Der Schmierige lächelt mich mit seinen braunen Zähnen an und mein Herz bleibt fast stehen.

»Ich habe dir auch einen guten alten Freund mitgebracht.« Er zeigt auf die Tür und der Dicke kommt rein, blutverschmiert und mit Tills Kopf in der Hand, den er an den Haaren hält. Blut tropft aus seinem abgetrennten Hals.

»Du dachtest wohl, du hättest mich kalt gemacht?« Auch der Dicke lächelt.

»Bei mir hat sie es auch versucht.« Der Schmierige zeigt auf das Messer, das in seinen Rippen steckt, zieht es heraus und ein Fluss aus Blut fließt an seiner Seite herunter.

Nervös schaue ich mich um und sehe plötzlich eine Pistole neben mir liegen, nehme sie und drücke ab, aber sie ist gesichert. Langsam kommen die beiden lachend immer näher.

»Ist schon scheiße, wenn man nicht weiß, wie man sie entsichert.« Der Schmierige lacht laut.

»Holt sie euch und stellt mit ihr an, was ihr wollt.« In der Tür steht der Chef.

Immer und immer wieder versuche ich abzudrücken, aber es gelingt mir nicht, die Waffe zu entsichern.

Der Schmierige packt mich an der Gurgel und der Dicke wedelt mit Tills Kopf vor meinen Augen herum.

»Erst werde ich dich vernaschen und dann schiebe ich dir das Messer in die Rippen oder ich schiebe es dir erst in die Rippen...« Er setzt das Messer an, schiebt es langsam in meinen Brustkorb und ich schreie laut.

Mit einem Satz richte ich mich auf und fasse mir an meine Rippen.

Es war nur ein Traum!

Weil ich klitschnass geschwitzt bin, schiebe ich die Decke von mir herunter und versuche meine Atemfrequenz zu normalisieren.

Verwirrt stehe ich auf und hole mir aus der Küche ein Glas Wasser.

Du musst dich beruhigen!
Ich ziehe mir ein Nachthemd an und lege mich in mein Bett, aber an Schlaf ist nicht mehr zu denken. Als um 5:30 Uhr der Wecker klingelt, liege ich immer noch mit weit aufgerissenen Augen im Bett und quäle mich gerädert hoch.

Vor der Arbeit fahre ich noch bei einem Kiosk vorbei. Ich lasse meinen Blick über die Zeitungen wandern und sehe auf einer Titelseite ein Foto von der Plakatwand. »War dies ein Liebesbeweis ihres toten Freundes?«, lautet die Überschrift. Fassungslos kaufe ich die Zeitung und bemerke, wie der Verkäufer mich ganz genau mustert. Wahrscheinlich überlegt er gerade, ob ich es wirklich bin.
Im Auto lese ich den Artikel und kann dabei nur hoffen, dass das Medieninteresse bald ein Ende haben wird. Um mir selber nicht noch mehr weh zu tun, beschließe ich, dass ich in nächster Zeit keine Zeitung mehr lesen werde.

Am Samstagmorgen mache ich mich auf den Weg nach Rockeskill bei Gerolstein, wo Larissa, Saskia und Fritz wohnen. Obwohl ich mich total übernächtigt fühle, weil ich die letzten Tage immer von Alpträumen gequält wurde. Immer wieder träume ich von den drei Männern und Till und davon, dass ich eine Waffe habe, sie aber nicht entsichern kann.

Damit mir auf der Fahrt die Augen nicht zufallen, hole ich mir einen Energydrink, obwohl ich die eigentlich gar nicht mag. Gegen Mittag komme ich in Rockeskill an und steige aus. Mit meiner Reisetasche in der Hand gehe ich zum Haus von Larissas Familie. »Wir sind im Garten«, steht auf einem Schild, das an der Haustür hängt. Also gehe ich den gepflasterten Weg entlang um das Haus und sehe die drei auf der Terrasse sitzen.

»Georgia.« Larissa springt auf, um mich zu begrüßen, als sie mich sieht.

»Hallo, zusammen«, sage ich und umarme einen nach dem anderen.

»Wir freuen uns so, dass du da bist«, sagt Saskia.

»Ich freue mich auch.«

»Gib mir deine Tasche, ich bringe sie rein und du setzt dich.« Fritz nimmt mir die Tasche ab.

»Ihr habt es wirklich schön hier«, sage ich, als ich mich setze.

»Ich hole dir was zu trinken. Cola oder Wasser? Was möchtest du?« Saskia geht in Richtung Terrassentür.

»Ein Wasser wäre schön.«

»Ich habe schon ein Programm für uns gemacht. Heute Nachmittag grillen wir mit meinen Eltern und heute Abend gehen wir mit ein paar Freunden von mir weg. Hast du Lust?« Begeistert schaut sie mich an.

»Klar.«

Alles ist besser, als alleine zu Hause zu hocken!

»So hier dein Wasser.« Saskia und Fritz kommen aus dem Haus.

»Danke.« Ich nehme einen Schluck.

»Wenn du ausgetrunken hast, zeige ich dir meine Wohnung. Ich habe das ganze obere Stockwerk für mich allein.« Sie strahlt.

»Fast wie bei mir, aber mir gehört nur etwa die Hälfte des oberen Stockwerkes.«

»Nur« ist gut!

»Warum waren denn deine Eltern nicht bei der Beerdigung dabei?«, fragt Fritz.

»Sie kannten Till nicht.«

»Aber sie hätten doch mitgehen können, um dich zu unterstützen.« Saskia schaut mich an, als wäre das ja wohl das Selbstverständlichste auf der Welt.

»Meine Eltern und ich haben kein wirklich gutes Verhältnis«, versuche ich zu erklären.

»Das ist aber schade.« Fritz sieht mich mitleidig an.

»Ich passe halt nicht in ihre Welt, das war schon immer so.« Gequält lächele ich. »Aber davon wollen wir uns jetzt nicht die Laune verderben lassen.« Versuche ich abzulenken.

»Gut. Komm wir gehen hoch.« Larissa steht auf und ich folge ihr zu ihrer Wohnung, vor der schon mein Gepäck steht. Sie geht vor und ich nehme meine Tasche mit.

»Meine Oma hat früher hier gewohnt, aber sie ist vor fünf Jahren gestorben«, erklärt sie. »Wir sind froh, dass sie den Tod ihrer Tochter, ihrer Enkelin und ihres Enkels nicht mehr miterleben musste«, fügt sie traurig hinzu.

»Seine Kinder oder gar seine Enkel möchte wohl niemand überleben«, stimme ich ihr zu.

»Da hast du wohl recht.« Sie geht zielstrebig auf eine Tür zu. »Das ist mein Gästezimmer.« Sie öffnet sie.

»Super. Ein eigenes Zimmer.« Ich stelle meine Tasche auf dem Bett ab.

»Genau. Nur für dich. Ich habe drei Zimmer, Küche, Bad. Irgendwas musste ich damit ja anfangen.«

»Danke, Larissa.«

»Wofür?«

»Für das alles hier. Glaub mir, ich komme aus einer komplett anderen Welt. Es ist so viel schöner hier.«

Sie nimmt mich in den Arm. »Tills Freunde sind auch meine. Du wirst hier immer willkommen sein.«

»Genau das meine ich. Danke!«

Sie zeigt mir den Rest der Wohnung und wir setzen uns noch in ihr Wohnzimmer, um etwas zu quatschen.

»Es war ein Bild von Tills Beerdigung in der Zeitung. Eine Kollegin hat es mir gezeigt«, beginne ich.

»Ich habe gar keine Fotografen gesehen.«

»Ich auch nicht, aber neben mir hätte auch eine Bombe hochgehen können und ich hätte es wohl nicht gemerkt.«

»Was haben die denn geschrieben?«

»Es war ein Foto von mir an Tills Grab und in dem Artikel ging es darum, ob ich wohl das entführte Mädchen sei.«

»Das ist echt unverschämt, dass die Fotos bei der Beerdigung gemacht haben.«

»Ich finde das auch geschmacklos und am nächsten Tag gab es schon den nächsten Artikel. Nach dem habe ich dann beschlossen, keine Zeitung mehr zu lesen.«

»Ist wohl besser so. Was stand denn in dem?«

»Till hatte für mich in Göttingen eine große Plakatwand bemalt. Mit einem Porträt von mir. Und die Presse ist wohl dahinter gekommen, dass er das war.«

»Das ist echt mies. Wir haben hier auch etwas über die Entführung gelesen, aber ohne Fotos, Namen oder Ähnlichem.«

»Vor allem wissen es jetzt alle und behandeln mich ganz anders. Zum Bespiel auf der Arbeit. Ich hatte gesagt, dass ich nach einem Autounfall im Krankenhaus lag.«

»Tut mir so leid für dich.«

»Mich kotzt das auch alles nur noch an.«

»Glaube ich, aber jetzt bist du erst mal hier.« Aufmunternd streichelt sie meine Schulter.

Am Nachmittag ruft Fritz uns, wir gehen raus auf die Terrasse und sehen, dass der Grill schon an ist.

»Ihr kommt genau rechtzeitig. Ich schmeiße gerade das Fleisch auf den Grill, das habe ich heute Morgen noch vom Biobauern geholt. Es gibt dann aber auch noch Grillkäse und Gemüsepäckchen. Saskia schmeckt gerade den Kartoffelsalat ab.«

Ich setze mich und mir wird immer klarer, dass diese Familie das Leben führt, das ich mir immer gewünscht habe, und genieße es ihr Gast sein zu dürfen.

Wir essen, trinken und ich höre viele Geschichten über Till und seine Familie. Immer mal wieder schweigen wir traurig, aber auch lachen müssen wir zwischenzeitlich. Der Nachmittag vergeht wie im Flug.

»Wir haben gleich schon acht Uhr. Wir sollten langsam los.« Larissa schaut auf die Uhr.

»Vielen Dank für das leckere Essen.«

»Gerne.« Saskia lächelt.

Wir stehen auf, ich nehme meine Handtasche und Larissa und ich gehen zu ihrem Wagen.

»Wohin fahren wir?«, frage ich, nachdem wir eingestiegen sind.

»Nach Gerolstein in eine Bar. Dort treffen wir ein paar Freunde von mir. Die sind die beste Ablenkung. Du wirst sehen.«

Als wir dort ankommen, warten Larissas Freunde schon davor und wir gehen zu ihnen.

»Hallo, Leute, das ist Schorschi«. stellt sie mich vor.

»Hallo«, sage ich etwas schüchtern.

»Hi, ich bin Svenja.« Sie hebt kurz die Hand. »Und das ist mein Freund Theo. Das sind Stefan und Jelto.« Sie zeigt herum.

»Hallo«, wiederhole ich.

»Ich heiße wirklich so.« Jelto gibt mir die Hand und ich überlege, warum er mir bekannt vorkommt.

»Wir kennen uns von der Beerdigung. Till war mein bester Freund«, ergänzt er.

»Stimmt. Ich erinnere mich. Sorry, da waren so viele Menschen und ich habe nicht wirklich viel mitbekommen.«

»Kein Problem.« Er lächelt freundlich.

»Wollen wir reingehen?«, fragt Larissa.

»Klar.« Svenja nimmt Theos Hand und sie gehen vor.

Die Bar ist in ein gemütliches Schummerlicht getaucht und wir setzen uns an einen Tisch, der in einer kleinen Nische steht.

»Sechs Caipirinha«, sagt Jelto, als die Bedienung kommt.

»Für mich bitte einen Virgin Caipi. Ich muss fahren«, wirft Larissa ein.

»Also fünf richtige und einen ohne Alkohol?«, vergewissert sich die Bedienung.

»Genau«, bestätigt Larissa.

»Ich hoffe, du magst Caipirinha«, erkundigt sich Jelto.

»Klar, warum nicht. Ich muss nur etwas aufpassen. Ich nehme Medikamente, die sich mit Alkohol nicht ganz so gut vertragen.« Ich lächle.

»Wir passen schon auf, dass du nicht auf den Tischen tanzt.«

»Das ist nett.«

»Wie kommt es denn zu dem Namen Schorschi?« Stefan schaut mich über den Tisch hinweg an.

»Ich heiße eigentlich Georgia. Mag den Namen aber nicht besonders.«

»Du hast also auch grausame Eltern?« Jelto lacht.

»Das sowieso.« Auch ich lache.

»Wir gehen morgen alle in den Schützenverein, falls du mitkommen möchtest? Du könntest mit dem Luftgewehr und kleinkalibrigen Pistolen schießen.« Alle schauen Stefan an, als würden sie ihn am liebsten erschießen, und schweigen.

»Klar. Warum nicht«, antworte ich und mir kommen meine immer wiederkehrenden Träume in den Sinn.

»Echt?« Larissa sieht mich überrascht an.

»Ich denke, es kann nicht schaden, den Umgang mit einer Waffe zu erlernen.« Ich versuche selbstbewusst zu klingen.

Die Cocktails kommen und ich nehme gleich einen großen Schluck, nachdem wir angestoßen haben.

Jelto erhebt das Glas in meine Richtung. »Meine Freunde dürfen mich Jeli nennen, auch wenn das nicht sehr männlich klingt.« Er lacht.

»Das tut es wirklich nicht«, stimme ich ihm zu und stoße erneut an.

Der Abend gestaltet sich sehr unterhaltsam. Die Freunde von Larissa sind wirklich sehr nett. Gegen zwei Uhr morgens verabschieden wir uns und fahren zurück nach Rockeskill.

»Das war ein schöner Abend, aber ich bin wirklich todmüde.« Ich muss gähnen.

»Freut mich, dass es dir gefallen hat. War jetzt ja auch wirklich ein langer Tag für dich.«

»Stimmt. Ich kann bestimmt gut schlafen«, sage ich in der Hoffnung, nicht wieder von Alpträumen geplagt zu werden.

»Das denke ich mir.«

»Larissa, darf ich dich mal was fragen?«

»Klar.«

»Warum wurden Till, Aileen und Frauke nicht hier bei euch beerdigt?«

»Meine Mutter und Frauke hatten wohl mal darüber gesprochen, dass sie in Göttingen beerdigt werden wolle. Aber zu der Zeit wäre natürlich niemand darauf gekommen, dass Till und Aileen am selben Tag beerdigt werden würden.«

»Okay, ich verstehe, aber es war jetzt ja wirklich eine ganz andere Situation und in Göttingen haben die drei ja keine Familie.«

»Richtig, aber meine Mutter wollte sich an die Absprache halten. Und da es eh Urnengräber sind, die nur eine kleine

Platte oben drauf haben, ohne Pflanzschalen oder ähnlichem, muss ja auch nicht ständig jemand nach dem Grab schauen.«

»Das stimmt natürlich.«

Wir verfallen in Schweigen.

Als ich am nächsten Morgen die Augen aufschlage, fühle ich mich nicht ganz so allein wie sonst, aber ich habe trotzdem wieder einen Alptraum gehabt. Ich stehe auf und gehe in den Flur.

»Morgen. Na, ausgeschlafen?.« Larissa kommt gerade aus dem Bad.

»Morgen. Ja. Bist du im Bad fertig? Dann würde ich unter die Dusche springen.«

»Mach das, ich bin fertig. Kannst ja danach runterkommen. Bei dem Wetter frühstücken wir bestimmt draußen.«

»Mache ich.«

Ich hole meine Sachen und gehe ins Bad, um mich fertig zu machen. Danach gehe ich runter auf die Terrasse.

»Guten Morgen.« Ich sehe, dass der Tisch bereits reichlich gedeckt ist.

»Guten Morgen. Hast du gut geschlafen?«, erkundigt sich Saskia.

»Ja. Danke«, antworte ich nicht ganz der Wahrheit entsprechend.

»Habt ihr beide denn heute noch was vor oder fährst du früh zurück?« Fritz schaut von seiner Zeitung herauf.

»Wir gehen zum Schießen.« Ich nehme mir ein Brötchen und Fritz und Saskia schauen mich erstaunt an.

»Meinst du denn, dass das das Richtige für dich ist? Ich meine jetzt im Moment.« Prüfend sieht Saskia zu mir herüber.

»Es war meine Entscheidung«, versuche ich sie zu beruhigen.

»Okay, du bist ja erwachsen.« Sie lächelt.

»Das bin ich wohl spätestens in den letzten fünf Wochen geworden.«

»Ich bin ja dabei und wenn es dir zu viel wird, fahren wir wieder.« Auch Larissa versucht ihre Mutter zu beruhigen.

»Ihr macht das schon.« Fritz gießt sich einen Kaffee ein.

Eine ganze Zeit sitzen wir auch nach dem Frühstück noch auf der Terrasse und unterhalten uns über alles Mögliche. Mit meinen Eltern wäre so ein entspanntes Beisammensein niemals möglich gewesen. Fast fühle ich mich wie in einer der Plätzchenwerbungen, die ich als Kind so gerne im Fernsehen gesehen habe.

»Du hast mit deiner Familie wirklich Glück.« Ich steige in Larissas Wagen ein.
»Ich weiß.« Sie lässt den Motor an.
»Ich kann mir gut vorstellen, wie schmerzhaft es für euch gewesen sein muss, erst Tills Vater und dann den Rest der Familie zu verlieren.«
»Das alles war und ist sehr schmerzhaft für uns, aber es hat uns noch näher zusammengeschweißt.«
»Meine Eltern und ich sprechen kein Wort mehr, seit ich ihnen im Krankenhaus meine Meinung zum Falschgeld gesagt habe.«
»Also stimmt das, was die Medien berichtet haben? Dein Vater hat es echt mit Falschgeld versucht?«
»Ja, hat er. Till und ich haben es nicht erkannt, aber die sofort.« Bei dem

Gedanken ballt sich meine rechte Hand zu einer Faust.

»Meinst du, dass du deinen Eltern eines Tages verzeihen kannst?« Wir halten an einer roten Ampel und Larissa schaut mich an.

»Nein, ich denke nicht. Das war eh nur der Tropfen, der das Fass zum Überlaufen gebracht hat. Meine Eltern haben sich noch nie wirklich für mich interessiert und ich will auch gar nicht wissen, wie mein Vater an das Falschgeld gekommen ist!«

»Das muss eine traurige Kindheit gewesen sein.«

»Das war es«, sage ich mit dem Gefühl, dass Larissa eine der Wenigen ist, die verstanden hat, dass Geld allein nicht glücklich macht.

Als wir beim Schützenhaus eintreffen, sehe ich schon Jelto.

»Hi, Jeli«, sage ich nach dem Aussteigen.
»Hallo.« Er kommt auf uns zu umarmt Larissa und nach kurzem Zögern auch mich.
»Bist du bereit?« Er lächelt mich an.

»Bin ich.« Etwas unsicher folge ich den beiden und wir treffen im Schützenhaus auf Svenja, Theo, Stefan und noch einen anderen älteren Mann.

»Hallo«, sage ich laut in die Runde und auch Jelto und Larissa begrüßen alle.

»Ich bin Heinz«, sagt der Ältere.

»Georgia.« Ich schüttele seine Hand.

»Hallo, Georgia.«

»Hallo, Heinz, freut mich.«

»Heinz ist unser Schützenkönig.« Gespielt ehrfürchtig schaut Stefan ihn an.

»Ich gratuliere.« Ich lächele Heinz an.

»Beim nächsten Mal lasse ich Stefan gewinnen, nochmal ist mir das zu teuer.« Er lacht.

»Als ob du das könntest.« Theo geht hinter die kleine Theke.

»Machst du mir 'ne Cola, Schatz?« Svenja himmelt ihren Theo regelrecht an und bei dem Anblick sticht es mir kurz im Herzen.

»Klar, noch jemand was?«

»Mach doch gleich für alle 'ne Cola, oder?« Heinz schaut sich fragend um und niemand widerspricht.

»Was würdest du denn gerne schießen? Luftgewehr oder Kleinkaliberpistole?« Jelto blickt zu mir.

»Kleinkaliber.« Ich versuche möglichst entschlossen zu klingen.

»Dann komm mit. Ich zeige dir alles.«

Heinz gibt ihm einen Schlüssel und ich folge ihm in einen kleinen Raum, in dem der Waffenschrank steht. Er schließt ihn auf und beim Anblick der Waffen wankt meine Entschlossenheit etwas.

Jelto nimmt eine Waffe und Munition heraus und verschließt den Schrank danach wieder. Wir gehen weiter zum Schießstand, der sich hinter einer großen Glasscheibe befindet. Mein Herz beginnt schneller zu schlagen, als er die Waffe lädt.

»So. Nimm sie erst mal in die Hand.«

Zitternd strecke ich meine Hand aus und er übergibt mir die Waffe.

»Du musst niemandem etwas beweisen. Das weißt du, oder?«

Ich nicke nur kurz. Irgendwas in meinem Inneren will das ich schieße.

»Eigentlich tragen wir einen Gehörschutz, aber für die Einweisung verzichten wir ausnahmsweise drauf.«

Ich nicke.

»Oben auf der Waffe hast du eine offene Visierung. Wird auch Kimme und Korn genannt. Du musst beides in eine Flucht bringen und damit auf dein Ziel zielen, okay?«

Jelto bemerkt wohl meine Unsicherheit und nimmt die Waffe an sich. »Ich zeige es dir einmal.« Er zielt, drückt ab und trifft die Zielscheibe fast mittig. Bei dem Knall des Schusses zucke ich zusammen und Erinnerungen kommen hoch, daran wie Till erschossen wurde und daran wie der Dicke auf mich geschossen hat. Ich atme tief durch.

»Alles klar?«

Wieder nicke ich.

»Willst du es jetzt versuchen?«

»Ja.«

Er lädt, gibt mir die Waffe und mein Herz springt mir fast aus der Brust. Ich nehme sie und ziele.

»Du musst sie erst entsichern.«

»Wie mache ich das?«

»Dort ist ein kleiner Hebel an der Seite.«

Er zeigt mir, wie ich entsichere.

Der kleine Hebel? Das ist alles?

Wieder ziele ich und drücke langsam den Abzug. Es knallt und ich treffe noch den unteren Rand der Zielscheibe.

»Nicht so schlecht fürs erste Mal. Du kannst die Waffe runternehmen.« Er sieht mich an.

»Schorschi?« Er drückt langsam meine Arme runter, die die Waffe immer noch auf das Ziel richten.

»Schorschi? Alles klar?« Vorsichtig nimmt er mir die Waffe ab.

»Dieser kleine Hebel. Das ist alles?«

»Ja, zum Entsichern. Was meinst du?«

»Hätte ich das gewusst. Ich hätte ihn…«

»Was hättest du? Wovon redest du? Von Till?«

»Ich hatte seine Waffe und hätte ich gewusst, wie, würde er niemals wieder eine Frau anfassen.«

»Du sprichst von den Entführern.«

Ich nicke und merke, wie meine Augen feucht werden.

»Die sind weit weg. Du brauchst keine Angst zu haben«, versucht Jelto mich zu beruhigen.

»Ich vielleicht nicht«, sage ich und denke dabei an all die zukünftigen Opfer.

»Die Polizei wird die schon kriegen.«

»Ich hoffe es.«

»Laut der Presse hast du dich mit Leibeskräften gewehrt.«

»Erinnere mich bloß nicht an die Presse.«

»Was ich sagen wollte ist, dass du stolz auf dich sein kannst.«

Ich schaue ihm in die Augen. »Danke.«

»Du hattest also eine Waffe?« Wohl verunsichert von seiner eigenen Frage schaut er mich an.

»Ja, der eine hatte sie abgelegt, um…« Ich stocke.

»Vergiss die Frage. Tut mir leid.«

»Schon okay. Ich bin an seine Waffe gekommen und habe sie auf ihn gerichtet und abgedrückt, aber…« Ich muss schlucken.

Warum erzähle ich ihm das?

»Sie war gesichert. Meintest du das?«

»Ja.«

Larissa betritt den Schießstand. »Hast du geschossen?«

»Ja, habe ich.« Fast klinge ich stolz.

»Und wie war es?«, fragt sie weiter.

»Komisch, aber gut… denke ich.«

»Freut mich.« Sie lächelt.

»Wollen wir jetzt erst mal eine Cola trinken?«, schlägt Jelto vor.

»Gute Idee.« Erleichtert, der Situation entfliehen zu können, lächele ich.

Gemeinsam verlassen wir den Schießstand.

Gegen 15 Uhr packe ich in Rockeskill meine wenigen Sachen.

»Ich mache mich dann mal auf den Weg«, sage ich zu Larissa, die in ihrem Wohnzimmer sitzt.

»Ich komme noch mit runter.«

Wir gehen die Treppen runter in die Küche zu Saskia und Fritz.

»Ich wollte noch »tschüss« sagen.«

Saskia umarmt mich. »Komm gut nach Hause.«

»Du kannst ja Larissa eine Nachricht schicken, wenn du zu Hause bist. Dann wissen wir Bescheid, dass du gut angekommen bist.« Auch Fritz drückt mich.
»Das mache ich.«
Larissa bringt mich noch zu meinem Wagen.
»Fahr vorsichtig.« Sie umarmt mich.
»Mache ich. Ich melde mich bei dir.«
Niedergeschlagen, weil ich zurück in mein einsames Leben muss, steige ich ein und fahre los.

Zu Hause angekommen schicke ich Larissa gleich eine Nachricht.

<Georgia: Vielen Dank für das tolle Wochenende! Ich bin gut zu Hause angekommen. LG

Ich beginne damit, meine Tasche auszuräumen, und schon piept mein Handy.

>Larissa: Ich fand es auch schön. Darfst gerne nächstes Wochenende wiederkommen. LG
<Georgia: Vielleicht tue ich das.

>Larissa: Ich würde mich riesig freuen.

Dieses Wochenende hat mir wirklich gutgetan. Am liebsten wäre ich noch bei Larissa und ihrer Familie geblieben.

Die neue Woche beginnt und ich spreche mit Herrn Gretzel, der sich erst mal um den Papierkrieg kümmert. Aber irgendwann werde ich in einer Anhörung den Eltern des Mannes gegenübersitzen, den ich getötet habe. Aber auch wenn es ein komisches Gefühl sein wird, müssten wohl eher die sich schämen für das, was ihr Sohn mir angetan hat.

8

Zwei Wochen später fahre ich wieder zu Larissa. Wir haben einen Ausflug in einen Freizeitpark geplant. Ich bin schon am Freitag angereist und samstagmorgens geht es früh los.

Stefan hat sich extra den Wagen seiner Eltern ausgeliehen, damit alle sechs Personen in ein Auto passen.

»Alle angeschnallt?«, fragt Stefan, bevor wir starten.

»Alle abmarschbereit«, ruft Larissa neben mir und versucht eine einigermaßen bequeme Sitzposition zu finden, da wir uns bereit erklärt haben, auf den Notsitzen im Kofferraum Platz zu nehmen.

»Die sind wohl eher für Kinder ausgelegt.« Auch ich rutsche hin und her.

Auf der Fahrt hören wir laut Musik und lachen viel. Als wir beim Park ankommen, hilft Stefan uns, ganz der Gentleman, aus dem Auto heraus. »So, die Damen, ich hoffe Sie hatten eine angenehme Fahrt.«

Er hält mir eine Hand hin und ich ergreife sie, um aussteigen zu können.

»Vielen Dank.« Ich mache einen kleinen Knicks und er hilft auch Larissa heraus.

»Dann können wir ja los«, sagt Jelto und wir gehen zum Eingang.

Der Park ist schon relativ voll und wir schauen erst einmal auf den Plan, um eine ungefähre Route zu bestimmen.

»Ich wäre erst für Achterbahn fahren, dann vielleicht eine Show und die Wildwasserbahn zum Schluss, damit wir nicht den ganzen Tag in den nassen Klamotten rumlaufen müssen«, schlägt Svenja vor.

»Hört sich gut an.« Theo legt einen Arm um sie.

»Also auf zur Achterbahn! Bevor es noch voller wird und wir ewig anstehen müssen.« Stefan geht vor und wir folgen ihm.

Als wir uns anstellen, ist die Schlange noch recht kurz, sodass wir nach etwa 15 Minuten ganz vorne stehen.

»Ich habe echt etwas Schiss«, gibt Larissa zu und man kann sehen, wie sie immer nervöser wird.

»Du brauchst doch keine Angst zu haben. Ich fahre mit dir und passe auf dich auf.« Jeli legt einen Arm um ihre Schultern.

»Dann können wir ja zusammen fahren.« Stefan sieht mich an und ich nicke. »Aber wir sitzen vor Jeli und Larissa, falls ihr das Frühstück wieder hochkommt.«

»Ihr seid gemein«, beschwert sich Larissa und schaut kritisch die gerade einfahrende Bahn an.

»Los geht's.« Theo krabbelt durch und Svenja setzt sich neben ihn.

Stefan hält mir wieder die Hand hin, um mich zu stützen, während ich auf den gegenüberliegenden Sitz herüberklettere.

»Noch kannst du aussteigen«, höre ich Jeli hinter uns sagen.

»Geht schon«, murmelt Larissa, als die Kontrolleure die Sicherheitsbügel prüfen.

Die Bahn setzt sich langsam in Bewegung und ich muss zwangsläufig an Till denken, als die Bahn den ersten Berg erklimmt und ich in den Himmel schaue.

Ob er uns gerade von dort oben zuschaut?

Wie perfekt wäre dieser Tag mit ihm gewesen?!

Mit einem lauten Klick wird die Bahn ausgehakt und saust bergab. Ich kann nicht anders als zu schreien und zu quieken. Das Adrenalin schießt in meine Adern und für einen Moment schwämmt es alle negativen Gedanken weit weg.

»Das war der Hammer«, brüllt Stefan neben mir und die Bahn fährt langsam in den Bahnhof ein.

»Hast du alles gut überstanden?«, frage ich Larissa, nachdem wir ausgestiegen sind.

»Da bekommt ihr mich nie wieder rein«, schnauft sie.

»Das hat doch Spaß gemacht«, versucht Stefan sie zu beruhigen.

»Dann lasst uns doch jetzt eine Show ansehen«, schlägt Jeli vor.

»Gute Idee, dann kann Larissa sich etwas beruhigen, bevor wir in die nächste Bahn gehen.« Theo lacht.

»Sehr witzig. Macht euch ruhig lustig über mich.« Schmollend geht Larissa vor.

Svenja schaut auf ein Plakat vor der Showarena. »Die Show startet in zehn Minuten. Los, beeilt euch.«

Schnellen Schrittes gehen wir zur Zuschauertribüne.

»Da unten sind noch fünf und dort oben zwei Plätze frei, sonst nur noch einzelne.« Stefan lässt seinen Blick über die Tribüne schweifen.

»Dann setzt ihr euch doch dort unten hin und ich gehe nach oben.« Jeli beginnt die Stufen hinaufzusteigen.

»Warte, ich komme mit«, rufe ich ihm hinterher, weil ich es blöd finde, wenn er ganz allein dort oben sitzt. Zumal ich ja die Neue in der Gruppe bin.

Wir gehen hoch bis in die letzte Reihe und setzen uns.

»Was für eine Show ist das denn?« Fragend schaue ich Jeli an.

»Eine Polizei-Stunt-Show, glaube ich.« Gerade beendet er seinen Satz, da geht es auch schon los.

Autos rasen über die Bühne und Gangster fliehen vor der Polizei. Sehr unterhaltsam, bis ein Schuss fällt.

Der Knall hallt in meinen Ohren nach. Ich versuche ruhig durchzuatmen, aber da folgt schon der nächste und noch einer. Bei jedem Schuss zucke ich zusammen und das Atmen fällt mir schwerer.

»Magst du was trinken? Ich hole uns was«, japse ich.

»Jetzt? Mitten in der Show?« Jeli dreht sich zu mir und ich kann sehen, wie das Lächeln auf seinen Lippen verschwindet, als er mich ansieht. »Ist alles in Ordnung?«

»Ja, ich habe nur Durst.«

»Deine Lippen sind total weiß.«

Wieder fällt ein Schuss und ich kann es nicht unterdrücken, dass ich zusammenzucke.

»Lass uns zusammen was zu trinken holen«, schlägt Jeli vor.

»Bleib du doch.«

Wieder ein Schuss.

»Nein. Komm, wir gehen.«

Wir stehen auf und ich gehe vor ihm die Treppen herunter. Immer schneller, bis wir draußen stehen.

»Setz dich. Ich hole uns 'ne Cola.« Er deutet auf einen Tisch mit vier Stühlen, der unter einem Sonnenschirm steht.

Ich setze mich und zwinge mich selber langsamer zu atmen.

Beruhige dich! Das ist nur eine Show gewesen!

»Hier, trink erst mal was.« Jeli gibt mir einen Becher mit Strohhalm und setzt sich dann neben mich.

»Danke.«

Wortlos schlürfen wir eine Zeit lang an unseren Getränken.

»Till war wirklich mein bester Freund. Wir kannten uns, seit wir drei Jahre alt waren.« Jeli durchbricht das Schweigen.

»Das muss schwer für dich sein.« Ich schaue von meinem Strohhalm auf.

»Ja, das ist es. Auch wenn er nicht mehr hier gewohnt hat, standen wir uns doch sehr nahe und konnten über alles reden.« Nachdenklich sieht er mich an.

»Solche Freundschaften gibt es wohl nicht so oft.«

»Nein! Gibt es nicht.« Er nimmt einen Schluck. »Du hattest Angst vor den Schüssen, oder?«

»Ja, hatte ich«, sage ich und versuche ihm dabei in die Augen zu schauen, aber es fällt mir schwer.

»Es war wohl taktlos von uns, dich mit in so eine Show zu nehmen. Es ist nur so unvorstellbar für uns alle, dass Till wirklich so gestorben sein soll.« Er senkt seinen Blick.

Dieses Gespräch fühlt sich so surreal an, denn um uns herum hört man nur Kinderlachen und das freudige Kreischen aus den Fahrgeschäften.

»Versuche gar nicht, es dir vorzustellen. Behalte ihn so in Erinnerung, wie er war. Glaub mir, es ist ein Geschenk, diese Bilder nicht mit sich im Kopf herumtragen zu müssen!«, sage ich und würde am liebsten meine Cola auf den Boden schmeißen oder den Tisch umwerfen, da sich plötzlich Wut unter meine Angst und Trauer mischt.

Warum haben diese Schweine uns das nur angetan?

»Wo wart ihr denn?« Stefan lässt sich auf einen Stuhl neben Jeli fallen und greift sich dessen Cola.

»Wir haben euch gesucht.« Larissa setzt sich neben mich und Theo zieht für sich und Svenja zwei Stühle ran.

»Also ich… ich«, stammele ich und bemerke erst jetzt, dass ich meine Hände zu Fäusten geballt habe.

»Schorschis Kreislauf hat etwas schlapp gemacht und da sind wir was trinken gegangen. Sie hatte ganz weiße Lippen.« Jeli schaut zu mir, ich nicke und entspanne langsam meine Hände.

‹DANKE› forme ich lautlos mit den Lippen, als es außer ihm niemand mitbekommt.

»Jetzt siehst du aber wieder gut aus, wie immer.« Stefan lächelt mich an.

»Boah, du Schleimer.« Larissa nimmt ihm die Cola ab und nimmt auch einen Schluck.

»Los, lasst uns weitergehen.« Svenja steht auf und wir folgen ihr.

Beim Gehen legt Larissa einen Arm um mich. »Nie wieder Shows, bei denen geschossen wird. Versprochen!«, flüstert sie mir ins Ohr und ich gucke sie erstaunt an.

Aber eigentlich hätte mir klar sein müssen, dass ich Larissa nicht so schnell täuschen kann. Dafür ist sie einfach zu feinfühlig.

Wir rennen den ganzen Tag durch den Park, bis uns die Füße schmerzen.

»Ich würde sagen, es ist Zeit für die Wildwasserbahn und dann ab nach Hause.« Stefan setzt sich auf eine kleine Mauer.

»Dafür bin ich auch.« Svenja lässt sich neben ihn fallen.

»Dann los, Endspurt.« Jeli geht voran und alle trotten hinterher.

Da der Park in einer halben Stunde schließt, ist die Schlange überschaubar ganz im Gegensatz zu den anderen Bahnen, in denen wir in den letzten Stunden waren.

Als das Floß vorfährt, das wie ein ausgehöhlter Baumstamm aussieht, nimmt Stefan mich am Arm. »Da passen wir nicht alle rein. Komm Frau von Hofburg, wir nehmen das nächste.«

Wir winken noch zum Abschied und warten dann auf den nächsten Baumstamm.

»Jetzt sind wir dran. Los geht's.« Stefan hält mal wieder meine Hand, damit ich einsteigen kann. »Rück ganz nach hinten. Ich will mir nicht nachsagen lassen müssen, dass ich nur mit dir fahren wollte, damit ich deinen hübschen Hintern zwischen meinen Beinen spüren kann.« Er lacht.

Ich lehne mich hinten an und er nimmt zwischen meinen Beinen Platz. »Aber nicht, dass die anderen jetzt denken, dass ich deinen hübschen Hintern zwischen meinen Beinen spüren wollte.« Jetzt müssen wir beide lachen.

»Ich denke so herum ist die Gefahr eher gering.« Stefan dreht sich von mir weg und die Fahrt beginnt… und endet mit einer ordentlichen Dusche.

Als wir wie zwei begossene Pudel aussteigen, warten die anderen schon auf uns und sehen genauso durchnässt aus wie wir.

»Na, Mister Wet-T-Shirt«, prustet Larissa los, als sie Stefans klitschnasses weißes Shirt sieht.

»Schade, dass von euch Mädels keine weiß trägt«, kontert er.

Gut gelaunt machen wir uns auf den Weg zum Auto und weiter nach Hause.

Ich lehne meinen Kopf an der Kopfstütze an und denke, dass ich froh sein kann, dass Tills Freunde mich so liebevoll aufgenommen haben. Das ist wenigstens ein kleiner Trost, auch wenn ich all das hier sofort gegen Till eintauschen würde!

9

Wir haben Mitte Oktober und in den letzten Wochen war ich immer häufiger in Rockeskill. Till ist seit über drei Monaten tot, aber es schmerzt immer noch gewaltig in meinem Herzen. Allerdings haben sich meine Alpträume, seitdem ich öfter im Schützenverein schieße, dahin gehend verändert, dass ich auch im Traum schießen kann. Ich werde also immer noch davon heimgesucht, aber immerhin kann ich mich einigermaßen verteidigen. Somit lohnt es sich für mich, mich immer wieder zum Schießen zu überwinden.

Da nächste Woche die Anhörung sein soll, fahre ich auch dieses Wochenende mal wieder in die Vulkaneifel, um vorher Kraft zu tanken.
»Hey, Schorschi.« Fritz legt die Heckenschere bei Seite, als ich aussteige.
»Hallo, Fritz.« Stürmisch umarme ich ihn.
»Larissa ist oben. Schlüssel steckt.«

»Danke.« Mit meiner Tasche bewaffnet gehe ich hoch und klopfe an Larissas Wohnungstür.

Sie reißt die Tür auf. »Schorschi. Ich freu mich so.« Fest drückt sie mich.

»Hi.«

»Komm rein. Ich habe auch eine kleine Planänderung.«

»Was denn für eine Planänderung?« Ich stelle meine Tasche im Flur ab.

»Jeli wird heute mit dir nach Manderscheid fahren, um Burgen anzugucken, weil ich leider arbeiten muss.«

»Das ist schade.«

»Ich weiß, aber ein armer Student muss was verdienen.« Sie lacht.

»Dafür habe ich Verständnis. Ich freue mich natürlich, wenn ich was mit Jeli machen kann.«

»Er freut sich ganz sicher auch.«

»Das hoffe ich doch.« Ich ignoriere ihr doppeldeutiges Lächeln, das sie in letzter Zeit häufiger auflegt, wenn wir von ihm sprechen.

»Er müsste auch so in 15 Minuten hier sein.«

»In 15 Minuten schon? Dann gehe ich mich mal schnell frisch machen.« Ich nehme meine Tasche und verziehe mich ins Bad.

Als ich gerade herauskomme, klingelt es auch schon.

»Das wird er sein«, ruft Larissa aus der Küche.

»Dann gehe ich gleich runter. Wir sehen uns heute Abend.«

»Bis dann.« Sie kommt aus der Küche und drückt mir einen Schmatzer auf die Wange.

»Bis dann und viel Spaß beim Arbeiten.«

»Euch auch viel Spaß.«

Ich verlasse das Haus und die Strahlen der Herbstsonne treffen mich.

»Hey, Schönheit.« Jelto steht vorm Haus, lässig gegen sein Auto gelehnt.

»Hey, Schleimer.« Zur Begrüßung umarme ich ihn.

»Dann wollen wir mal los«, sagt er, nachdem wir eingestiegen sind.

Er stellt die Musik lauter und ich betrachte die vorbeirauschenden gelb und rot gefärbten Bäume. Dabei denke ich an

Till, wie oft ist er wohl diese Strecke entlang gefahren? Ich bin sie in den letzten Wochen ziemlich oft gefahren. Auch wenn die Fahrt von Göttingen hierher kein Katzensprung ist, nehme ich es gerne auf mich, um hier zu sein, bei meinen Freunden, die sich mittlerweile wie eine Familie für mich anfühlen. Larissa ist meine allerbeste Freundin und auch Jeli, Stefan, Theo und Svenja sind gute Freunde geworden. Ich glaube, besonders Jeli fühlt sich etwas dazu verpflichtet, auf mich aufzupassen, weil sein Freund Till es nicht mehr kann.
»Wann bist du heute angekommen?« Er reißt mich aus meinen Gedanken.
»Etwa 15 Minuten vor dir.«
»Oh, ich wollte dich nicht stressen.«
»Quatsch! Ich freue mich doch.«
»Da rechts ist die erste Burg.«
Ich schaue hoch, weil sie an einem Hang liegt, und bin im ersten Moment jetzt nicht so begeistert, weil man außer einer sehr hohen Mauer und einer Treppe nicht viel sieht. Doch dann fahren wir die Straße weiter bergauf und nach einer

langen Rechtskurve kann ich beide Burgen erkennen, die, wie ich jetzt sehen kann, in einem Tal liegen.

»Wow! Was für ein Ausblick.« Staunend schaue ich zu den Burgen.

Gleich hinter der nächsten Kurve liegt ein kleiner Parkplatz, auf dem wir parken.

»Hier vorne geht gleich ein kleiner Weg zur Oberburg. Ich hoffe, du hast gutes Schuhwerk.« Er lächelt mich an, nachdem er den Motor ausgemacht hat.

»Natürlich, aber wenn nicht, wäre es jetzt eh zu spät gewesen.« Ich zeige auf meine Turnschuhe.

»Ich hole nur noch etwas Proviant aus dem Kofferraum.«

Wir steigen aus und er öffnet den Kofferraum und entnimmt einen Rucksack.

»Dann können wir ja los.«

Ich folge ihm, aber das anscheinend zu langsam.

»Jetzt komm schon.« An meiner Hand ziehend beschleunigt er meinen Gang.

»Wir sind doch nicht auf der Flucht«, entgegne ich.

Jeli bleibt stehen und schaut mir prüfend in die Augen.

»Ist das überhaupt okay für dich? Hier, so am Waldrand?«

»Ja, das habe ich doch gerade nur so daher gesagt«, beruhige ich ihn.

»Ich habe vorher gar nicht so weit gedacht.«

»Jeli, es ist okay. Wirklich.«

Bevor wir weitergehen, gibt er mir einen Kuss auf die Stirn. »Okay, dann komm.«

Ein meist schmaler Weg führt uns am Waldrand vorbei und bringt uns zu einem kleinen Pavillon.

»Wollen wir eine kurze Pause machen?«, fragt er.

»Gerne.«

Wir setzen uns und genießen schweigend die Aussicht.

»Schorschi? Ich wollte dir immer schon mal was zeigen. Ich hatte Angst, dass es dich traurig machen würde, aber ich denke, du solltest es sehen.«

Neugierig schaue ich ihn an und er holt sein Handy aus seiner Tasche.

»Kurz vor der Entführung hatte ich mit Till geschrieben und er hat mir auch was über dich geschrieben.« Er zeigt mir die Nachricht.

>Till: Mir geht es sehr gut! Ich habe eine neue Freundin und ich bin mir sicher, dass sie die Eine ist. Sie ist der Typ Frau, den man heiratet und mit dem man Kinder bekommt! Ich habe das ganz große Los gezogen!!! Wie sieht es bei dir aus? Hoffe im guten, alten Gerolstein ist alles bestens! Freue mich von dir zuhören! VG Till

Diese Nachricht löst in mir so viele Gefühle aus. So eine Liebeserklärung zu bekommen, fühlt sich so gut an und gleichzeitig reißt es mir das Herz raus, weil ich ihn dafür nicht in den Arm nehmen und küssen kann.
»Danke«, flüstere ich und lege meinen Kopf an seine Schulter.
»Ich hoffe, du bist jetzt nicht allzu traurig.«

»Klar, bin ich das. Aber ich bin trotzdem froh, dass du sie mir gezeigt hast.«

Er legt einen Arm um mich. »Magst du was trinken?«

»Nein, lass uns erst mal weitergehen.«

Wir stehen auf und gehen wortlos das letzte Stück bis zur Burg. In mir brodelt es gewaltig. Ich vermisse Till so sehr und bin gleichzeitig so verdammt wütend. Diese Männer laufen immer noch frei herum. Sie haben so vielen Menschen Leid zugefügt und ich hoffe, dass sie ihre gerechte Strafe bekommen werden. Was wäre wohl gewesen, wenn ich die Waffe hätte entsichern können…?

»Die Aussicht ist wirklich schön.« Ich lasse meinen Blick schweifen.

»Ich war schon öfter hier, aber finde es auch immer wieder beeindruckend.«

»Los. Wir gehen auf den Turm.« Zielstrebig gehe ich vor und wir quälen uns die Treppen hinauf.

»Boah, ich schnaufe wie 'ne Dampflock.« Muss ich oben angekommen zugeben.

»Man ist nichts Gutes mehr gewöhnt.« Auch Jeli ist aus der Puste.

Wir stehen oben auf dem Turm und bestaunen die gegenüberliegende Niederburg.

»Vielen Dank für den Ausflug.«

»Habe ich gerne gemacht.« Wieder legt er einen Arm um mich und ich kuschele mich ran.

In Jelis Nähe fühle ich mich wohl, was seit der Entführung nicht unbedingt normal ist. Die meisten Männer beäuge ich eher kritisch. Noch mehr als zuvor.

»Nächste Woche ist meine Anhörung«, sprudelt es plötzlich aus mir heraus.

»Was denn für eine Anhörung?«

»Die Familie des Mannes, den ich umgefahren habe bei der Flucht, verklagt mich.«

Vollkommen entsetzt dreht er sich zu mir. »Die machen was?«

»Die wollen, dass ich in den Knast gehe, weil ich einen Mörder umgefahren habe, der auf mich geschossen hat.«

»Das ist unglaublich.«

»Mein Anwalt sagt, dass es nur eine Formsache sei, und dass ich wegen Notwehr freigesprochen werde, aber ich muss wieder alles erzählen.«

»Komm her.« Er zieht mich an sich und nimmt mich in den Arm.

»Wann ist das?«

»Donnerstag.«

»Mit wem gehst du dahin?«

»Mit meinem Anwalt.«

»Ich meine, wer begleitet dich außer deinem Anwalt?«

»Na, niemand. Du bist der Erste, dem ich es erzähle, und ich habe doch in Göttingen sonst so gut wie keinen.«

Noch fester drückt er mich an sich. Ich löse die Umarmung leicht und schaue ihm ins Gesicht. Aufmunternd lächelt er mich an und mir fällt zum ersten Mal auf, was für ein süßes Lächeln er hat.

»Alles wird wieder gut.« Sanft streicht er eine Haarsträhne aus meinem Gesicht.

Bei diesem Satz muss ich an Till denken und daran, wann er ihn das letzte Mal zu mir gesagt hat. Es ist danach alles andere als gut geworden.

»Vielleicht sollten wir langsam los. Da ziehen ganz schön dunkle Wolken auf.« Ich deute zum Himmel.

»Ja, sollten wir«, stimmt er mir zu. Schnell nehmen wir die Stufen nach unten und gehen den Weg zurück, den wir gekommen sind.

»Ich habe schon einen Tropfen abbekommen.« Ich drehe die Handflächen Richtung Himmel, um zu fühlen, ob noch mehr Tropfen folgen.

»Ich auch.« Er hat es gerade ausgesprochen, da donnert es laut und ich zucke zusammen.

»Hab keine Angst. Wir sind gleich wieder beim Pavillon, da stellen wir uns unter.« Versucht er mich zu beruhigen.

»Spätestens, wenn es anfängt zu blitzen, lege ich mich flach auf den Boden und gehe nirgends mehr hin.« Ich lächele und es beginnt mit einem Schlag zu schütten.

»Komm!« Jeli nimmt meine Hand und läuft los. Erst beim Pavillon halten wir an.

»Hier werden wir wenigstens nicht nass und Blitze habe ich bisher noch keine gesehen.« Er hält immer noch meine Hand, dreht sich zu mir und schaut mir in die Augen.

Um uns herum versinkt alles grau in grau. Von der schönen Aussicht ist wegen des starken Regens nichts zu sehen. Ich blicke an mir herunter und sehe, dass mein weißes T-Shirt so durchnässt ist, dass man meinen BH durchsehen kann.

Wie peinlich!

Ich lasse Jelis Hand los und nehme den um meine Hüften geschlungenen Pullover.

»Dreh dich um.« Ich löse meine Hand von seiner und er gehorcht.

Schnell ziehe ich mir das durchnässte Shirt aus und den Pullover an.

»Du darfst wieder gucken. Kann ich das in deinen Rucksack tun?«

Lächelnd dreht er sich zu mir um und verstaut dann mein Shirt in seinem Rucksack. Durch den Regen wurde es extrem kühl. Ich versuche mich durch reiben meiner Oberarme selbst zu wärmen.

»Ist dir kalt?«, fragt er.

»Schon etwas«, muss ich zugeben.

Er kommt näher und streicht mir zunächst einen Regentropfen von meiner Nasenspitze und nimmt mich dann in den Arm, um mich zu wärmen. Das Tosen des Regens wird immer lauter um uns herum.

Jeli löst die Umarmung etwas und schaut mir lächelnd in die Augen. Seine braunen Augen funkeln und sein Blick ist voller Wärme. Ich muss an das Blau in Tills Augen denken und hoffe, dass es für ihn okay ist, dass ich hier so mit seinem Freund stehe.

Jelis rechte Hand wandert meinen Rücken hinauf bis zu meinem Nacken und er zieht mich sanft zu sich heran.

Oh, nein!

»Jeli!« Mehr kann ich nicht sagen und schrecke zurück.

»Tut mir leid. Wirklich. Das hätte ich nicht versuchen sollen. Es war nur so romantisch hier ganz alleine im Regen, aber ich weiß du bist... warst mit Till zusammen und es ist falsch.« Er sucht nach den richtigen Worten und sieht mich hilfesuchend an.

Die Gedanken in meinem Kopf rattern nur so durch und ich überlege, ob ich nicht doch vielleicht unbewusst falsche Signale gesendet habe. Ich hätte ihn wohl nicht so nah an mich heranlassen sollen, weil mir eigentlich von Anfang an hätte klar sein müssen, dass er mich sehr mag.

»Ist schon okay«, versuche ich ihn zu beruhigen.

»Ist es nicht.«

»Ich hätte vielleicht mehr Abstand halten müssen. Für mich ist es selbstverständlich, dass ich keine neue Beziehung will und…« So richtig weiß ich nicht, was ich sagen soll.

»Du hast absolut nichts falsch gemacht. Ich will eigentlich nichts von dir, es war nur die Situation. Du hast so gut gerochen und da ist es wohl mit mir durchgegangen.«

»Ich habe so gut gerochen?« Ich muss lachen.

»Ja. Mehr war es nicht.«

»Gut.«

»Hör zu. Es tut mir wirklich leid, das war mehr als taktlos von mir.«

»Ist schon gut.« Um es ihm zu beweisen, umarme ich ihn.

»Lass das lieber. Du riechst immer noch gut.« Er lacht und schiebt mich sanft weg.

»Ich denke, wir können auch los. Es hat aufgehört zu regnen.« Ich deute nach draußen.

Schnellen Schrittes gehen wir zurück zum Parkplatz. Um die Stimmung etwas aufzulockern, springe ich in eine Pfütze neben ihm, sodass das Wasser an seine eh schon durchnässte Hose spritzt.

»Du willst wohl Ärger mit mir haben?!« Lachend laufe ich weg, er versucht mich zu fangen, aber ich bin als Erstes beim Auto.

»Nützt dir jetzt aber auch nichts, dass du als Erstes hier warst. Ich habe den Schlüssel und du kannst laufen.« Er lacht.

»Ach, komm schon.«

»Ausnahmsweise. Wenn du nochmal so frech bist, läufst du.« Endlich schließt er das Auto auf und wir setzten uns mit unseren durchnässten Klamotten rein.

»Das war ein schöner Ausflug. Danke«, sage ich, nachdem Jeli bei Larissa anhält.

»Fand ich auch.« Etwas verschämt lächelt er und ich beuge mich zu ihm und gebe ihm einen Kuss auf die Wange.

»Wir sehen uns.«

»Das tun wir.«

Ich werfe die Autotür hinter mir zu und gehe ins Haus.

Nach dem Abendessen mixen Larissa und ich uns einen alkoholfreien Cocktail.

»Prost.« Larissa hält mir ihr Glas entgegen.

»Prost.«

Wir stoßen an.

»Du hast noch gar nichts von dem Ausflug mit Jeli erzählt. Wie war es denn?«

»Schön, nur etwas nass.«

»Hier hat es auch ganz schön geschüttet. Wart ihr denn noch vor dem Schauer am Wagen?«

»Ne. Wir haben uns unter einen Pavillon gestellt.«

»Den kenne ich. Wart ihr alleine oder sind dann alle darunter geflüchtet?«

»Wir waren alleine.«

Larissa lächelt. »Ich glaube, er mag dich wirklich sehr gerne.«

»Ich glaube auch.«

»Ich meine, dass ich befürchte, dass er dich mehr als nur mag.«

»Ich weiß nicht.«

»Dir entgeht das wahrscheinlich, weil du noch trauerst, aber er beobachtet dich häufig, wenn du es nicht merkst.«

»Wirklich? Er hat mir vorhin gesagt, dass er nichts von mir will.« Ich trinke einen Schluck.

»In welchem Zusammenhang denn das?«

»Nachdem er versucht hat, mich zu küssen.«

»Er hat was?« Sie lacht.

»Wir standen unterm Pavillon, es hat geregnet und ich war durchnässt und habe gefroren.«

»Und da seid ihr euch näher gekommen?«

»Mir war kalt und er hat mich gewärmt.«

»Und dann wollte er dich küssen?«

»Ja, aber ich habe ihn abblitzen lassen.«

»Ich bin auch echt überrascht, dass er das versucht hat.«

»Vielleicht habe ich ihm falsche Signale gesendet.«

»Ihr macht schon einen sehr vertrauten Eindruck, aber er hätte sich denken können, dass du seine Gefühle nicht erwiderst.« Sie nippt an ihrem Glas.

»Ihm tat das auch total leid. Er meinte, das lag nur an der romantischen Situation und das er nichts von mir will.«

»Is' klar!« Sie lacht.

»Du meinst also, dass da mehr dahinter steckt?«

»Ich befürchte schon.«

»Es ist ja nicht so, dass ich ihn nicht auch mögen würde, aber halt nicht so. Dafür ist die Zeit noch nicht reif.«

»Ich weiß. Aber hinter der großen, starken Statur steckt eine Dichterseele.«

»Echt? Er schreibt Gedichte?« Ich muss lächeln.

»Ja, wenn Jeli verliebt ist, ist er echt romantisch.«

»Süß, wenn man es nicht übertreibt.«

»Nein, das nicht. Alles im wünschenswerten Rahmen.«

»Und war zwischen euch mal was?«

»Zwischen mir und Jeli?«

»Ja.« Ich muss lachen, als ich höre wie ihre Stimme vor Erstaunen höher klingt.

»Nein. Niemals. Ich war immer die kleine Cousine von Till. Wir kennen uns noch aus dem Sandkasten.«

»Hätte ja sein können. Ich weiß gar nicht so recht, wie ich mich jetzt ihm gegenüber verhalten soll.«

»Einfach wie immer, würde ich sagen.«

»Das ist wohl die beste Idee.«

Wir trinken noch unsere Cocktails aus und gehen dann schlafen, weil Larissa müde von der Arbeit ist und ich bin es von dem Ausflug.

Wie immer verging das Wochenende viel zu schnell und am Sonntagabend sitze ich wieder alleine auf meinem Sofa.

Auch die neue Woche verfliegt geradezu. Jetzt, wenn ich mir wünschen würde, dass der Donnerstag noch ewig hin wäre. Doch es hilft alles nichts.

Donnerstagmorgen piept mein Handy.

>Jeli: Ab wann muss ich Daumen drücken?
<Georgia: Um Zwölf muss ich im Gericht sein. Ich hoffe, dass es schnell vorbeigeht!!
>Jeli: Ich denke an dich!
<Georgia: Danke :-*

Mit einem kleinen Lächeln auf den Lippen, weil ich weiß, dass Jeli wenigstens im Geiste bei mir sein wird, mache ich mich fertig. Ich ziehe mir ein schwarzes Kostüm mit einem Bleistiftrock an, dazu eine weiße Bluse und schwarze Pumps zu einer hautfarbenen Strumpfhose.

Da ich natürlich viel zu früh fertig bin, setze ich mich auf mein Sofa und hypnotisiere die Uhr, bis es viertel nach elf ist. Dann beschließe ich, mich auf den Weg zu machen.

Bevor ich losfahre, werfe ich noch einen Blick in den Spiegel. Nichts wünsche ich mir gerade mehr, als von Till in den Arm genommen zu werden. Ich gehe runter zu meinem Auto, an meiner sich wohl sehr über mein Outfit wundernden Mutter vorbei. Wie immer seit dem Tag im Krankenhaus sprechen wir kein Wort.

Wenn das ganze Theater vorbei ist, ziehe ich endlich aus!

Nervös mache ich mich auf den Weg zum Gericht.

Dort angekommen suche ich mir einen Parkplatz und warte dann vor dem Gebäude auf Dr. Gretzel.

Von hinten tippt mir jemand auf die Schulter, ich drehe mich um und Larissa, Jeli, Saskia und Fritz stehen vor mir.

»Was macht ihr denn hier?«, frage ich vollkommen überrascht.

»Wir konnten dich doch nicht alleine lassen«, sagt Jeli und umarmt mich. »Du siehst wirklich sehr hübsch aus«, fügt er hinzu.

»Ihr seid ja verrückt.« Ich umarme auch die anderen.

»Hättest du es uns verraten, hätten wir dir auch schon eher beigestanden, aber wir mussten es ja von Jeli erfahren.« Larissa tut pikiert.

»Ich wollte nicht, dass ihr euch aufregt. Vielen Dank, dass ihr gekommen seid«, sage ich mit feuchten Augen.

»So ist das in einer Familie.« Saskia streichelt mir über die Schulter.

»Frau von Hofburg, hallo.« Dr. Gretzel begrüßt mich. »Dann können wir ja gleich reingehen.«

Gemeinsam mit Dr. Gretzel betreten wir das Gericht und er führt uns zu dem Raum, in dem die Anhörung stattfinden soll.

»Ich bin so aufgeregt«, sage ich leise.

»Wir sind ja bei dir. Sollen wir mit rein oder lieber hier warten?« Larissa legt ihre Hand auf meine Schulter.

»Ihr könnt ruhig mit reinkommen.«

»Lassen Sie sich von dem Anwalt der Kläger nicht aus der Fassung bringen. Sie sind hier das Opfer«, versucht Dr. Gretzel mich zu beruhigen.

Dabei will ich nicht das Opfer sein. Nicht hier vor Gericht. Es reicht, dass ich es damals im Wald war.

Nervös trete ich von einem Bein aufs andere. Eine kleine Menschengruppe nähert sich uns und besonders eine Frau starrt mich an, als würde sie mir am liebsten an die Gurgel gehen.

Das wird wohl Mutti sein!

Die Tür des Saals wird geöffnet, wir treten ein und nehmen auf den für uns vorgesehenen Sitzen Platz. Larissa, Saskia, Fritz und Jeli setzen sich in den Bereich für die Zuschauer.

Die Richterin betritt den Saal und wir erheben uns, bis sie sich gesetzt hat.

Ich fühle mich wie im Traum.

Das kann gerade wirklich nicht wahr sein!

Die Richterin beginnt damit die Anwesenheit aller Personen, die zu dem Prozess geladen sind, festzustellen.

Ich sehe, dass auch Frau Frei, die Polizistin, die meine Aussage aufgenommen hat, da ist. Sie ist als Zeugin geladen.

Als nächstes werden alle von der Richterin belehrt und zur Wahrheit ermahnt.

»Frau von Hofburg, ich muss Sie nun zu ihren Personalien befragen. Bitte nennen Sie mir ihren vollständigen Namen und ihre Adresse.«

»Georgia von Hofburg, Heimchenbreite 23 in Bovenden.«

»Jetzt bitte Geburtsort und Geburtsdatum.«

»Göttingen, den 02.02.1989.«

»Ihr Familienstand ist?«

»Ledig.«

»In welchem Beruf sind Sie tätig?«

»Ich bin Tierpflegerin.«

»Und Sie haben welche Staatsangehörigkeit?«

»Deutsch.«

»Möchten sie Angaben über ihr Einkommen machen?«

»Mein Anwalt hat meine drei letzten Gehaltsabrechnungen. Die legen wir gerne vor.«

»Gut. Dann wird der Staatsanwalt jetzt den Anklagesatz verlesen.«

Der Staatsanwalt erhebt sich und ich schalte schon nach dem zweiten Satz auf Durchzug, damit ich nicht auf der Stelle ausraste.

»Es steht Ihnen frei, sich zu der Anklage zu äußern. Möchten Sie sich äußern?« Die

Richterin sieht mich eindringlich an und ich nicke.

»Ja, möchte ich«, sage ich mit Kloß im Hals.

Als nächstes folgt die Beweisaufnahme. Wie in Watte gepackt verfolge ich die Aussage von Frau Frei und einem Sachverständigen. Es werden Fotos vom Tatort gezeigt und mir wird schlecht bei dem Anblick. Ich kann den Blutfleck auf dem Boden erkennen, an der Stelle, wo zuvor Tills Leiche gelegen hat.

Bei einem Foto von der Leiche des Dicken, schaue ich das erste Mal direkt zu seiner Mutter und sehe, dass sie Tränen in den Augen hat. Trotz allem habe ich Mitleid mit ihr, weil sie ihren Sohn verloren hat, aber warum kann sie nicht einsehen, was für ein Mensch er war?

Sie wird als nächstes in den Zeugenstand gerufen. Auch sie gibt ihre Personalien an und wird belehrt.

Der Staatsanwalt beginnt mit der Befragung.

»Frau Klingel, wie würden Sie ihren Sohn beschreiben?«

»Als ruhig und liebevoll.«

Ruhig und liebevoll?

»Er hatte keine Vorstrafen. Wie erklären Sie sich den Kontakt mit den Geiselnehmern?«

»Das kann ich mir eigentlich nur so erklären, dass die ihn auch irgendwie gezwungen haben wie den Herrn Bauer.«

Als ich seinen Namen aus ihrem Mund höre, steigen mir vor Wut Tränen in die Augen.

»Also können Sie sich nicht vorstellen, dass es Ihr Sohn war, der auf den Wagen, den Frau von Hofburg fuhr, geschossen hat?«

»Nein. Das hätte mein Michael nie getan. Das war sicher einer der anderen Männer. Sie konnte ihn ja gar nicht sehen, weil sie sich geduckt hat. Das hat sie ja selber so ausgesagt.«

»Mit sie meinen Sie Frau von Hofburg?«

Mit einem hasserfüllten Blick schaut sie mich an. »Ja.«

»Sie sind also der Meinung, dass Ihr Sohn, der zuvor nie durch Gewalttätigkeit aufgefallen ist, auch nur ein Opfer war und keine Bedrohung für Frau von Hofburg dargestellt hat?«

»Ja.«

»Also war die Reaktion von Frau von Hofburg, ihn zu überfahren, nicht gerechtfertigt und somit keine Notwehr?«

»Nein, das war keinesfalls gerechtfertigt. Er hätte ihr nie etwas getan.«

»Vielen Dank, Frau Klingel.«

Dr. Gretzel beginnt sein Verhör.

»Sie meinen also Ihr Sohn wäre eine weitere Marionette der Entführer gewesen?«

»Ja.«

»Fakt ist aber, dass Ihr Sohn Frau von Hofburg an der Flucht hindern wollte. Sonst hätte er sich ihr ja nicht in den Weg gestellt.«

»Vielleicht stand er mit dem Rücken zu ihr.«

»Das können wir laut des Gutachtens ausschließen und es wurden auch Schmauchspuren an seiner Hand gefunden, also hat er geschossen, auch wenn die Waffe nicht auffindbar war.«

»Mein Sohn ist… war Sportschütze, vielleicht stammen daher die Spuren.«

»An dem Fluchtwagen von Frau von Hofburg war ein Einschussloch.«

»Ja, aber niemand kann sagen, ob es nicht schon vor ihrer Flucht drin war.«

»Einspruch, die Zeugin ist keine Sachverständige«, wirft der Staatsanwalt ein.

»Stattgegeben«, erwidert die Richterin.

»Ich würde dann auch lieber Frau von Hofburg in den Zeugenstand rufen«, sagt Dr. Gretzel.

»Vielen Dank, Frau Klingel. Ich rufe Frau von Hofburg in den Zeugenstand.«

Frau Klingel erhebt sich. Bevor ich mich setze, werfe ich noch einen Blick auf meine Freunde, die mich mitfühlend ansehen.

Der Staatsanwalt beginnt.

»Frau von Hofburg. Ist es richtig, dass Sie sich geduckt haben und so Herrn Michael Klingel angefahren haben?«

»Ja.«

»Also konnten Sie nicht sehen, ob er den Schuss auf sie abgegeben hat?«

»Nein, aber ich habe mich geduckt, weil er eine Waffe auf mich gerichtet hat.«

»Sie sind sich also sicher, dass Herr Klingel geschossen hat?«

»Wie gesagt, ich habe mich geduckt, bevor der Schuss abgefeuert wurde.«

»Das war nicht die Antwort auf meine Frage.«

»Nein.«

»Wurden Sie oder Herr Bauer in irgendeiner Art von Herrn Klingel verletzt?«

»Nein.«

»Hätten Sie ihm nicht ausweichen können.«

»Da ich mich, wie bereits mehrfach erwähnt, ducken musste, habe ich nicht sehen können, wohin ich fahre.«

»Sie haben aber den möglichen Tod von Herrn Klingel in Kauf genommen?«

»Ich habe einfach nur Todesangst gehabt.«

»Bitte antworten Sie auf meine Frage.«

»Ja.«

»Danke, das reicht mir. Dr. Gretzel, Sie können weitermachen.« Der Staatsanwalt setzt sich.

»Frau von Hofburg«, beginnt Dr. Gretzel, »wie haben Sie Herrn Klingel empfunden?«
»Als sehr bedrohlich.«
»Sie sagten, dass Sie Todesangst hatten?«
»Ja, richtig.«
»Auch wenn ich es Ihnen lieber erspart hätte, erzählen Sie doch bitte, was, bevor Sie Herrn Klingel angefahren haben, passiert war. Damit vielleicht auch dem Staatsanwalt und Frau Klingel klar wird, in welcher Situation Sie sich befunden haben. Auch wenn ich gedacht hätte, dass dieses bereits nach dem Ermittlungs- und Zwischenverfahren hätte klar sein müssen.«
Mein Magen zieht sich zusammen und ich atme tief durch. Zaghaft drehe ich mich um und mein Blick fällt auf Jeli, der mir tief in die Augen schaut. Ich beschließe so zu tun, als würde ich es ihm erzählen und nicht all diesen Fremden hier. Entschlossen schaue ich wieder nach vorn.
»Frau von Hofburg, bitte«, ermahnt mich die Richterin.
»Ich konnte aus dem Wohnzimmerfenster alles sehen. Herr Klingel und die zwei

anderen Männer stiegen aus dem Wagen aus und Till… Herr Bauer überreichte das Lösegeld. Dann ging alles verdammt schnell, die Männer zeigten Herrn Bauer die Leichen seiner Mutter und Schwester und dann…« Mir laufen Tränen über die Wangen und Dr. Gretzel gibt mir ein Taschentuch. »Und dann hat der eine Till einfach erschossen. Ich bin rausgelaufen, um ihm zu helfen, aber es war schon zu spät…« Ich erzähle weiter von den Ereignissen an diesem Tag und als ich dort ankomme, dass sich der Schmierige an mir vergreifen wollte, stocke ich kurz. Unsicher, ob das nicht zu meinem Nachteil sein könnte, fahre ich fort. »Dieser Mann drückte mich auf die Matratze und mir war klar, dass er mich vergewaltigen wird, wie er es schon zuvor versucht hatte, aber da kam Till und…« Kurz drehe ich mich zu Jeli und kann das Entsetzen in seinen Augen sehen.

Vielleicht hätten sie lieber draußen warten sollen!

»…und hat ihn von mir heruntergezogen. Da ich jetzt auf mich alleine gestellt war, zog ich das Messer unter der Matratze hervor und stach es ihm in die Rippen.«

»Hätten Sie ihm das Messer auch in eine andere, ganz sicher tödliche Stelle stechen können? Wie den Hals oder das Herz?«, fragt Dr. Gretzel.

»Ja, ich denke schon. Er hat ja überhaupt nicht damit gerechnet. Ich hätte es ihm auch in den Hals stechen können, um ihn direkt zu töten, aber es fiel mir sehr schwer, überhaupt ein Messer in einen Menschen zu rammen.«

»Sie haben also auch hier nicht mit der Absicht gehandelt, ihn zu töten?« Dr. Gretzel schaut erst zu mir und dann zur Richterin.

»Nein. So weit habe ich gar nicht gedacht. Ich wollte einfach nur weg, weg aus dieser Situation...« Entschlossen blicke ich der Richterin entgegen.

»Fahren Sie bitte fort.«

Weiter beschreibe ich, was geschehen ist und nochmals, warum ich Herrn Klingel angefahren habe.

Endlich werde ich aus dem Zeugenstand entlassen und ich sehe noch, wie auch

Saskia und Larissa sich Tränen wegwischen.

»Herr Staatsanwalt Bäder, ich würde Sie nun bitten Ihr Plädoyer zu halten.« Die Richterin nickt dem Staatsanwalt zu und dieser erhebt sich und hält sein Plädoyer, wie ich finde, sehr überzeugend. Fast hört es sich für mich so an, als ginge es um eine Schwerverbrecherin, als wäre Herr Klingel hier das Opfer und vollkommen unschuldig. Verunsichert sehe ich Dr. Gretzel an, der mich aber aufmunternd anlächelt und sich dann zu seinem Plädoyer erhebt.

»Wir wollen mal nicht vergessen, wer hier das Opfer ist, Herr Staatsanwalt. Meine Mandantin hat einen wahren Alptraum durchlebt. Ihr eigener Freund wird gezwungen sie zu entführen, sie flüchtet nachts in den Wald und sitzt dort im Dunkeln ganz allein, wird verletzt, wird zweimal fast vergewaltigt, muss mit ansehen, wie ihr Freund, ihre erste große Liebe, erschossen wird. Dann wird auf sie geschossen und sie nutzt ihre Chance, flieht und fährt einen Mann an, von dem sie annehmen muss, dass er sie tötet oder sie zurückschleift und was dann mit ihr passiert wäre, wollen wir uns mal lieber nicht ausmalen. Frau von Hofburg ist hier ganz klar das Opfer und keine Täterin. Sie hat in Notwehr gehandelt und in blanker Todesangst. Ich finde es erschreckend, dass es überhaupt zu dieser Verhandlung gekommen ist. Es gibt in meinen Augen nur einen Weg. Frau von Hofburg muss freigesprochen werden.« Dr. Gretzel setzt sich wieder neben mich und ich lege kurz meine Hand auf seine Schulter.

»Danke«, flüstere ich.

»Wir werden uns jetzt zur Urteilsfindung zurückziehen«, verkündet die Richterin und alle erheben sich von ihren Stühlen.

Die Zeit, bis sich die Richterin samt Gefolge wieder im Saal einfinden, fühlt sich an wie eine Ewigkeit. Mein Blick wandert immer wieder zu meinen Freunden und ich klappere nervös mit meinen Fingernägeln auf der Tischplatte.

Was, wenn ich wirklich ins Gefängnis muss?

Als es endlich so weit ist, erheben sich alle zur Urteilsverkündung.

»Frau von Hofburg, das Gericht sieht den Tatbestand der schweren Körperverletzung mit Todesfolge als nicht erwiesen an und befindet Sie somit als ‹nicht schuldig›.«

Die Richterin erklärt noch ein paar Dinge, aber in meinem Kopf hallt es nur ‹nicht schuldig, nicht schuldig› wie ein Echo.

Die Verhandlung wird beendet und ich falle Dr. Gretzel um den Hals und auch er drückt mich fest.

»Vielen Dank«, sage ich, bevor ich ihn ein letztes Mal an mich drücke.

»Dafür bin ich ja da. Das ist mein Job.«

Er streichelt mir kurz über die Schulter. Wir verlassen die Anklagebank und meine Freunde kommen auf mich zugestürmt. Larissa nimmt mich fest in den Arm und wir beginnen beide zu schluchzen.

»Ich hatte mir ja gedacht, dass es schlimm war, aber so…«, spricht sie mit zittriger Stimme in mein Ohr.

»Ist schon okay. Ihr hättet vielleicht besser draußen gewartet«, sage ich, als wir die Umarmung lösen.

»Ach quatsch, wir wollten dir doch beistehen. Dass es nicht leicht wird, wussten wir ja vorher.« Saskia umarmt mich als nächste.

Danach drückt mich Fritz an sich und Jelto als letzter. Bei seiner Umarmung habe ich das Gefühl, als würde er mir gerne etwas sagen, aber er schweigt.

Wir verlassen das Gericht und verabschieden uns von Dr. Gretzel.

»Wollen wir was essen gehen?«, frage ich in die Runde.

»Klar, wir sollten wenigstens etwas deinen Freispruch feiern. Lasst uns doch in dem Hotel, wo wir übernachten, was essen«, schlägt Fritz vor.

»Gut, ich fahre hinter euch her.« Schnellen Schrittes gehe ich zu meinem Wagen.

»Schorschi, warte. Ich fahre mit dir.« Jelto wechselt die Richtung und folgt mir.

»Da freue ich mich.«

Schweigend gehen wir zum Auto.

»Ich muss mich echt bei dir entschuldigen. Ich wusste ja nicht...«, stammelt Jelto, nachdem wir eingestiegen sind. »Es war falsch von mir...« Verzweifelt wirkend blickt er mich an.

»Was ist los, Jeli? Hau es einfach raus.« Aufmunternd schaue ich ihn an und bin wirklich gespannt, worauf er hinauswill.

»Ich hätte nicht versuchen sollen dich zu küssen.«

»Das hatten wir doch schon. Es ist okay.«

»Nein, das ist es nicht. Nicht nur, dass ich es wegen Till nicht hätte versuchen sollen, sondern...« Wieder fehlen ihm die Worte. »Sondern auch wegen dem, was dieses Schwein dir angetan hat. Ich hatte ja keine Ahnung, dass einer von denen versucht hat dich zu...« Er ballt seine Fäuste.

»Es ist okay, Jeli. Das konntest du ja nicht wissen.« Sanft lege ich meine Hand um seine Faust und seine Finger entspannen sich etwas.

»Ich hatte keine Angst vor dir in diesem Moment. Du bist mein Freund und ich vertraue dir. In deiner Gegenwart fühle ich mich wohl und sicher.« Selbst etwas überrascht lausche ich meinen eigenen Worten und stimme mir innerlich zu, denn es ist wirklich wahr, was ich da gesagt habe. Ich hatte es mir bis jetzt nur nie bewusst gemacht.

Jeli schaut mir in die Augen und das Braun seiner Augen leuchtet mich so an, dass mir etwas warm ums Herz wird.

»Du bist wirklich bemerkenswert.« Er lächelt und legt jetzt seine andere Hand auf meine, die noch auf seiner halbgeballten Faust liegt.

»Warum?«

»Weil ich gar nicht glauben kann, dass du all diese Sachen, die ich gerade hören musste, erlebt hast und hier vor mir sitzt und mich beruhigst.«

Wenn er wüsste, wie es in mir aussieht!
Erst will ich ihm antworten, aber mir fällt dazu einfach nichts Passendes ein. Ich bin so aufgewühlt, weil all die Bilder, die ich versucht habe zu verdrängen, gerade im Gericht wieder hochgekommen sind. Also ziehe ich meine

Hand zwischen seinen Händen raus, starte meinen Wagen und fahre los zum Hotel.

10

Zwei Monate ist die Verhandlung jetzt her. Ich habe, so oft es mir möglich war und wenn ich nicht arbeiten musste, die Wochenenden bei Larissa verbracht.

Weihnachten steht vor der Tür, keine zwei Wochen mehr und dann ist es so weit. Es ist der 15.12. und ich packe meinen Koffer, um den Rest des Jahres bei Larissa und ihrer Familie zu verbringen. Noch nie hatte ich an Weihnachten so viele liebe Menschen um mich, wie es wohl in diesem Jahr der Fall sein wird, aber ich habe trotzdem fürchterliche Angst. Denn Weihnachten ist sicher einer dieser Tage, an denen ich mich auch unter tausend Menschen alleine fühlen werde. Alleine, ohne Till…

»Hey, Schorschi. Ich freue mich so.« Saskia stellt die Schneeschippe zur

Seite, nimmt mir meinen Koffer ab und umarmt mich.

»Hallo, Saskia. Soll ich dir helfen?«

»Ich mache das schon. Wir bringen kurz deine Koffer rein und dann schippe ich noch schnell den restlichen Schnee weg. Bist du denn gut durchgekommen oder war viel Stau?«

»Die Autobahnen waren relativ frei. Gib mir den Koffer ich klingele einfach, dann kannst du das hier in Ruhe fertig machen.« Ich nehme ihr den Koffer wieder ab.

»Okay. Larissa ist da.«

Durch den Schnee stapfend gehe ich zur Tür und klingele. Kurz darauf öffnet mir Larissa.

»Hi.« Sie umarmt mich.

»Hallo.«

»Komm schnell rein. Ist ja echt saukalt da draußen.«

»Das ist es wohl.« Ich ziehe meine Stiefel aus und folge Larissa nach oben. Es fühlt sich jedes Mal und immer etwas mehr, wie nach Hause kommen an.

Die Vorweihnachtszeit verbringen wir meistens im Haus. Wir sitzen zusammen und quatschen, trinken Tee und essen Kuchen und haben sogar Plätzchen zusammen gebacken. Als wir das erste Blech aus dem Ofen geholt haben, musste ich mich abwenden, damit Larissa und Saskia nicht sehen, dass ich feuchte Augen habe. Für die beiden ist das ganz normal, aber ich habe mein Leben lang davon geträumt, so eine Familie zu haben.

Und wie immer vergehen die schönen Tage wie im Flug. Zwischen all dem Backen und Punschtrinken kommt Weihnachten in großen Schritten auf uns zu. Nur noch einmal schlafen und schon ist es so weit.
»Schorschi?« Larissa öffnet die Tür vom Gästezimmer einen Spalt. »Kann ich reinkommen?«
»Klar, komm rein.«
»Jeli hat gerade angerufen und war entsetzt, dass du schon seit eineinhalb Wochen da bist und er dich noch nicht zu Gesicht bekommen hat und da haben wir beschlossen, dass wir hier heute Abend

mit Svenja, Theo und Stefan Feuerzangenbowle machen. Ist das okay?«

»Ja. Da freue ich mich. Gibt doch nichts Besseres als Heiligmorgen schon 'nen Kater zu haben«, antworte ich lächelnd.

»Super. Jeli bringt alles mit und um 18 Uhr geht es los.« Sie setzt sich neben mich aufs Bett. »Wie geht es dir eigentlich? So kurz vor Weihnachten…« Prüfend schaut sie mich an.

»Ich vermisse ihn!«, flüstere ich fast.

»Ich auch.« Sie legt einen Arm um mich. »Ich wünschte, ich hätte wenigstens einmal mit ihm unterm Weihnachtsbaum sitzen können.«

»Das wäre schön gewesen. Wir alle zusammen an Heiligabend…« Verträumt sieht sie mich an.

»Aber wenigstens haben wir jetzt uns«, versuche ich sie aufzumuntern und meine es wirklich ernst, denn nach Till sind Larissa und ihre Familie das Beste, das mir je passiert ist in meinem Leben.

»Da hast du recht, mein Schatz.« Sie drückt mir einen Kuss auf die Wange.

»Ich freue mich auf Weihnachten mit euch und auf heute Abend.«

»Ich mich auch. Ich lasse dich jetzt erst mal alleine und schaue mal, was ich anziehe.« Sie steht auf und geht zur Tür.

»Okay, dann bis gleich.«

Larissa schließt die Tür hinter sich und ich lasse mich rückwärts aufs Bett fallen, schließe die Augen und denke an den ersten Kuss mit Till.

Könnte ich ihn doch nur noch einmal küssen und in den Armen halten!

Und wieder mischt sich dieser unglaubliche Hass unter meine Trauer. Nie hätte ich es für möglich gehalten, dass man so empfinden kann. Je länger Till tot ist, desto mehr habe ich das Gefühl, dass der Hass ein Loch in meine Seele brennt. Ich bin nicht mehr die, die ich mal war. Das ist ganz klar. Aber allmählich habe ich Angst, dass dieses Loch in meiner Seele etwas aus mir macht, dass ich irgendwann selber nicht mehr kontrollieren kann. Dass ich wie bei einem Waldbrand ein zweites Feuer legen muss, um dem ersten das Futter zu nehmen.

Nur ich weiß ganz genau, dass auch das zweite Feuer außer Kontrolle geraten würde, weil ich innerlich einfach viel zu aufgewühlt bin, um irgendwas in den Griff zu bekommen.

Mit einem Seufzer richte ich mich auf und setze mich auf die Bettkante.

Heute versuche ich mal für einen Abend alles zu vergessen, auch wenn Alkohol ins Feuer schütten eigentlich keine gute Idee ist!

Um halb sechs ziehe ich mein grauschwarzes Strickkleid, eine schwarze, blickdichte Strumpfhose und schwarze Pumps an. Im Bad lege ich etwas Puder auf, frische meine Mascara auf und ziehe meine Lippen mit Lipgloss nach.

Als ich das Wohnzimmer betrete, sitzt Larissa schon auf dem Sofa.

»Schick siehst du aus«, sagt sie und lächelt.

»Du auch. Die anderen kommen bestimmt gleich.«

»Ja, ich denke auch.«

Sie hat es gerade ausgesprochen, da klingelt es schon.

»Ich mache auf.« Tief atme ich durch und gehe die Treppe hinunter zur Haustür.

Als ich sie öffne, lächelt Jeli mich an.

»Hi. Du siehst toll aus.« Fest drückt er mich an sich, sodass ich sein Rasierwasser riechen kann.

Verdammt riecht der gut!

»Danke. Ich freu mich dich zu sehen.«

»Ich freue mich auch, bin aber etwas beleidigt, dass du schon über 'ne Woche da bist und wir uns noch nicht getroffen haben«, sagt er, als wir die Umarmung lösen und schaut mich gespielt böse an.

»Sorry, Larissa und ich haben uns einfach nur dem Vorweihnachtszauber ergeben. Soll ich dir was abnehmen?«, frage ich, als ich die Tüten neben ihm auf dem Boden stehen sehe.

»Das schaff ich schon. Du kannst ja die Tür hinter mir zumachen.« Er nimmt die Tüten und geht an mir vorbei ins Haus.

»Mache ich.« Ich schließe die Tür und gehe dann vor ihm die Treppe hinauf.

»Es ist Jeli«, rufe ich ins Wohnzimmer, nachdem ich auch die Wohnungstür hinter ihm geschlossen habe.

Die beiden begrüßen sich und schon klingelt es wieder. Wieder gehe ich die Treppe hinunter, um Svenja, Theo und Stefan die Tür zu öffnen.

»Hi, ihr drei. Ich freue mich euch zu sehen.«

Ich umarme einen nach dem anderen und wir gehen gemeinsam nach oben, wo Jeli und Larissa bereits das Feuerzangenbowle-Set aufgebaut haben.

»Hallo. Dann kann es ja gleich losgehen«, stellt Stefan fest und alle begrüßen sich.

Larissa schneidet noch eine Orange klein und mischt sie mit dem Rotwein. Jeli legt den Zuckerhut auf und übergießt ihn mit Rum.

»Macht mal einer das Licht aus.« Er nimmt das Feuerzeug in die Hand.

Ich stehe auf, schalte das Licht aus und setze mich danach neben Jeli, der den Zuckerhut anzündet. Mit einer blauen

Flamme brennt der Rum und der Zucker karamellisiert und tropft in den Rotwein. Schweigend beobachten wir das Schauspiel und ich spüre kurz Jelis Hand, wie sie im Halbdunkeln meine drückt, als könne er meine Gedanken lesen und wolle mir sagen, dass alles gut werde. Mein Blick wandert zu ihm und ich sehe, dass er mich beobachtet, und schaue dann zu Larissa, die mich breit angrinst, und ich weiß genau, was sie denkt.

Der Zucker ist abgebrannt und Larissa schaltet das Licht wieder ein. Jeli nimmt die Kelle und kratzt die Reste des Zuckers in die Bowle.

»Ich möchte als Erste.« Svenja hebt ihr Glas und Jeli füllt Bowle ein.

»Du wartest ja wohl eh, bis wir alle haben, oder? Nur ein Schwein trinkt allein.« Theo sieht sie maßregelnd an und lacht.

»Ist ja gut. Ich liebe Feuerzangenbowle«, erwidert sie.

»Und ich liebe dich.« Theo gibt ihr einen Kuss.

»Da soll nochmal einer sagen, dass ich ein Schleimer sei.« Stefan verdreht die Augen.

Nachdem wir alle einen vollen Becher haben, erhebt Theo seinen. »Auf die Freundschaft«, sagt er feierlich und stößt mit einem nach dem anderen an.

Gedankenverloren führe ich den Becher zu meinen Lippen und puste etwas, um die Bowle abzukühlen. Als ich den ersten Schluck nehme, spüre ich die Hitze und den süßen Geschmack auf meiner Zunge und schließe kurz die Augen. Der Rum brennt etwas im Hals und ich nehme einen weiteren Schluck. Mit jedem Schluck wird das Brennen weniger und die Bowle schmeckt besser.

»Kannst du nochmal nachschenken?« Lächelnd halte ich Jeli meinen Becher hin und alle sehen mich erstaunt an.

»Schon leer?« Er schaut in seinen noch halb vollen Becher.

»Sieht ganz so aus.«

Er füllt meinen Becher auf und Larissa steht auf und öffnet ihren

Wohnzimmerschrank, um eine Flasche Waldmeisterlikör herauszuholen.

»Wer will einen?«, fragt sie, nachdem sie auch noch Schnapsgläser geholt hat.

»Ich nehme einen«, sage ich und stelle fest, dass mit jedem Schluck Bowle der Schmerz in mir etwas nachlässt.

»Gib doch gleich für jeden einen aus.« Stefan beginnt die Gläschen zu verteilen.

Larissa schenkt aus und wieder stoßen wir an.

»Auf Till, Frauke und Aileen.« Stefan erhebt sein Glas und Jeli schaut mich prüfend an.

Die Erinnerungen beginnen in meinem Kopf zu kreisen und ich versuche den Gedanken an Tills leblosen Körper aus meinem Kopf zu bekommen. Abwesend stoße ich mit den anderen an und fülle mir das Glas danach gleich wieder voll.

»Noch wer?«, frage ich und lasse meinen Blick durch die Runde schweifen.

»Ich nehme noch einen.« Jeli hält mir sein Glas hin.

Wir stoßen an und trinken.

»Noch einen?« Ich drehe die Flasche erneut auf und schaue Jeli fragend an.

»Klar.«

Wieder trinken wir und ich ignoriere Larissas besorgten Blick. Heute will ich einfach Spaß haben, vielleicht mal für ein paar Stunden alles vergessen.

»Ich... wir wollten auch noch was erzählen«, erwähnt Larissa fast wie nebenbei, als sie unsere leeren Becher mit Bowle füllt.

Wer wir?

»Also ich meine Stefan und mich«, fährt sie fort.

Stefan??

Stefan nimmt Larissas Hand und da wird es mir klar.

»Wir sind jetzt ein Paar.« Er lächelt sie an.

»Das hast du ja gar nicht erzählt... also ich meine... ich freue mich für euch«, stammele ich, weil ich mit dieser Neuigkeit nun wirklich nicht gerechnet habe.

»Danke, das ist lieb.« Sie küsst ihn.

Warum sie mir das nicht erzählt hat, kann ich mir denken.

»Da trinken wir einen drauf.« Ich schenke eine Runde Schnaps aus und merke allmählich die Wirkung des Alkohols in meinem Kopf. Es fühlt sich wie in Watte gepackt an und ich genieße das Gefühl, als ich erst den Schnaps runterschütte und danach die Bowle ansetze.

»Schorschi, kannst du mir kurz was in der Küche helfen?« Larissa steht auf und sieht mich eindringlich an.

»Das kann ich doch machen.« Stefan will gerade aufstehen, da drückt Larissa ihn an seiner Schulter zurück auf das Sofa.

»Schorschi macht das schon.«

Leicht schwankend stehe ich auf und folge ihr in die Küche.

»Was gibt es denn?«, frage ich, nachdem sie die Tür hinter uns geschlossen hat.

»Es tut mir leid, dass ich es dir nicht eher gesagt habe.«

»Schon okay«, winke ich ab.

»Ich hätte es dir sagen sollen, aber ich hatte Angst, dass du dann traurig bist.« Sie legt eine Hand auf meine Schulter.

»Das ist lieb von dir, aber ich freue mich doch für dich. Dachtest du, ich würde es dir nicht gönnen?«

»Nein, natürlich nicht. Ich weiß nicht, was ich dachte. Es war wohl dumm von mir. Wir sind auch erst seit zwei Wochen zusammen«, entschuldigt sie sich.

»Du bist meine beste Freundin und ich bin glücklich, wenn du es bist.« Ich gebe ihr einen Kuss auf die Wange.

»Aber ich sehe doch, dass es dir jetzt, so kurz vor Weihnachten, nicht gut geht.«

»Schon okay«, versuche ich sie zu beruhigen.

»Und deswegen betrinkst du dich?«

Richtig!

»Ich will einfach nur etwas Spaß haben, okay?«

»Okay, dann betrinken wir uns.« Sie umarmt mich kurz und geht dann zur Tür. »Kommst du?«

»Klar.«

Zurück im Wohnzimmer gieße ich nochmal Schnaps ein und spüre Jelis Blicke dabei. Ich schaue zu ihm und somit genau in seine Augen. Zum ersten Mal habe ich das

Gefühl, ihn wirklich zu sehen. Ihn als Mann. Er sieht wirklich gut aus. Seine braunen Augen leuchten im schummerigen Licht, seine kurzen braunen Haare sind wuschelig frisiert und seine Unterarme, die ich unter seinen hochgeschobenen Pulloverärmeln sehen kann, sind gut trainiert. Warum ist mir das noch nie aufgefallen? Habe ich ihn mir etwa gerade schön getrunken?

Zwischen den wirren, alkoholisierten Gedanken in meinem Kopf bemerke ich, dass ich Jeli immer noch anstarre und schaue mich schnell um, aber außer ihm, der verunsichert lächelt, hat es wohl niemand bemerkt.

Leicht verschämt nippe ich an meiner Bowle.

»Lasst uns Karten pusten spielen«, schlägt Stefan vor.

»Oh ne, das ist nicht dein ernst, oder?« Ich verdrehe die Augen.

»Doch ist es und du darfst auch gleich anfangen«, sagt er und setzt sein schönstes Lächeln auf.

»Genau. Du fängst an, Schorschi.« Larissa holt aus der Küche ein Wasserglas, macht es zu einem Viertel voll mit Waldmeisterlikör und legt einen Stapel Karten oben drauf. Breit grinsend hält sie es mir hin. Etwas genervt nehme ich es ihr ab und puste den gesamten Stapel vom Glas.

»Du bist eine Spielverderberin«, raunt Svenja.

Ich trinke das Glas leer. »Okay, okay nochmal.«

Wieder befüllt Larissa das Glas und dieses Mal puste ich ganz vorsichtig ein paar Karten herunter, bis nur noch etwa fünf auf dem Glas liegen, und gebe es danach an Jeli weiter.

»Lasst das mal den Meister machen.« Selbstsicher lächelt er und ich kann mir ein Kichern nicht verkneifen.

Er schürzt seine Lippen, pustet ganz sanft und schafft es tatsächlich alle bis auf eine Karte herunterzupusten. Mir kommt kurz der Gedanke, wie es wohl wäre, wenn Jeli so sanft an meinen nackten Bauch pusten würde.

Boah, Schorschi! Was ist denn jetzt los?
Sichtlich stolz auf seine Leistung reicht er das Glas an Larissa weiter, der nichts anderes übrig bleibt, als die letzte Karte herunterzunehmen und zu trinken.

»Der Vorteil ist ja, dass ich jetzt als Erstes dran bin«, lächelnd befüllt sie das Glas und pustet ein paar Karten herunter.

Als nächstes pustet Stefan, danach Svenja und Theo und schon habe ich ein Glas, auf dem nur noch zwei Karten drauf sind, in der Hand und alle lachen.

»Das versuche ich erst gar nicht«, sage ich und nehme die Karten herunter.

»Ex oder Arschloch«, wirft Stefan noch ein, aber da ist der Likör schon unten.

»Lecker, aber ich denke ich setz 'ne Runde aus und trinke erst mal meine Bowle, bevor sie ganz kalt ist.«

In meinem Kopf rauscht es ganz herrlich und ich lehne mich mit meiner Bowle in der Hand zurück und schaue zu, wie die anderen noch zwei Runden spielen und beide Male Jeli trinken muss.

»Hast du nicht langsam genug, Jeli?«, fragt Svenja.

»Ja, Leute, ich bin raus. Ich muss ja noch den Weg runter zum Taxi schaffen.«

»Ach, quatsch. Du kannst doch hier auf dem Sofa schlafen«, schlägt Larissa vor.

»Das wäre super.« Er grinst unglaublich süß.

Warum verdammt ist mir dieses süße Lächeln nie aufgefallen?

»Und ihr könnt bei meinen Eltern im Gästezimmer schlafen.« Sie schaut zu Theo und Svenja.

»Danke, aber wir müssen morgen relativ früh raus. Wir sind bei Theos Eltern zum Brunch eingeladen. Ich denke ja mal, Stefan schläft dann auch hier?«

»Wenn ich darf?«, grinsend schaut er zu Larissa, die seine Frage mit einem Kuss beantwortet.

»Dann ist ja alles klar«, freut er sich nach dem Kuss.

»Wir rufen uns dann schon mal ein Taxi.« Theo kramt sein Handy aus der Hosentasche.

»Jetzt schon?« Larissa kneift Svenja leicht in die Seite.

»Ja. Es ist gleich zehn und ich muss morgen fit für meine Schwiegermutter in spe sein«, sagt sie etwas leiser, damit der bereits telefonierende Theo es nicht mitbekommt.

»Okay, das kann ich verstehen.« Larissa nimmt noch einen Schluck Bowle.

»Das Taxi ist in zehn Minuten da.« Theo schiebt das Handy zurück in seine Hosentasche.

»So schnell? Ich trinke nur noch schnell aus, dann können wir runtergehen.« Svenja leert ihren Becher und steht dann auf.

»Macht's gut. War ein schöner Abend.«

»Ich bringe euch noch runter.« Larissa erhebt sich.

»Tschüss und schöne Feiertage.« Theo winkt in die Runde.

»Euch auch«, sagen wir anderen fast im Chor.

»Ich gehe mal kurz zur Toilette.« Stefan steht auf und folgt den anderen nach draußen, sodass nur Jeli und ich übrig bleiben.

»Was ist los mit dir?«, fragt er direkt, als wir alleine sind.

»Was meinst du?« Meine Gedanken verfangen sich im Alkoholstrudel.

»Du guckst mich immer so komisch an heute Abend.« Kurz lacht er. »Habe ich irgendwo was hängen? Zahnpasta oder so?«

Unsicher lache ich, weil ich mich total ertappt fühle. »Nein, alles gut. Du… du siehst gut aus.« Ich schaue ihm direkt in die Augen und muss schlucken.

Wie kann es sein, dass ich ständig mit diesem Mann, der aussieht, als könnte er Werbung für Cola light machen, meine Zeit verbracht habe, ohne dass mir aufgefallen ist, wie verdammt scharf er ist. Die Antwort auf diese Frage kann ich mir wohl selbst geben!

»Aber irgendwas ist doch mit dir.«

»Nein, alles gut«, flunkere ich und nippe dabei an meiner Bowle.

»Kannst du mir auch in die Augen schauen, wenn du das sagst?«

Zaghaft erhebe ich den Blick von meinem Becher und schaue in seine Augen.

»Und?« Weiterhin fixiert er mich.

Du bist eine Sahneschnitte! Mit Kirsche oben drauf! Und das ist mir gerade erst aufgefallen!

»Soll ich nochmal Bowle nachschenken?« Ich lächele breit.

»Du kannst einen wahnsinnig machen. Ja bitte, lass uns noch was trinken. Vielleicht lockert das ja deine Zunge.« Lachend hält er mir seinen Becher hin.

Was du wohl mit deiner lockeren Zunge so alles…!

Was ist nur los mit mir? Das schlechte Gewissen überkommt mich. Tills blaue Augen kommen mir in den Sinn.

Ich muss hier weg!

Ich gebe ihm seinen gefüllten Becher und stehe auf, als Larissa und Stefan zurückkommen.

»Hey, wo willst du hin?«, fragt Larissa.

»Ich glaube, ich gehe schlafen.«

»Wie? Jetzt schon?« Ungläubig schaut Jeli mich an.

»Du gehst nirgends hin.« Larissa schubst mich zurück aufs Sofa.

»Dann trinke ich noch was.« Wieder befülle ich meinen Becher.

»Wie ist es denn dazu gekommen, dass ihr jetzt zusammen seid?«, fragt Jeli, der immer noch etwas perplex schaut.

»Vor zwei Wochen hatte ich doch gefragt, wer mit zum Weihnachtsmarkt möchte, und außer Stefan hatte niemand Zeit«, erklärt Larissa.

»Ich erinnere mich. Und da hat es gefunkt?« Jeli lehnt sich etwas vor. Wieder kann ich sein Rasierwasser riechen und es riecht wieder verdammt gut.

»Ehrlich gesagt hatte ich schon länger ein Auge auf sie geworfen, habe mich aber nie so richtig getraut.«

»Ich freue mich auf jeden Fall für euch.« Schnell nehme ich noch einen Schluck.

»Danke, und nochmal, es tut mir leid, dass ich es nicht gleich erzählt habe. Immerhin bist du meine beste Freundin.« Larissa streichelt mir übers Knie.

»Ich weiß ja, dass du es nur gut meinst, aber ihr braucht mich nicht immer in Watte zu packen, nur weil… weil halt passiert ist, was passiert ist.« Ich versuche locker zu klingen, aber glaube nicht wirklich, dass es mir gelungen ist.

Also nehme ich wieder einen ordentlichen Schluck.

»So, Schluss mit Trübsal blasen. Jetzt machen wir uns einen schönen Abend«, sage ich, um das peinlich berührte Schweigen zu durchbrechen.

»Genau«, stimmt Stefan mir zu und schüttet für jeden 'ne Runde Likör ein.

Als erstes will er mit mir anstoßen.

»Halt, Schorschi, du musst mir in die Augen gucken, sonst hast du sieben Jahre schlechten...«

Noch bevor er den Satz beendet hat, drückt Larissa ihm ihren Ellbogen in die Rippen, sodass er fast den Likör verschüttet.

»Pass doch auf, Larissa«, ermahnt er sie.

Gezielt schaue ich Stefan in die Augen und hebe mein Glas. »Wer will schon schlechten Sex?«

Unter Blickkontakt stoßen wir an und ich kann sehen, wie Larissa sich wieder etwas entspannt.

»Prost Larissa-Schatz.« Ich halte ihr mein Glas hin und sie stößt an.

»Prost.«

»Prost, Jeli.« Um konsequent zu sein, schaue ich auch ihm in die Augen, und meine beschwipsten Knie werden jetzt auch noch weich.

Mentale Notiz: Nie wieder in Jelis Gegenwart betrinken!!! Aber jetzt ist es eh schon zu spät!

Tief schaut er auch in meine und stößt an.

Nachdem wir reihum durch sind, trinken wir und ich bemerke Jelis Blick auf meinen Beinen und mir fällt auf, dass mein eh schon sehr kurzes Kleid nicht mehr ganz so optimal sitzt. Leicht verschämt schiebe ich es so weit wie möglich runter und Jeli fühlt sich, wie ich glaube, ertappt. Seine Gesichtsfarbe scheint leicht röter als zuvor.

Angeregt beginnen wir uns zu unterhalten über alles Mögliche und auch den einen oder anderen Kurzen trinken wir noch, doch statt Bowle trinke ich jetzt Wasser dazu, auch wenn bei meinem Pegel wohl eh schon nicht mehr viel zu retten ist.

»Du, Schorschi, warum guckst du Jeli heute immer so komisch an?«, fragt Stefan plötzlich vollkommen zusammenhangslos und bekommt auch gleich wieder einen Seitenhieb von Larissa.

»Was?«, fragt er und sieht Larissa verständnislos an.

»Danke, Stefan. Genau das habe ich sie vorhin auch gefragt, aber sie ist mir ausgewichen und da dachte ich, dass ich es mir vielleicht nur eingebildet habe...«

»Stefan, es ist Zeit fürs Bett!«, eindringlich sieht Larissa ihn an.

»Nicht das ich dagegen was habe, Schatz, aber mich interessiert es eben. Ich interessiere mich halt für meine Freunde und möchte wissen, was da los ist«, philosophiert Stefan in seinem betrunkenen Zustand.

»Gute Nacht, Schorschi, gute Nacht Jeli, du weißt ja wo alles ist.« Sie nimmt Stefans Hand und zieht ihn hinter sich her.

»Gute Nacht. Wir klären das morgen«, ruft er, noch ehe sie durch die Tür verschwinden.

Plötzlich sitze ich mit Jeli alleine auf dem Sofa und er schaut mich an.

»Dann gehe ich wohl auch mal schlafen.« Wankend stehe ich auf und gehe Richtung Tür.

»Warte«, sagt er plötzlich energisch.

Ich drehe mich um und Jeli kommt auf mich zu, kurz zögert er, aber legt dann seine Hand an meine Taille und zieht mich fest an sich heran.

Tausend Gedanken schießen mir durch den Kopf, dass es falsch wäre, dass ich mit Till zusammen bin, auch wenn…

Bevor ich auch nur einen dieser Gedanken klar greifen kann, küsst er mich. Auch seine zweite Hand schiebt sich über meine Seite auf meinen Rücken und verstärkt den Griff. Meine Arme hängen einfach nur schlapp herunter, weil ich nicht weiß, ob ich ihn wegschubsen oder noch fester an mich ranziehen soll. Er küsst mich ganz zärtlich. Kurz trennt er seine Lippen von meinen und schaut mir in die Augen, als wolle er nachträglich um Erlaubnis bitten. Immer noch regungslos stehe ich da.

»Was tue ich hier eigentlich? Es tut mir leid! Gott, ich weiß gar nicht…« Er lockert seinen Griff und lässt mich dann los.

Ich kann nichts sagen, aber ich will dieses Gefühl zurück! Das erste Mal seit Monaten fühle ich mich wirklich sicher, geborgen und beschützt. Kann sich etwas Falsches so gut anfühlen?

Jeli will sich gerade von mir abwenden, da greife ich nach seiner Schulter, lasse meine Hand langsam hoch zu seinem Nacken wandern und schaue ihm tief in seine Augen. Noch etwas zögerlich legt er seine Hände an meine Hüfte und ich ziehe seinen Kopf näher zu mir, schließe die Augen und küsse ihn. Meinen Verstand schalte ich einfach aus, was mir dank des Alkohols auch nicht allzu schwer fällt.

Wieder zieht er mich fester an sich und ich spüre, wie sich seine Zunge langsam in meinen Mund schiebt und sich an meine schmiegt. Seine Hände greifen fest nach meinem Po und ich kann deutlich seine Erregung an meinem Unterleib spüren. Seine Lippen gleiten nun tiefer zu meinem Hals hinab und ich kann ein leises Stöhnen nicht unterdrücken, als er mich dort sanft zu lecken beginnt. Jede seiner Berührungen sauge ich auf und es fühlt sich an, als würde er meine brennende Seele streicheln.

Mit einem Ruck hebt er mich hoch, sodass ich meine Beine um ihn schlingen kann.

»Darf ich mit in dein Zimmer?«, flüstert er an meinem Ohr und ich spüre seinen warmen Atem.

Ich nicke nur kurz und er trägt mich raus aus dem Wohnzimmer über den Flur bis ins Gästezimmer. Kurz kommt er ins Straucheln und wir müssen lachen, er fängt sich aber schnell wieder. Vor dem Bett setzt er mich ab und schließt dann die Tür hinter uns, nachdem ich die Nachttischlampe eingeschaltet habe.

Er bleibt einen Moment an der Tür stehen.

»Weißt du überhaupt, wie hübsch du bist?«, fragt er und mustert mich von oben bis unten, als ich meine Pumps von den Füßen kicke.

Außer einem Kopfschütteln bekomme ich nichts zustande.

»Bist du aber, glaub es mir.« Er kommt auf mich zu und kniet sich vor mich.

Als er unter mein Kleid greift, halte ich kurz den Atem an und spüre dann, wie er an meiner Strumpfhose zieht. Nachdem er sie zu Boden gezogen hat, halte ich mich mit einer Hand an seiner Schulter fest und steige mit einem Fuß nach dem anderen heraus. Ich setze mich auf die Bettkante und er kniet immer noch vor mir und schaut mich an, als wäre ich etwas Besonderes, etwas Wertvolles, das man sich nicht so einfach nimmt. Er kommt näher und stützt sich mit den Händen aufs Bett, ohne den Blick von meinem Gesicht zu wenden, drückt er mich sanft auf die Matratze und ich spüre sein Gewicht auf mir. Er strahlt eine unglaubliche Wärme ab, die ich sogar durch unsere Kleidung spüren kann und die meine Haut prickeln lässt. Auf seinen Ellbogen, die links und rechts neben meinem Kopf liegen, stützt er sich ab. Irgendwie beschleicht mich das Gefühl, dass er möglichst langsam und zärtlich vorgehen will, weil er mir keine Angst machen möchte. Doch ich will ihm einfach nur ganz nah sein, mich für einen Moment in ihm verlieren. Ich ziehe ihm das T-Shirt über den Kopf und verschränke dann meine Beine hinter seinem Po, um ihn näher an mich zu ziehen. Langsam lasse ich meine Finger über seinen Rücken gleiten, sodass ich jeden einzelnen gut trainierten Muskel spüren kann. Als ich kurz die Augen schließe, beginnt er endlich wieder damit mich zu küssen. Jetzt wesentlich fordernder. Seine Lippen fühlen sich so unglaublich weich und heiß an. Seine Zunge drängt sich in meinen Mund und ich vergrabe meine Hände in seinem Haar. Plötzlich richtet er sich auf und ich hebe artig die Arme, damit er mich von meinem Kleid befreien kann. Kurz wird mir etwas schwindelig, aber das ist schnell vergessen. Sanft schiebt er meine Hände weg, als ich seine Hose öffnen möchte und öffnet danach geschickt meinen BH. Seine Lippen saugen an meinen Brustwarzen, es kribbelt zwischen meinen Beinen und ich spüre, wie ich noch feuchter werde. Ohne dabei von meinen Brüsten abzulassen, befreit er mich von meinem Höschen. Ich lasse mich zurück aufs Bett fallen und er legt sich neben mich, betrachtet kurz meinen nackten Körper und küsst dann meinen Hals. Seine Finger wandern dabei langsam meinen Bauch hinunter, umkreisen meinen Nabel, um ihre Wanderschaft nach unten fortzusetzen. Leise stöhnt er in mein Ohr, als er spürt, wie feucht ich bin. Da ich endlich seine deutlich zu erkennende Erektion spüren möchte, greife ich nach seinem Hosenknopf, aber wieder schiebt er mich weg.

»Schließe deine Augen und lass dich einfach fallen«, flüstert er in mein Ohr und beginnt damit seine Finger quälend langsam kreisen zu lassen.

Leise beginne ich zu stöhnen, er küsst mich und ich kralle meine Fingernägel ins Bettlaken, als er meine Beine noch weiter spreizt und mit seinen Fingern in mich eindringt.

»Ich will dir zusehen, wie du kommst. Davon träume ich schon so lange«, flüstert er wieder und ich merke, dass er sich diesen Traum gleich erfüllen wird, wenn er so weiter macht.

Mein Kitzler pocht unter seinen Berührungen und mein Atem geht immer schneller. Jede meiner Reaktionen beobachtet er ganz genau und ich sehe, wie er sich über die Lippen leckt.

»Du sollst doch die Augen schließen«, ermahnt er mich.

Ich bin kurz vorm Explodieren und beginne lauter zu stöhnen. Jeli drückt mir seine noch freie Hand auf den Mund und bewegt die andere schneller. In mir baut sich die Erregung auf, in Wellen, die wenn sie kurz vorm Überschwappen sind, sich leicht zurückziehen, um dann noch heftiger zurückzukehren.

Als ich komme, reiße ich meine Augen auf und blicke in seine. Die Welle überrollt mich so heftig, dass ich in seine Hand, die immer noch auf meinem Mund liegt, beiße. In seinem Blick erkenne ich deutlich, dass es ihn unglaublich anmacht mich kommen zu sehen.

»Au.« Lachend nimmt er seine Hand von meinem Mund. »Du glaubst gar nicht, wie heiß das war. Ich bin gleich wieder da.« Er gibt mir einen Kuss und verlässt das

Zimmer. Ich schaue unter die Zimmerdecke und bemerke, wie sich das Bett unter mir dreht. Am liebsten würde ich einen Fuß zum Bremsen raushalten, aber aus eigener Erfahrung weiß ich, dass das nichts bringt. Durch das Schließen meiner Augen beschleunigt sich das Drehen noch und ich öffne sie als Jeli zurückkommt. Leise schließt er die Tür und zieht dann endlich seine Jeans aus. Seine Boxershorts wölben sich beachtlich, er legt sich neben mich und hält ein Kondom hoch. »Schau mal, was ich im Bad gefunden habe«, sagt er mit breitem Grinsen.

Meine Fingerspitzen fahren langsam über seinen ‹Wegweiser› aus feinen Härchen bis in seine Shorts, von der ich ihn auch gleich befreie. Als ich seine Erektion umfasse und meine Hand auf und ab bewege, öffnet er ungeduldig die Kondomverpackung. Ich nehme es ihm ab und rolle es drüber.

»Ich will nichts mehr, als in dir zu sein«, sagt er, als er sich auf mich legt und in mich eindringt.

Ich spüre, wie er mich ausfüllt und genau die richtige Stelle in mir reizt, sodass ich wieder zu stöhnen beginne.

»Sch, sch«, macht er und versiegelt meine Lippen mit einem Kuss.

Er bewegt sich schneller und auch seine Zunge wird wieder fordernder. Seine Stöße werden heftiger und seine Lippen saugen an meinem Hals. Ich beiße die Zähne zusammen, um nicht zu laut zu werden, und kralle meine Nägel in seinen Rücken, sodass er kurz aufstöhnt. Es ist so ein unglaubliches Gefühl, ihm so nah zu sein, seine nackte Haut auf meiner und seine Wärme zu spüren.

Einen Arm verschränkt er unter meiner Kniekehle und zieht mein Bein etwas hoch, um noch tiefer in mich eindringen zu können.

»Jeli, ich will dich reiten«, stöhne ich.

Wortlos zieht er mich fest an sich und dreht uns, sodass ich jetzt auf ihm sitze.

Kurz dreht sich alles und ich ringe nach Luft, beuge mich dann vor und küsse ihn. Meine Haare liegen wie ein schützender

Umhang um unsere Gesichter und ich beginne mich langsam auf ihm zu bewegen. Seine Hände legen sich auf meine Hüften und wollen den Takt vorgeben, aber ich schiebe sie sanft hoch zu meinen Brüsten und nehme ihn in meinem eigenen Rhythmus. Er spielt an meinen harten Nippeln und zieht leicht an ihnen, umfasst fest meine Brüste und knetet sie. Immer schneller bewege ich mich und sein Atem beschleunigt sich hörbar.

Der Mann hat echt Ausdauer!

Auch ich fühle, wie sich wieder etwas in mir aufbaut, als er das bemerkt, beginnt er mit seinem Daumen meinen Kitzler zu streicheln. Und es dauert nicht lange, bis ich wieder komme, und er mir kurz danach folgt. Völlig außer Atem lasse ich mich auf ihn sinken und kann sein Herz in seiner Brust schlagen hören.

Bevor ich von ihm steige, umfasse ich das Ende des Kondoms mit zwei Fingern und reiche ihm dann ein Taschentuch aus meiner Handtasche.

»Danke.« Er dreht sich weg, um das Kondom abzustreifen.

»Gib her.« Ich nehme ihm das zusammengeknüllte Taschentuch ab und lege es auf den Boden. Als ich mich wieder aufrichte, wird mir schummerig, also greife ich nach meinem Slip ziehe ihn an und gebe ihm dann seine Shorts.

»Schorschi, ich…«, beginnt er.

»Sch, sch…«, sage ich dieses Mal, lege mich neben ihn, meinen Kopf auf seine Brust, und ziehe die Bettdecke über uns. Er legt seinen Arm um mich, gibt mir einen Kuss auf die Stirn und schaltet dann die Nachttischlampe aus.

11

»Schorschi, hast du mein Klopfen nicht gehört? Oh, sorry…«

Ich höre, wie sich die Zimmertür schließt.

Das muss Larissa gewesen sein!

Langsam öffne ich die Augen und spüre, wie schwer mein Kopf sich anfühlt. Ich drehe mich um und schaue genau in Jelis Gesicht.

Ach du Scheiße! Was hab ich getan?

Blitzartig schießen mir Bilder des gestrigen Abends durch den Kopf und dann fällt es mir wieder ein.

Ich hatte Sex mit Jeli! Verdammt!

In diesem Moment öffnet er die Augen und blinzelt mich an. »Guten Morgen.« Er lächelt etwas verknautscht und ich spüre, wie mir die Röte ins Gesicht steigt.

»Morgen«, sage ich, setze mich auf, stelle dann fest, dass ich nur mit einem Höschen bekleidet bin und ziehe mir verlegen die Decke über meine nackten Brüste.

»Da gibt es nichts, was ich nicht schon gesehen hätte.« Schelmisch grinst er, steht auf und sucht seine Klamotten zusammen.

»Ich weiß...«, stammele ich.

»Ich werde mich wohl besser rausschleichen. Larissa muss es ja nicht gleich mitbekommen.« Er zieht sich seine Jeans an.

»Dafür ist es wohl zu spät«, sage ich und bemerke, wie ich auf seinen nackten Oberkörper starre, und senke den Blick.

»Wie zu spät?«

»Sie war gerade hier drin und wollte mich wecken. Hat sich dann aber schnell aus dem Staub gemacht.«

»Upps!«

»Richtig.«

»Dann kann ich ja auch noch zum Frühstück bleiben.« Er lacht.

Sein Lachen verstummt und es ist ganz still. Er steht vor mir, immer noch oben ohne, und hält sein T-Shirt in der Hand. Unsicher schaue ich ihn an, beiße mir auf die Unterlippe und mir wird klar, dass das jetzt wohl der Moment wäre, in dem wir darüber reden sollten, was die letzte Nacht zu bedeuten hat.

»Ich gehe dann mal gucken, wo Larissa und Stefan sind, dann kannst du dich in Ruhe anziehen.« Er zieht sein Shirt über und verlässt das Zimmer.

Oookay! So geht es natürlich auch!
Vollkommen verunsichert stehe ich auf und hole mir etwas zum Anziehen aus meiner Tasche. Dabei überlege ich, dass ich absolut keine Ahnung habe, was Jeli jetzt denkt. Ist es für ihn klar, dass es ein Ausrutscher war, oder glaubt er jetzt, dass wir ein Paar sind? Ich hätte das wirklich nicht tun sollen, was wenn Larissa recht hat und er empfindet wirklich etwas für mich? Wenn es so ist, war es mehr als falsch von mir mit ihm zu schlafen, auch wenn ich bei der Erinnerung daran ganz kribbelig werde. Der Sex war wirklich gut und Jeli ist unglaublich heiß und süß. Nur ich werde einfach dieses verdammte Gefühl nicht

los, dass es falsch ist, dass ich Till betrüge.

Mit einem dicken Kloß in meinem Hals verlasse ich das Zimmer und höre es aus der Küche klappern. Bevor ich die Küchentür öffne, hole ich noch einmal tief Luft.

Larissa, Stefan und Jeli sitzen am Küchentisch und schauen mich an, als ich hereinkomme.

»Morgen, Langschläfer. Frohe Weihnachten.« Larissa lächelt mich breit an.

»Guten Morgen. Euch auch frohe Weihnachten«, sage ich und schließe die Tür hinter mir.

»Frohe Weihnachten. Setz dich.« Stefan zieht den Stuhl neben sich etwas nach hinten, sodass ich mich setzen kann.

»Danke.«

»Soll ich dir Saft einschütten?«, fragt Larissa wohlwissend, da ich keinen Kaffee trinke.

»Ja, bitte.« Ich halte ihr das Glas entgegen und traue mich gar nicht, irgendwem in die Augen zu schauen. Ich kann dieses Gefühl, etwas ganz Schlimmes getan zu haben, einfach nicht abstellen.

Still nehme ich einen Schluck Saft und schneide mir dann ein Brötchen auf in der Hoffnung, dass mein Magen es freundlich empfängt und nicht zu rebellieren beginnt.

»Ihr wart also so voll gestern, dass Jeli beim Quatschen mit dir im Bett eingeschlafen ist?«, fragt Larissa.

»Ähhm, ja«, antworte ich knapp und bin mir sicher, dass sie das Ganze längst durchschaut hat. Zumal unsere Klamotten im ganzen Zimmer verteilt lagen.

»Wärt ihr im Wohnzimmer geblieben, wäre das wohl nicht so schnell passiert, oder?« Ihr Lächeln wird noch breiter.

»Ich wollte nur sichergehen, dass Schorschi heil ins Bett kommt, und dann haben wir uns verquatscht«, versucht Jeli uns zu verteidigen.

»Ach so.« Larissa schaut zu Stefan, dessen Grinsen auch immer breiter wird.

Alle widmen sich wieder ihren Brötchen und ich sehe Jeli an. Kurz beobachte ich ihn, wie er sich Marmelade auf das

Brötchen schmiert, schaue auf seine Hände und mir kommen tausend Bilder in den Kopf, all die Stellen, wo sie mich überall berührt haben...

»Alles klar?«, fragt Jeli.

»Ja, alles klar. Warum?« Peinlich berührt wende ich meinen Blick von ihm ab.

»Ich dachte, du hättest was.« Er lacht, ich würde am liebsten im Erdboden versinken und spüre, wie ich mal wieder rot werde.

Was ist nur los mit diesen Männern aus Gerolstein, dass die es immer schaffen, mich rot anlaufen zu lassen?

Nachdem ich aufgegessen habe, verabschiede ich mich unter dem Vorwand, dass mir noch etwas übel vom Alkohol sei. Ich mache einen Umweg übers Bad, um noch schnell Zähne zu putzen und lege mich dann wieder ins Bett.

Als ich zur Ruhe komme, beginnen die Gedanken in meinem Kopf wild zu kreisen. Ich erwische mich dabei, wie ich dämlich vor mich hin grinse, als ich die letzte Nacht Revue passieren lasse. Ich kann gar nicht glauben, dass ich die letzten Monate so unter Schock stand, dass ich Jeli als Mann nicht wahrgenommen habe. Er hätte wohl genauso gut eine Frau oder von mir aus auch ein Pinguin sein können. Niemals zuvor ist mir sein sehr attraktives Äußeres aufgefallen. Ich muss es mir eingestehen... er ist einfach Zucker! Äußerlich wie innerlich.

Ich drehe mich und versenke mein Gesicht im Kissen. Und da steigt er mir in die Nase, dieser unglaublich gute Geruch. So männlich und sexy.

Wie soll ich einen klaren Gedanken fassen, wenn mein Kissen noch nach ihm riecht?!

Aber ich kann mich einfach nicht auf ihn einlassen, falls er das überhaupt möchte. Könnte ich doch jetzt nur Till um Rat oder besser noch um Erlaubnis bitten...

Aus dem Flur höre ich Stimmen und die Wohnungstür. Ich stehe auf, schaue aus dem Fenster und sehe, wie Jeli in seinen Wagen steigt. Planlos sehe ich zu, wie er davonfährt.

Plötzlich klopft es und Larissa öffnet die Tür.

»Kann ich reinkommen?«, fragt sie, als sie den Kopf durch die Tür steckt.

»Klar.« Ich setze mich auf die Bettkante.

»Alles gut bei dir?« Sie setzt sich neben mich.

»Das weiß ich selber nicht so genau.«

»Magst du es erzählen oder soll ich dich einfach nie wieder danach fragen?« Sie lächelt.

»Du schläfst ja nicht mit dem Kopf in der Astgabel, oder?«

»Was ist das denn für ein Spruch?«, fragt sie lachend.

»Ich wollte damit nur sagen, dass du es dir ja sowieso denken kannst.«

»Du meinst das, was Jeli, der alte Gentleman, mit seiner fadenscheinigen Ausrede vertuschen wollte?«

»Genau das.« Jetzt muss auch ich lachen.

»Und?« Fragend sieht Larissa mich an.

»Ich habe mit Jeli geschlafen.« Ich kneife bei diesem Satz instinktiv die Augen zusammen, als würde man mir für diese Ungeheuerlichkeit gleich eine klatschen.

»Nein! Wirklich? Damit hätte ich nun nicht gerechnet.« Sie lacht. »Und? War er gut?« Ich kann die Neugier in ihren Augen funkeln sehen.

»Scheiße ja, das war er. Es war der absolute Wahnsinn.«

»Und wie geht es jetzt weiter mit euch?«

»Na, gar nicht.«

»Und was meint Jeli dazu?«

»Nichts! Wir haben nicht darüber gesprochen.«

Sie rollt mit den Augen. »Magst du ihn denn?«

»Klar, mag ich ihn, aber…«

»Was aber, Schorschi?«

»Ich kann nicht mit ihm zusammen sein.«

»Aber warum denn nicht?«

»Weil ich mit Till…« Ich spüre wie meine Augen feucht werden.

»Süße, ich weiß wie sehr du Till vermisst, wir alle vermissen ihn. Aber ihr wart nicht 25 Jahre verheiratet. Ihr hattet nicht einmal einen ganzen Monat zusammen. Er würde sicher nicht von dir erwarten, dass du nie wieder einen anderen Mann hast.«

»Ich weiß nicht, was er von mir erwarten würde. Ich weiß gar nichts mehr. Es ist, als hätte ich Jeli gestern das erste Mal richtig gesehen. Du hättest mir ruhig mal sagen können, dass er Werbung für Cola light machen könnte.«

»Du hast ja wohl auch Augen im Kopf.« Amüsiert und etwas erstaunt blickt sie zu mir.

»Aber es ist mir nie aufgefallen. Klar, mir sind schon die Blicke von manchen Frauen aufgefallen, wenn ich mit ihm unterwegs war, aber…«

»Vielleicht bist du einfach jetzt erst so weit?!«

»Ich fühle mich aber nicht so. Das gestern war der Hammer, nicht nur auf die Befriedigung bezogen, sondern weil ich mich das erste Mal, seit Till tot ist, wieder sicher und geborgen gefühlt habe. Aber ich kann doch Till nicht einfach so vergessen.«

»Davon spricht ja auch niemand.«

»So würde es sich aber für mich anfühlen«, sage ich leise.

»Das verstehe ich ja, aber das solltest du vielleicht Jeli auch so erzählen, damit er sich nicht doch noch Hoffnung macht.«

»Es war wohl wirklich unfair von mir. Ich hätte nicht mit ihm schlafen sollen.«

»Vielleicht brauchst du einfach nur noch etwas Zeit. Ich bin mir sicher, er versteht das.«

»Vielleicht…«

»Ich gehe jetzt mal Stefan verabschieden und dann runter zu meinen Eltern, um den Baum zu schmücken. Wenn du so weit bist, dann komm einfach runter, okay?«

»Okay.« Ich drücke sie kurz an mich.

»Bis später, Schorschi.«

»Bis später.«

Gerade als sie die Tür hinter sich schließt, piept mein Handy.

>Jelto: Es war schön neben dir aufzuwachen!

Als ich diesen Satz lese, zieht sich in meinem Magen alles zusammen, weil er mich an Tills Plakat erinnert.
Ich überlege, was ich ihm antworten soll. Da ich die Nachrichten-App ja noch geöffnet habe und ich sehen kann, dass er noch online ist, kann er ja sehen, dass ich es auch bin. Doch ehe ich antworten kann, kommt eine neue Nachricht von ihm.

>Jelto: Ich weiß, dass du noch nicht so weit bist! Hoffe nur, dass es nicht einfach nur Sex für dich war!

Meine Hände werden feucht und ich ringe um eine passende Antwort.

<Georgia: Nein, das war es nicht!

Wow! Wie geistreich!

>Jelto: Freut mich!! Du bekommst von mir alle Zeit der Welt! Nur wenn du dir irgendwann sicher sein solltest, dass es mit uns niemals etwas werden wird, dann sei bitte so ehrlich, lass mich von der

Angel und wirf mich zurück ins Meer! Deal?
<Georgia: Es ist wegen Till! Ich fühle mich, als würde ich etwas Falsches tun!
>Jelto: Ich verstehe das wirklich. Du musst mir nichts erklären! Sag mir nur, ob wir einen Deal haben!

Kurz überlege ich, ob ich ihn nicht gleich von der Angel lassen sollte…
Aber das kann ich nicht. Ihm so nah zu sein, hat sich so gut angefühlt.

<Schorschi: Deal!
>Jelto: Freut mich!!! Hab ein schönes Weihnachtsfest! Wir sehen uns spätestens an Silvester!
<Schorschi: Wünsch ich dir auch!

Dieses Gefühlschaos in mir macht mich noch verrückt. Wenn ich an Jeli denke, fühle ich mich so gut und gleichzeitig so schlecht. In mir steigt der Zweifel auf, ob ich jemals in meinem Leben wieder einfach nur glücklich sein werde. Ich hasse diese Männer so sehr für das, was sie in mir kaputt gemacht haben. Für das, was sie mir genommen haben. Die laufen draußen frei herum und ich habe lebenslänglich bekommen. Meine Augen füllen sich mit Tränen. Voller Wut schmeiße ich das Kissen, das nach Jeli riecht, zu Boden, lasse mich davor auf die Knie sinken, um es dann doch wieder weinend an mich zu drücken.

Was habe ich eigentlich verbrochen? Womit habe ich diese ganze Scheiße verdient?
Eine Zeit lang sitze ich einfach so auf dem Boden und starre ins Nichts. Die Gedanken in meinem Kopf überschlagen sich, doch ich beschließe aufzustehen und den anderen beim Baumschmücken zu helfen. Denn Antworten auf meine Fragen werde ich sowieso niemals bekommen…!

Nach dem Abendessen kommen wir zur Bescherung. Jeder hat für jeden eine Kleinigkeit und es ist wirklich wie im Traum. So ein schönes Weihnachtsfest hatte ich noch nie.

Als letztes öffne ich Larissas Geschenk. Ich entferne das Geschenkpapier und eine kleine Holzschachtel kommt zum Vorschein.
»Mach sie auf«, sagt Larissa ungeduldig.
Vorsichtig öffne ich die Schachtel und entdecke einen Schlüssel und eine kleine Karte. Ich entnehme die Karte und lese sie:

Liebe Schorschi,

ich schenke dir mein Gästezimmer!
Frohe Weihnachten

Larissa

Etwas irritiert lege ich das Kärtchen zurück in die Schachtel.
»Danke. Wofür ist der Schlüssel?«
»Für die Haustür unten. Ich weiß nicht, ob du richtig verstanden hast...« Fragend schaut sie mich an.
»Na, dass ich immer willkommen bin.«
»Ich beziehungsweise wir wollten damit eigentlich fragen, ob du nicht hier

einziehen möchtest? Also in eine WG mit mir.«

Im ersten Moment steht mir nur der Mund offen, aber dann fange ich mich wieder.

»Das wäre wirklich toll, aber ich bräuchte dann auch erst eine neue Arbeit.«

»Die Frau von einem Kollegen von mir arbeitet im Tierpark hier in der Nähe und die suchen eine neue Pflegekraft. Du könntest nach Weihnachten zum Vorstellungsgespräch gehen«, erklärt Saskia.

»Echt? Das wäre ja super! Wenn ich den Job bekomme, würde ich liebend gerne hier einziehen.«

»Da freue ich mich.« Larissa drückt mir einen Schmatzer auf die Wange.

»Und wir bräuchten uns dann keine Sorgen mehr um dich machen, wenn du ständig auf der Autobahn unterwegs bist.« Fritz lächelt.

»Das ist wirklich das schönste Weihnachtsgeschenk, das ich je bekommen habe.« Ich umarme einen nach dem anderen.

Wir lassen den Abend noch gemütlich ausklingen und um kurz nach Mitternacht falle ich erschöpft, aber glücklich in mein Bett, das immer noch nach Jeli riecht…

Am 27.12. rufe ich gleich beim Tierpark an und bekomme zwei Tage später einen Termin für das Vorstellungsgespräch.
Es geht doch nichts über Vitamin B!

Als es so weit ist, melde ich mich aufgeregt an der Kasse des Tierparks.
»Hallo. Ich bin Georgia von Hofburg, ich habe einen Termin für ein Vorstellungsgespräch.«
»Hallo. Ich rufe im Büro an und sage Bescheid, damit Sie jemand abholt«, sagt die Frau im Kassenhäuschen und lächelt.
»Vielen Dank.«
Nur kurze Zeit später erscheint ein Mann, vielleicht Mitte dreißig, und grinst, als er auf mich zukommt.
»Frau von Hofburg?«
»Ja. Hallo.«

Er schüttelt mir die Hand. »Ich bin Thilo Wärter, aber wir duzen uns hier alle, also einfach nur Thilo.«

»Okay. Georgia.«

»Dann komm mal mit ins Büro.«

Ich folge ihm.

»Setz dich doch bitte.« Er deutet auf einen Stuhl, der vor seinem Schreibtisch steht.

»Ich habe ja schon gehört, dass du keine Zeugnisse oder ähnliches dabei hast, da es sehr überraschend für dich kam.«

»Richtig. Ich reiche aber gerne alles nach.«

»Wir legen hier sehr viel Wert auf das Zwischenmenschliche, wenn das stimmt, ist der Rest nur noch Formsache.« Freundlich lächelt er mich an. »Dann erzähl doch mal. Was hast du bisher so gemacht und welche Tiere hast du versorgt?«

Ich erzähle ihm von meiner Arbeit im Tierpark und auch von den Spendenveranstaltungen, da ich mir vorgenommen habe bei meinem Neuanfang gleich mit offenen Karten zu spielen.

»Das hört sich wirklich interessant an, vielleicht könnten wir so was hier auch mal auf die Beine stellen.«

»Da wäre ich dir gerne behilflich«, sage ich und versuche selbstbewusst zu wirken.

»Das wäre schön. Ich würde dir jetzt noch den Park zeigen und dir etwas zu den Aufgaben erzählen, die anfallen würden. Wenn du möchtest, hast du dann den Job. Ich verlasse mich dabei immer gerne auf mein Bauchgefühl, das täuscht mich selten.« Er steht auf und geht um den Schreibtisch herum.

»Da freue ich mich sehr und bin schon wirklich gespannt auf den Park.« Ich folge ihm nach draußen.

Nachdem wir den Park durchquert haben, kommen wir wieder beim Eingang an.

»Vielen Dank für die Führung.« Ich drehe mich zu ihm.

»Gerne. Ich hoffe es hat dir gefallen.«

»Ja sehr. Ich würde mich freuen, wenn ich den Job bekommen würde.«

»Wie gesagt, von meiner Seite aus geht das klar. Mit dem Gehalt werden wir uns sicher auch einig werden. Schick mir einfach noch deinen Lebenslauf und deine Zeugnisse zu und dann schicke ich dir den Vertrag. Wann könntest du anfangen?«

»Zum 01.03., wenn das okay ist.«

»Das wäre super.«

»Vielen Dank, Thilo. Ich freue mich wirklich.« Ich schüttele seine Hand.

»Auf gute Zusammenarbeit.«

»Auf gute Zusammenarbeit. Dann sehen wir uns am 01.03.«

»Genau. Bis dann.«

Beschwingt gehe ich zurück zu meinem Wagen und fahre nach Rockeskill.

12

Seit dem Weihnachtsmorgen habe ich Jeli nicht mehr gesehen, aber heute Abend auf der Silvesterparty wird es so weit sein und ich muss zugeben, dass ich ein Kribbeln im Bauch spüre, wenn ich daran denke.

»Schorschi, mach mal hin. Ich muss mich noch schminken.« Ungeduldig klopft Larissa an die Badtür.

»Ich bin ja schon fertig. Du kannst reinkommen«, rufe ich durch die geschlossene Tür.

»Du siehst aber schick aus«, sagt sie und schließt die Tür hinter sich.

»Danke, du aber auch.« Ich lege etwas Lipgloss auf.

»Und? Freust du dich schon auf Jeli?« Fragend sieht sie mich im Spiegel an.

»Ja, aber es wird schon komisch werden. Weiß er eigentlich, dass ich hierher ziehe?«

»Wenn du es ihm nicht erzählt hast, dann nicht.« Sie bürstet ihr glattes rotblondes Haar.

»Dann sollte ich es ihm wohl noch dieses Jahr erzählen.«

»Spätestens Anfang nächsten Jahres.« Sie lacht.

»Das wird nicht unbedingt zur Entspannung der Lage zwischen uns beitragen.«

»Wohl kaum. Hast du denn nochmal darüber nachgedacht?«

»Habe ich.«

»Und?«

»Er ist schon mehr als ein Freund, aber ich kann mich einfach nicht auf ihn einlassen, auch wenn ich etwas Schmetterlinge im Bauch habe, wenn ich an ihn denke.«

»Irgendwann wirst du so weit sein.« Larissa zieht ihre Augenbrauen nach.

»Ich hoffe nur, dass es dann nicht schon zu spät ist.«

»Wird schon werden.« Aufmunternd legt sie mir ihre Hand auf die Schulter.

Fritz fährt uns um kurz vor 20 Uhr nach Gerolstein, wo wir in einer Kneipe mit den anderen verabredet sind.
»Viel Spaß und guten Rutsch«, sagt Fritz, als er vor der Kneipe anhält.
»Euch auch.« Larissa steigt aus.
»Guten Rutsch und danke fürs Fahren.« Ich steige aus, gehe hinter Larissa her in die Kneipe und es beginnt in meinem Bauch zu kribbeln.
An einem Tisch in der Ecke sehe ich Stefan, Theo, Svenja und Jeli sitzen.
»Hallo.« Larissa setzt sich neben Stefan, sodass nur noch neben Jeli ein Platz frei ist.
»Hallo«, sage ich auch und setze mich neben Jeli.
Nachdem ich meine Handtasche an die Stuhllehne gehängt habe, wende ich mich wieder dem Tisch zu und atme einen Schwall von Jelis Duft ein.
Wie soll ich diesen Abend nur überstehen?
Als ob das nicht schon genug wäre, dreht er sich zu mir und kommt mit seinen Lippen ganz nah »Du siehst sehr hübsch aus«, haucht er und ich merke, wie mir

ein Schauder den Rücken hinabläuft, als ich seinen Atem hinter meinem Ohr spüre.

»Danke«, stammele ich und schaue verlegen auf die Tischplatte.

Eine Kellnerin tritt an unseren Tisch heran: »Was möchtet ihr denn trinken?«

»Ich schmeiße 'ne Runde Sekt«, sagt Stefan und man sieht, wie sehr er sich auf diesen Abend freut.

»Und ich 'ne Runde Waldmeisterlikör.« Jeli schaut erst zur Bedienung und dann zu mir.

»Ich würde dann noch 'ne Cola nehmen«, sage ich in der Hoffnung, dass ich nicht wieder die Kontrolle verliere, wenn ich immer ordentlich Cola und Wasser zum Alkohol trinke.

»Cola?« Theo schaut mich amüsiert an. »Ging es dir nach der Feuerzangenbowle nicht so gut?«

»Nein, nicht so richtig.« Ich lächele und kann nicht verhindern, dass mir die Röte ins Gesicht steigt.

Unsere Getränke werden gebracht und Stefan erhebt sein Glas: »Auf einen guten

Rutsch!« Er stößt mit einem nach dem anderen an.
Ich nippe an meinem Glas Sekt und trinke dann erst mal einen großen Schluck Cola.

Der Alkoholpegel steigt und es wird immer lustiger. Ich halte mich aber weiterhin zurück und setze auch mal eine Runde aus.
»Du hältst dich hoffentlich nicht wegen mir mit dem Alkohol zurück?« Jeli hat einen Arm auf meiner Rückenlehne abgelegt und wird von dem lautstark erzählenden Stefan übertönt, sodass nur ich ihn hören kann.
»Vielleicht.« Zum ersten Mal an diesem Abend schaue ich ihm in die Augen, die ihre Wirkung nicht verfehlen.
»Keine Sorge, ich werde mich beherrschen und dir nicht zu nah kommen.«
»Vielleicht mache ich mir ja eher Sorgen, dass ich genau das dann will.« Verlegen beiße ich mir auf die Unterlippe und senke meinen Blick.
Warum halte ich nicht einfach meinen Mund?!

Sanft streicht seine Hand über meinen Rücken, ich schaue ihm wieder in die Augen, in denen sich die Lichter einer gegenüberhängenden Lichterkette spiegeln.
Was ist nur los mit dir, Schorschi?
»Wer hat Lust zu tanzen?« Larissa lässt ihren Blick durch die Runde wandern.
»Ich«, antworte ich schnell, um der Situation zu entfliehen.

Da sonst keiner möchte, gehen nur Larissa und ich auf die extra für diesen Abend improvisierte Tanzfläche.

Auf der Uhr über der Theke kann ich sehen, dass es schon 22:49 Uhr ist.
Bald ist dieses Jahr endlich vorbei!
‹Life is too short› von Kai Tracid beginnt zu spielen, ich schließe beim Tanzen die Augen und denke, wie recht er doch hat. Das Leben ist so kurz und vor allem kann es so schnell vorbei sein.

Ich denke an Till. Er wird für immer in meinem Herzen sein, hat ein Stück davon mit sich genommen. Mein Leben wird nie mehr so sein, wie es war, aber langsam kann ich wieder positiver in die Zukunft schauen. Endlich habe ich richtige

Freunde, bald ein neues Zuhause und einen neuen Job.

Mehrere Lieder lang lasse ich meinen Körper und meine Gedanken einfach treiben, bis Larissa mich anstupst.

»Hey, der Typ hinter dir zieht dich schon fast mit seinen Blicken aus«, schreit sie in mein Ohr, um die Musik zu übertönen.

Langsam und unauffällig drehe ich mich beim Tanzen, bis ich ihn sehen kann. Ein Mittzwanziger, groß, muskulös und man kann förmlich sehen, wie toll er sich selbst findet. Er zwinkert mir zu und ich drehe mich genauso langsam wieder weg. Augenrollend schaue ich zu Larissa, die sich ein Lachen nicht verkneifen kann.

»Der ist scharf, oder?«

»Das findet vor allem er selbst.« Ich lache. »Es ist so warm hier drin. Ich gehe mal kurz raus an die frische Luft.«

»Mir ist das zu kalt. Ich gehe zurück zu den anderen.«

»Gut. Bis gleich.«

Wir verlassen die Tanzfläche und ich gehe weiter nach draußen. Die kalte Dezemberluft strömt in meine Lungen.

Ich schaue die leere Straße hinunter und höre in der Ferne ein paar Böller explodieren, als sich von hinten Arme um mich schlingen.

Jeli!

Kurz schließe ich die Augen, nehme dann aber unangenehm riechendes Rasierwasser wahr.

Das kann nicht Jeli sein!

»Es hat mich unheimlich angemacht, wie du getanzt hast«, säuselt mir eine unbekannte Stimme ins Ohr.

Ich versuche mich umzudrehen, doch er verstärkt seinen Griff noch.

»Wer wird denn gleich so kratzbürstig sein?«

»Lass mich sofort los!«

Er dreht mich, drückt mich mit dem Rücken gegen die kalte Hausfassade und hält mich an den Handgelenken fest.

»Ich tue dir doch nichts. Andere Frauen wären froh, wenn ich mich mit ihnen abgeben würde.« Er lächelt selbstgefällig.

Ich versuche erfolglos meine Arme freizubekommen.

»Wehre dich ruhig ein wenig, aber ich weiß doch, dass du mich auch willst. Wenn du mich erst mal richtig kennst, wirst du mich lieben.« Er lacht und lockert den Griff an meinen Handgelenken etwas, doch ich stehe wie versteinert da. ‹Wehre dich ruhig ein wenig…› hallt es in meinem Kopf, immer und immer wieder. Die Bilder von dem Schmierigen kommen wieder hoch, denn genau das waren seine Worte.

»Hallo? Jemand zu Hause?« Höre ich es wie aus der Ferne und meine Handgelenke werden losgelassen.

»Psychobraut!«

Plötzlich stehe ich wieder alleine draußen in der Kälte und kann mich immer noch nicht rühren, starre ins Leere.

Wie lange ich so dagestanden habe, kann ich gar nicht sagen, als eine Stimme zu mir durchdringt.

»Schorschi? Alles klar?«

Eine Hand legt sich auf meine Schulter und ich zucke zusammen.

»Schorschi?« Jeli sieht mich an und nimmt dann meine Hand. »Du bist ja ganz kalt.

Was machst du denn so lange alleine hier draußen?«

Ich spüre seine Wärme, als er einen Arm um mich legt. Er merkt wohl, wie sich meine Schockstarre unter seiner Berührung etwas lockert und schließt mich ganz in seine Arme. Auch ich schlinge jetzt meine um ihn, hole tief Luft und da ist es wieder, dieses Gefühl der Sicherheit und Geborgenheit.

»Sprichst du jetzt mal mit mir?«

Ich schaue zu ihm herauf, genau in seine Augen und kann nicht anders als meine Hand in seinen Nacken zu legen, um seine Lippen zu meinen zu ziehen. Ganz sanft küsse ich ihn und danach lege ich meinen Kopf an seine Brust.

»Da war gerade dieser Typ.«

»Was für ein Typ? Dieser große, der dich immer so angegafft hat?«

»Ja.«

»Was hat er gemacht?« Mit einer Hand umfasst er mein Kinn und zwingt mich ihn anzusehen.

»Mich festgehalten.« Deutlich kann ich spüren, wie es jetzt Jeli ist, der sich versteift.

»Er hat diesen einen Satz gesagt, wie der Eine im Wald…«

Er lässt mein Kinn los und drückt mich fest an sich.

»Komm.« Er nimmt meine Hand.

Wir gehen zurück in die Kneipe an unseren Tisch.

»Setz dich«, sagt Jeli knapp und alle schauen uns verwundert an.

Ich setze mich und gehe davon aus, dass er sich neben mich setzen wird, doch ehe ich es richtig realisiere, ist er schon auf dem Weg zu dem Großen.

»Jeli!«, rufe ich ihm noch hinterher, aber vergebens.

»Stefan, Theo ihr müsst da hinterher, sonst…« Noch bevor ich es ausgesprochen habe, verpasst er dem Großen einen Kinnhaken und der geht in die Knie.

Wir springen alle auf, aber Jeli kehrt ihm wortlos den Rücken und kommt zu uns zurück, während der Große noch auf dem

Boden sitzt und sich erstaunt sein Kinn reibt.

»Was ist denn jetzt los?«, fragt Svenja, als Jeli wieder bei uns ist.

»Das war mal nötig.« Er setzt sich und nimmt einen Schluck Bier. »Macht ihr 'ne Stehparty oder was?«

Auch wir anderen setzen uns wieder.

»Kann mir jetzt mal jemand erklären, was hier gerade passiert ist?« Stefan sieht erst mich und dann Jeli an.

»Der Typ hat sich auf nicht angebrachte Weise an Schorschi rangemacht. Belassen wir es dabei.«

»Das ist doch aber gar nicht deine Art, sofort zuzuschlagen.« Theo schaut zu dem gerade aufstehenden Großen. »Zumal der Typ 'nen Kopf größer ist als du.«

»Lassen wir uns davon mal nicht die Laune verderben und feiern weiter«, versucht Larissa die Stimmung zu retten und das Thema zu wechseln, weil sie genau weiß, was zwischen Jeli und mir ist und was ich mit dem Schmierigen mitgemacht habe und sicher eins und eins zusammenzählen kann.

Kritisch beäuge ich weiter, wie der Große sich sammelt und dann zu meiner Beruhigung erhobenen Hauptes die Kneipe verlässt, ohne uns auch nur eines Blickes zu würdigen. Selbst in dieser Situation scheint er sich noch sehr toll zu finden.
Kurz denke ich darüber nach, was hätte passieren können, wenn er es auf einen Kampf hätte ankommen lassen und mein Magen zieht sich zusammen. Ich hätte es nicht ertragen können, wenn er Jeli wehgetan hätte.
Die Bedienung kommt an unseren Tisch. »Sei froh, dass der Chef gerade was aus dem Lager geholt hat, der hätte dich sicher rausgeworfen.« Tadelnd sieht sie Jeli an. »Aber ich gehe mal davon aus, dass er es verdient hatte?!«
»Das hatte er«, verteidigt er sich.
»Okay. Darf ich euch noch was zu trinken bringen?«
»Eine Runde Waldmeister«, sage ich.

Nachdem alle ihre Gespräche wieder aufgenommen haben, wende ich mich Jeli zu. »Das hättest du nicht tun müssen. Ich hätte es mir nie verziehen, wenn dir was passiert wäre.« Ich drücke kurz seine Hand, die auf dem Tisch liegt, und er zuckt leicht zusammen. Erst jetzt sehe ich die Schwellung auf seinen Fingerknöcheln.

»Ich bin dafür eigentlich auch nicht der Typ, aber so einem muss mal gezeigt werden, dass er sich nicht alles rausnehmen kann.«

»Tu das aber bitte nie wieder.«

»Ich versuche es, aber versprechen kann ich es nicht.« Er lächelt.

»Ich muss dir auch noch was erzählen.« Aufmerksam schaut er mich an.

»Ich habe ab 01.03. hier einen Job und ziehe zu Larissa.«

»Das ist ja großartig!« Fest drückt er mich an sich.

»Was ist denn jetzt los?«, fragt Theo.

»Schorschi zieht im März hierher«, berichtet Jeli freudestrahlend.

»Das wurde aber auch mal Zeit«, sagt Svenja.

»Dann haben wir ja ein neues Mitglied für den Schützenverein.« Stefan hält mir sein Glas zum Anstoßen hin.

»Auf jeden Fall.« Ich stoße an.

»Noch fünfzehn Sekunden bis Mitternacht«, schallt es aus den Boxen. »Zehn, neun, acht, sieben, sechs, fünf, vier, drei, zwei, eins. Frohes neues Jahr.«

Wir stoßen alle an, umarmen uns und wünschen uns alles Gute für das neue Jahr.

Das neue kann nur besser werden, auch wenn das alte nicht nur Schlechtes gebracht hat!

Gegen drei Uhr spüre ich, wie mich die Müdigkeit übermannt.

»Larissa, ich werde langsam müde. Wollen wir uns bald mal ein Taxi bestellen?«, frage ich.

»Klar, magst du eins rufen?«

»Willst du nicht lieber bei mir schlafen?« Stefan schenkt Larissa ein breites Grinsen. »Du bist natürlich auch herzlich eingeladen, es dir auf meinem

Sofa bequem zu machen«, ergänzt er und schaut mich an.

»Was meinst du, Schorschi?« Larissa sieht mich an.

»Da die Chancen, schnell ein Taxi zu bekommen, sowieso schlecht stehen und ich euch nicht in die Quere kommen will, meinetwegen.«

»Super!« Stefan freut sich sichtlich und drückt Larissa einen Kuss auf die Wange.

»Dann könnt ihr mich auf dem Weg gleich nach Hause bringen, da müsst ihr ja eh vorbei.« Jeli lächelt mich an.

»Klar«, sage ich und muss mir dabei eingestehen, dass ich am liebsten mit zu ihm nach Hause gehen würde.

»Ist vielleicht auch besser so. Wer weiß, ob der Typ von vorhin dir nicht doch noch auflauert.« Stefan trinkt seinen Rest Bier in einem Zug aus und wir nehmen alle unsere Jacken und gehen nach draußen.

Theo und Svenja verabschieden sich gleich vor der Kneipe, da sie in die entgegengesetzte Richtung müssen.

»Dann wollen wir mal los.« Stefan nimmt Larissas Hand und die beiden gehen vorweg.

Wir schlendern schweigend ein Stück und plötzlich spüre ich Jelis warme Hand an meiner. Ich lächele ihn an und ergreife sie unbeachtet von Larissa und Stefan, die immer noch vor uns laufen.

Es beginnt leicht zu schneien und die kalte klare Luft kurbelt die Wirkung des Alkohols an, aber alles im grünen Bereich. Ich fühle mich angenehm benebelt und das Händchenhalten mit Jeli fühlt sich wunderbar vertraut an.

»Jeli, mein Freund, da wären wir«, sagt Stefan, dreht sich zu uns und ich lasse instinktiv Jelis Hand los.

Mir fällt ein, dass ich noch nie bei Jeli zu Hause war.

»Wollt ihr noch kurz auf einen Absacker mit nach oben kommen?«

»Super Idee«, freut sich Stefan.

»Ist das okay?«, fragt Larissa mich.

»Ja, sicher«, antworte ich, denn auch wenn ich müde bin, ist die Neugier auf Jelis Wohnung größer.

»Aber nur einen!« Ermahnend schaut Larissa Stefan an.

»Da freue ich mich.« Jeli schließt die Haustür auf und wir folgen ihm in den ersten Stock.

Vor seiner Tür ziehen wir die Schuhe aus und gehen dann ins Wohnzimmer.

Die Wohnung ist sehr modern eingerichtet und für einen Junggesellen wirklich sehr ordentlich.

»Was möchtet ihr trinken?« Jeli schaut in die Runde.

»Bier«, antwortet Stefan knapp.

»Für mich auch.« Larissa setzt sich neben mich aufs Sofa.

»Für mich eine Cola, wenn du hast.« Ich schmeiße meine Jacke auf den Sessel neben mir.

»Du kannst aber auch einen Wein haben.«

»Nein, danke. Ich hatte genug Alkohol für heute.«

»Okay, wie du meinst. Bin gleich wieder da.« Er verlässt das Wohnzimmer.

»Ich mache mal ein bisschen Mucke an.« Stefan greift in eine kleine Holztruhe, die neben dem Sofa steht, holt eine

Fernbedienung heraus und dabei flattert ein Zettel zu Boden.

»Was haben wir denn da?« Er hebt den Zettel auf und beginnt laut vorzulesen. »Ich liebe dich, aber du siehst mich nicht.« Er lächelt, ich versuche meine Gedanken zu sortieren und Stefan fährt fort. »Ich halte dich in meinen Armen und denke an deine großen Dramen. Du liebst ihn und nicht mich, das weiß ich…« Als wäre Stefan gerade ein Licht aufgegangen, faltet er den Zettel hastig zusammen, aber da sehe ich Jeli schon im Türrahmen stehen.

»Da ist ja unser Poet.« Man kann sehen, dass Stefan peinlich berührt ist, was ich bei ihm noch nie zuvor gesehen habe.

Doch Jeli lächelt nur. »Du kannst ruhig weiterlesen.« Er stellt unsere Getränke vor uns auf den Tisch.

»Ach nee. Das ist nicht so meins dieses Gedicht-Krams.« Verlegen nimmt er einen Schluck Bier.

»Möchte sonst jemand?« Zu meiner Verwunderung schaut er mich direkt an.

»Ich würde gern, wenn ich darf.«

Hab ich das gerade laut gesagt?
»Klar, hier.« Er reicht mir das gefaltete Stück Papier. Ich falte es auseinander und beginne zu lesen:

Ich liebe Dich,
aber du siehst es nicht.
Ich halte dich in meinen Armen,
und denke an deine großen Dramen.
Du liebst ihn und nicht mich,
das weiß ich.
Du bist so stark und zerbrechlich zugleich,
wenn ich an das denke, was dir passiert ist, werde ich bleich.
Ich wünschte, ich könnte dein Herz reparieren und erobern,
aber es ist nur einseitig, dieses Lodern.
Bei mir war es Liebe auf den ersten Blick
und ich hoffe, bei dir macht es auch eines Tages klick.
Vielleicht bist du irgendwann so weit,
glaub mir, ich bin bereit.

Ich falte das Papier wieder zusammen und merke, wie meine Hände leicht zittern.

»Und wie findest du es?« Wieder schaut er mich direkt an und ich frage mich, wie er nur so ruhig bleiben kann. Ich an seiner Stelle wäre im Erdboden versunken.

»Sehr schön«, antworte ich ehrlich und überlege kurz, ob er es überhaupt für mich geschrieben hat, aber auch wenn das erklären würde, warum er so ruhig ist, für wen sollte es sonst sein?

»Dann können wir jetzt ja den Abend ausklingen lassen.« Er nimmt mir das Gedicht aus der Hand, legt es zurück in die Holztruhe, nimmt sich einen Stuhl vom Esszimmertisch und setzt sich uns gegenüber.

Die anderen beginnen ein Gespräch, an dem ich mich aber nicht beteilige, weil mir so viel im Kopf rumschwirrt. Dass er mich mag, war mir klar, aber dass er mich liebt, macht mich irgendwie nervös. Ob ‹ich-will-schnell-weglaufen›-nervös oder ‹ich-habe-Kribbeln-im-Bauch-wie-ein-Teenie›-nervös, kann ich wirklich nicht sagen.

»Darf ich mal deine Toilette benutzen?«
Ich stehe auf, weil ich dringend mal hier raus muss.

»Klar. Die Tür am Ende des Flurs.«

»Danke.« Ich gehe raus in den Flur, Richtung Bad und bleibe kurz vor mehreren Fotos an der Wand stehen.

Und da erkenne ich sie, die Augen, die so blau sind wie das Meer, oder eher so blau wie das Meer waren. Till und Jeli am Strand. Beide nur in Shorts. Sie haben je einen Arm um die Schulter des anderen gelegt und strahlen um die Wette.

Das Schicksal ist ein verdammtes Miststück!

Wäre Till wohl böse auf seinen Kumpel Jeli, der hinter seiner Freundin her ist, oder sitzt er im Himmel auf einer Wolke und denkt sich: »Wenn schon einer mein Mädchen bekommt, dann er!«?

Ich weiß es wirklich nicht und diese Unwissenheit macht mich verrückt, weil ich absolut keine Ahnung habe, wie Till es finden würde, weil ich ihn einfach viel zu wenig gekannt habe.

Mit Tills Lächeln vor meinem inneren Auge gehe ich ins Bad und setze mich auf den Wannenrand. Ich frage mich die ganze Zeit, was Till wohl wollen würde, dabei sollte ich mir vielleicht mal überlegen, was ich eigentlich will. Wäre Jeli für mich nur ein Trostpflaster oder ist er mittlerweile mehr für mich? Klar ist, dass ich mich, wenn er da ist, gut fühle. Er nimmt mir jede Angst, in seiner Nähe ist alles so einfach und doch so kompliziert. Ob er sich wohl auch mal fragt, was Till dazu sagen würde?

Ich verlasse das Bad, werfe noch einen Blick auf Till und Jeli am Strand und gehe zurück ins Wohnzimmer, wo die drei sich angeregt unterhalten. Als sie mich sehen, verstummt das Gespräch kurz.

»Ich bin müde. Wollen wir dann gleich los?«, fragt Larissa, nachdem ich mich neben sie gesetzt habe.

Kurz überlege ich und stelle dann fest, dass ich nicht viel weiß, aber eins ganz bestimmt: Ich will hier nicht weg! Nicht weg von Jeli!

»Ihr könnt ruhig gehen. Ich bleibe noch, wenn ich darf.« Prüfend schaue ich Jeli an, der nur kurz verwundert nickt.

»Nur noch ein Bier, Schatz?« Stefan schenkt Larissa ein breites Lächeln.

»Nein. Ich will los«, nörgelt sie.

»Och manno«, quengelt er wie ein kleines Kind, sodass ich grinsen muss.

Wir stehen alle auf und gehen zur Tür, um uns zu verabschieden.

Larissa lächelt mir noch augenzwinkernd zu, bevor die beiden die Treppe heruntergehen.

»Jetzt sind es nur noch wir zwei.« Jeli schließt die Tür.

Wortlos gehen wir zurück ins Wohnzimmer und setzen uns auf die Couch.

»Ich bin etwas überrascht, dass du bleiben möchtest.«

»Ich hoffe positiv.«

»Natürlich.« Er nimmt meine Hand. »Ich hoffe, die Sache mit dem Gedicht, hat dich nicht allzu sehr überrumpelt?!«

»Nein… ich fand es schön. Vor Stefan, dem Waldschrat, ist halt nichts sicher.« Wir lachen beide.

»Ich meinte jedes Wort davon ernst.« Tief blickt er mir in die Augen.

Hierzubleiben gehörte wohl nicht zu meinen besten Ideen in letzter Zeit!

»Darf ich dich mal was fragen?« Nervös kaue ich auf meiner Unterlippe.

»Sicher. Nur raus damit.« Er lächelt zuckersüß.

»Was würde Till deiner Meinung nach dazu sagen? Also zu… uns!«

Sein Lächeln verschwindet. »Glaub mir, das habe ich mich mindestens tausend Mal gefragt. Und ganz ehrlich, ich weiß es nicht. Ich könnte dir jetzt sagen, dass er sich freuen würde, wenn ich es wäre, mit dem du zusammen wärst. Vielleicht wäre es so, aber wir können ihn nicht mehr fragen.« Mit seinem Daumen streichelt er über meine Hand, die er immer noch hält. »Was meinst du?«

»Ich weiß es nicht. Mich quält diese Frage so sehr. Ich fühle mich so wohl bei dir, aber ich kann dieses Gefühl, dass es falsch ist, einfach nicht abstellen.«

»Und wenn wir einfach nur so weit gehen, wie es für dich okay ist?«

»Wie meinst du das?«

»Ganz einfach. Ist es für dich okay, wenn ich so wie jetzt oder vorhin, als wir draußen gingen, deine Hand halte?«

»Ja.«

»Aber nachdem wir Sex hatten, hast du dich schlecht gefühlt?«

»Boah, das hört sich so fies an.« Ich will ihm meine Hand entziehen, aber er hält sie fest und schaut mir in die Augen.

»Antworte einfach.«

»Ja.«

»Was ist, wenn ich das mache?« Er umarmt mich und drückt mich fest an sich.

»Das ist schön«, flüstere ich in sein Ohr.

»Und was ist hiermit?« Sanft küsst er mich und schaut mir dann wieder in die Augen.

»Da tanzen wir genau auf der Grenze, würde ich sagen.«

»Was heißen soll?«

»Verboten gut.«

»Verboten oder gut?« Er entlässt mich aus der Umarmung und schaut mich amüsiert an.

»Verdammt, Jeli. Ich weiß es nicht!«

Sanft legt er eine Hand in meinen Nacken und zieht mich erneut an sich heran. Ich spüre seine weichen Lippen auf meinen und bin in Versuchung, jede Grenze niederzureißen und einfach platt zu trampeln.

»Und?«, fragt er und ich kann es in seinen Augen gewaltig funkeln sehen.

Küss mich bis zum Ende meines Lebens!!!

»Ganz klar. Grenze überschritten«, sage ich und versuche den Kloß in meinem Hals herunterzuschlucken, weil ich weiß, dass ich mich selbst beschwindele.

»Okay. Dann weiß ich jetzt Bescheid.« Er lässt meinen Nacken los und greift nach seinem Bier. »Ich überlasse dir mein Bett. Soll ich auf dem Sofa schlafen oder…?«, fragt er fast beiläufig und nimmt dann einen Schluck.

»Im Bett… du sollst bei mir im Bett schlafen.«

Oder besser noch: mit mir! Reiß dich zusammen!!!

»Sehr schön, dann haben wir die Grenze ja noch weiter abgesteckt.« Er grinst schelmisch.

»Na, dann komm. Schlafenszeit.« Ich nehme seine Hand und ziehe ihn hinter mir her.

»Die erste Tür rechts.« Lachend und immer noch mit seinem Bier bewaffnet folgt er mir.

Ich öffne die Tür, schalte das Licht ein und wir stehen vor einem 1,40m breiten Futon-Bett.

»Hast du ein T-Shirt für mich?« Ich zeige auf seinen Kleiderschrank.

»Natürlich.« Er stellt das Bier auf den Nachttisch und holt aus dem Schrank ein Shirt, das er mir reicht und ein Kopfkissen, das er auch gleich bezieht.

»Du bist ja gut vorbereitet. Hast wohl öfter spontane Übernachtungsgäste?«, frage ich lächelnd.

»Nein, natürlich nicht, aber ich bin trotzdem gerne vorbereitet.« Er schmeißt das Kissen aufs Bett.

Ich setze mich auf die Bettkante und befreie mich erst von meiner Strumpfhose und dann von meinem Kleid.

»Du machst einem das Grenzeneinhalten nicht gerade leicht.« Breit grinsend beobachtet er mich.

»Sorry!« Lächelnd drehe ich mich von ihm weg, um mich von meinem BH zu befreien und um mir dann das Shirt überzuziehen. Seine Blicke kann ich förmlich spüren.

»Auf welcher Seite möchtest du liegen?«, frage ich, als ich mich ihm wieder zuwende.

»Such du dir eine aus.«

»Gut, dann liege ich rechts.« Ich schlage die Decke zurück und lege mich hin.

Jeli legt sich neben mich, schaltet das Licht aus.

Da ich nicht so recht weiß, wie ich mich verhalten soll, drehe ich mich auf die Seite, weg von ihm. Doch er kuschelt sich wie selbstverständlich von hinten an mich heran.

An meinem Hintern kann ich deutlich etwas Hartes spüren.

»Hast du da 'ne Taschenlampe oder freust du dich so, dass ich hier schlafe?«

»Eindeutig letzteres.« Sein breites Lächeln kann ich mir geradezu vorstellen.

»Na dann, gute Nacht«, sage ich und greife unter der Decke seine Hand.
»Gute Nacht.« Er haucht mir einen zarten Kuss in den Nacken und es dauert nicht lange, bis ich eingeschlafen bin.

Ich spüre eine Hand auf meinem Knie, die sich ihren Weg nach oben sucht. Langsam öffne ich meine Augen und schaue direkt in das Gesicht des Schmierigen. Bei dem Versuch meine Arme zu bewegen, merke ich, dass sie gefesselt sind. Ein Schuss fällt.
»Verabschiede dich von deinem Freund Till!« Er lächelt mich mit seinen braunen Zähnen an.
Ich blicke an mir herab und sehe meine halterlosen, zerrissenen Strümpfe und mein schwarzes Abendkleid, unter das sich seine Hand schiebt.
Noch ein Schuss fällt und ich zucke zusammen.
»Und jetzt ist es gerade mit Jeli zu Ende gegangen.« Er holt ein Messer aus seiner Tasche und mir steigen Tränen in die Augen. »Scheint gefährlich zu sein, mit

dir ins Bett zu gehen, Prinzessin, aber das Risiko gehe ich ein.« Mit einem festen Hieb schneidet er mein Kleid von unten nach oben auf.

Danach hält er das Messer an meine Kehle und drückt leicht, sodass ich spüren kann, wie meine Haut unter der Klinge aufplatzt.

»Wir werden sie alle töten, alle, die dir etwas bedeuten!« Er lacht laut.

»Schorschi!« Etwas schüttelt mich. »Schorschi! Du träumst nur!«

Mit einem Ruck sitze ich im Bett und ringe nach Luft.

»Alles ist gut. Du hast geträumt.« Jeli streichelt über meinen Rücken.

»Die haben… ich… ich…« Mit einer Hand fasse ich an meinen Hals.

»Ist schon gut. Ich bin ja da!« Vorsichtig zieht er mich in seine Arme und ich entspanne mich etwas. »Es ist noch früh. Versuch noch etwas zu schlafen.«

Noch eine ganze Zeit lang liege ich mit weit aufgerissenen Augen da und blicke in die Dunkelheit, bis ich dann doch wieder einschlafe.

Als ich später wieder aufwache, liegen wir noch so, wie wir nach meinem Traum eingeschlafen sind. Vorsichtig versuche ich seinen Arm von mir runterzuschieben.
»Wo willst du hin?«, brummelt er neben mir.
»Ich muss mal auf die Toilette.«
»Kommst du dann wieder ins Bett?« Er blinzelt mich an.
»Klar.«
Wie könnte ich das auch nicht wollen. Mit den verwuschelten Haaren sieht er einfach zum Anbeißen süß aus.
Nachdem ich aus dem Bad zurück bin, hält er mir eine Seite der Decke hoch und ich schlüpfe drunter.
»Hast du dich wieder beruhigt? Du hast vorhin geweint und gezuckt im Schlaf.« Sanft streichelt er meinen Oberarm.
»Ja, habe ich.«
»Hast du öfter Alpträume?«
»Ab und zu«, antworte ich leise und drehe mich zu ihm.

»Reicht dir das denn erst mal so?«, frage ich, als ich meinen Kopf auf seiner Schulter ablege, um das Thema zu wechseln.

»Du meinst eine Blümchen-Beziehung?«

»Sozusagen.«

»Du bist eine besondere Frau, die besonders schlimme Dinge erlebt hat, und wir sind deswegen in einer besonderen Situation, also warum nicht auch besondere Wege gehen?!«

»Also können wir zusammen sein, ohne wirklich… zusammen zu sein?«

»Du verwirrst mich so früh am Neujahrsmorgen. Denk nicht so viel nach. Wir lassen uns jetzt einfach treiben und schauen mal, wo wir hingespült werden. Okay?«

»Mehr als okay!«

Zufrieden schließe ich die Augen und schlafe wieder ein.

13

Seit Silvester konnte ich nicht mehr nach Gerolstein fahren. Das ist jetzt schon vier Wochen her. Es kam immer was dazwischen. Mal musste ich arbeiten oder mein Auto musste in die Werkstatt. Ich habe schon bald das Gefühl, unter Entzugserscheinungen zu leiden. Und ich muss zugeben, dass besonders Jeli mir fehlt. Wir telefonieren aber fast täglich. Er ist sehr bemüht um mich und seine Stimme klingt einfach verdammt sexy am Telefon! Was mich aber extrem nervt ist, dass heute, am 02.02., mein Geburtstag ist und ich niemanden von meinen Freunden bei mir habe. Aber am nächsten Wochenende wird es hoffentlich wieder klappen und in zwei Wochen ziehe ich ja sowieso endlich um.
Heute Morgen, als ich zu meinem Wagen gegangen bin, habe ich meine Mutter im Foyer getroffen, die mich wie immer keines Blickes gewürdigt hat. Dafür ist

Lucia mir gleich um den Hals gefallen und hat mir einen kleinen selbstgebackenen Kuchen überreicht. Das hat meine Mutter wohl mitbekommen, denn sie hat Lucia gleich in die Küche zitiert.

Ich bin froh, dass bald mein neues Leben beginnt und ich endlich eine Familie habe, auch wenn ich nicht in sie hineingeboren worden bin.

Bei der Arbeit gebe ich Süßigkeiten aus und bekomme den obligatorischen Geschenkgutschein. Um 16 Uhr gehe ich duschen und ziehe mich um. Dabei freue ich mich auf nichts mehr, als nachher Jelis Stimme am Telefon zu hören.

Auf dem Weg zu meinem Wagen stapfe ich gedankenverloren durch den Schnee und schaue dabei auf meine Stiefel, die tief versinken.

»Happy Birthday!«, sagt plötzlich eine Stimme hinter mir und ich zucke erschrocken zusammen.

Langsam drehe ich mich um und sehe: Jeli! »Ich glaube es nicht! Was machst du denn hier?« Erstaunt schaue ich ihn an.

»Was ist das denn für eine Begrüßung?« Er lächelt und mein Herz beginnt zu flattern.

So heiß wie du aussiehst, müsste eigentlich der Schnee um dich herum schmelzen!

»Entschuldige. Ich freue mich so!« Fest schlinge ich meine Arme um seinen Hals und er drückt mir einen Kuss auf die Wange.

»Alles Gute zum Geburtstag«, flüstert er in mein Ohr und seine Stimme klingt wie Honig, süß und sanft.

Wie ein Süchtiger sauge ich alles von ihm auf. Seine Nähe, seine Wärme, seinen Geruch und mir wird noch klarer, wie sehr ich ihn vermisst habe.

»Danke«, murmele ich und kann meine feuchten Augen nicht verbergen.

»Weinst du?« Mit einem schiefen Lächeln mustert er mich.

»Nein«, flunkere ich lachend.

»Wenn es so schrecklich ist, dass ich hier bin, kann ich auch wieder gehen.« Sein Lächeln wird noch breiter.

»Bloß nicht!« Verstohlen gebe ich ihm einen Kuss auf die Wange, obwohl mir seine Lippen viel einladender vorkommen. »Du hättest aber nicht extra herkommen brauchen und schon gar nicht bei diesem Wetter.«

»Ich wollte dich aber nicht an deinem Geburtstag alleine dasitzen lassen und außerdem wollte ich dich sehen.«

»Ein schöneres Geschenk konntest du mir nicht machen!« Wieder umarme ich ihn.

»Ganz uneigennützig war es ja nicht.« Leicht lockert er die Umarmung, um mir in die Augen schauen zu können.

»Dann lass uns zu mir fahren«, sage ich und denke, dass meine Wangen bereits so stark glühen müssten, dass sie in der kalten Februarluft bestimmt qualmen.

»Echt? Du willst mich mit zu dir nehmen?« Überrascht schaut er mich an.

»Weißt du, wie egal mir das ist, was meine Eltern denken?!«

»Okay. Ich hatte mich zwar schon aufs Hotel eingestellt, aber ich bin auch äußert gespannt auf deinen goldenen Käfig.«

»Dann fahr mir hinterher.«

Wir steigen in unsere Autos ein und Jeli folgt mir über die verschneiten Straßen bis zum Haus meiner Eltern.

Ich fahre unsere Einfahrt hinauf und, wie immer bei diesem Wetter, in meine Garage. Nachdem sich das Garagentor geschlossen hat, gebe ich Jeli ein Handzeichen, dass er seinen Wagen davor parken soll.

Als er aussteigt, kann ich die großen Augen sehen, die er macht, als er die Villa betrachtet.

»Hier wohnst du also.« Er holt seinen Koffer aus dem Kofferraum.

»Ja. Noch…«

Wir gehen zur Eingangstür und weiter die Treppe hinauf bis in meine Wohnung.

»So, da wären wir.« Ich schließe die Tür hinter uns und wir ziehen uns Schuhe und Jacken aus.

»Nicht schlecht. So pompös hatte ich es mir gar nicht vorgestellt.«

»Ja, das ist er, mein pompöser, goldener Käfig. Magst du was trinken?« Ich versuche möglichst locker zu klingen, da mir das ganze Staunen wie immer unangenehm ist.

»Gleich.« Er zieht mich an sich. »Mir kommt es echt wie eine Ewigkeit vor, dass wir uns das letzte Mal gesehen haben.« Zärtlich streicht er mir eine Haarsträhne aus dem Gesicht.

»Mir auch«, sage ich leise und lege meinen Kopf an seine Brust.

Kann mal jemand kurz die Zeit anhalten, bitte?!

»Ich kann es kaum erwarten, dass du umziehst«, raunt er und ich bekomme eine Gänsehaut. Jeder Zentimeter meines Körpers schreit nach seiner Nähe, nur in meinem Kopf kreist die rote Alarmleuchte und macht einen ungeheuren Lärm.

»Ich hole uns was zu trinken.« Ich reiße mich von ihm los und er bleibt mit verwundertem Gesichtsausdruck zurück.

In der Küche greife ich nach einer Flasche Sekt.

Oh nein, das lass mal lieber!

Die Alarmleuchte in meinem Kopf lässt mich zur Cola greifen. Mit der Flasche und zwei Gläsern bewaffnet gehe ich zurück ins Wohnzimmer und plötzlich wird mir klar, dass Jeli heute wirklich hier schlafen wird, in meinem Bett. In dem Bett, in dem ich zuletzt mit Till gemeinsam die Nacht verbracht habe.

Wieder im Wohnzimmer angekommen stelle ich die Gläser auf den Couchtisch und schenke uns ein.

»Ich habe auch noch was für dich.« Er holt etwas aus seinem Koffer und wir setzen uns.

»Für mich? Echt?«

»Für wen denn sonst?«, fragt er lachend.

Bitte, sei du mein Geschenk, denn dich würde ich zu gern auspacken!

»Hey, träume nicht! Pack aus.«

Erst jetzt fällt mir auf, dass er mir das Geschenk bereits hinhält.

»Danke!« Verlegen nehme ich es ihm ab und beginne damit es auszupacken. Vorsichtig wickele ich das Papier ab. Schicht für Schicht, weil es mehrfach umwickelt ist. Bevor ich die letzte Schicht entferne, schaue ich zu Jeli, der einen leicht angespannten Eindruck macht. Ich widme mich wieder dem Geschenk und zum

Vorschein kommt ein Haustürschlüssel mit einem Plüschkaninchen-Anhänger.

Noch einen und ich kann mit einer Sammlung beginnen!

»Wofür ist der?«

»Für meine Wohnung.« Prüfend schaut er mich an.

»Das heißt, dass ich bei dir kommen und gehen kann, wie ich möchte?«

»Genau, das heißt es.«

»Ich weiß gar nicht, was ich sagen soll.« Ungläubig starre ich auf den Schlüssel in meiner Hand.

»Naja, du bist ja meine Freundin und da dachte ich mir, dass du ja auch einen Schlüssel für meine Wohnung bekommen kannst.« Er lächelt.

»Du siehst mich also wirklich als deine Freundin? Auch wenn wir nicht…« Unsicher ziehe ich meine Augenbrauen hoch.

»Ja, wenn das okay für dich ist?! Du weißt doch, was ich für dich empfinde.« Er legt seine Hand auf mein Knie.

Was tue ich hier eigentlich??

»Das ist es.« Ich schaue auf seine Hand, die auf meinem Knie ruht.

»Aber…?«

»Nichts aber! Ich bin nur überrascht. Die meisten Männer hätten schon längst die Flucht ergriffen oder wenigstens das Interesse verloren, aber du bist… immer noch da.« Endlich traue ich mich ihm in die Augen zu sehen und ich kann nichts dagegen tun, dass mein Herz schneller schlägt.

Könnte ich doch einfach meinen Kopf und mein Gewissen abschalten!

Im Film würden sich genau in diesem Moment die beiden Hauptdarsteller um den Hals fallen und sich küssen, aber wir sitzen uns gegenüber wie zwei Klosterschülerinnen.

»Ich will nur dich, Schorschi! Klar wünsche ich mir nichts mehr als dich zu küssen oder mit dir zu schlafen, aber ich kann warten. Wochen, Monate oder meinetwegen auch Jahre. Hauptsache ich darf bei dir sein!« Seine Augen funkeln und ich kann deutlich spüren, wie sich die feinen Härchen an meinem Körper aufgerichtet haben.

Ich kann ihm einfach nichts antworten, weil ich von seinen Worten so gerührt bin. Wortlos setze ich mich rittlings auf ihn und ziehe seinen Kopf an meine Brust. Seine Arme verschränken sich hinter meinem Rücken und ziehen mich fester an sich.

Wie kann es sein, dass ich jahrelang nur Vollidioten treffe, dann die große Liebe, sie verliere, um dann seinem besten Freund zu begegnen, der einfach nur unglaublich ist?

Jeli lockert den Griff etwas und lässt sich nach hinten gegen die Lehne fallen. Seine Hände umfassen meine Hüfte und er schaut mich einfach nur an.

»Was?«, frage ich, weil sein Blick mich langsam verunsichert.

»Nichts. Ich staune nur jedes Mal wieder, wie heiß du bist.«

»Liest du gerade den Ratgeber für Traumprinzen oder wie kommt es, dass du immer genau weißt, was Frauen hören wollen?« Lächelnd lege ich meine Hände auf seine Schultern.

»Du machst es mir ganz leicht solche Sachen zu sagen und sie auch so zu meinen.« Er zieht mich an meiner Hüfte näher an sich heran und fährt dann mit seinen Händen meinen Rücken hinauf.

Wenn du wüsstest, wie feucht mein Höschen gerade ist!

»Hast du Lust schwimmen zu gehen?«, frage ich, weil die Alarmsirene in meinem Kopf zu explodieren droht.

»Schwimmen? Wo denn das?«

»Im Keller.«

»Ihr habt einen Pool im Keller?« Erstaunt schaut er mich an und ich steige von seinem Schoß herunter.

»Ja. Und eine Sauna und einen Whirlpool.« Gerade als ich es ausgesprochen habe, fällt mir auf, dass das ja wohl die blödeste Fluchtidee war, die ich je hätte haben können. Auf dem Sofa ist es mir mit ihm zu heiß, also gehen wir doch lieber in den Pool oder in die Sauna?!

»Hast du keine Angst, dass deine Eltern uns erwischen?«

»Mein Vater ist eh nicht da und meine Mutter trifft sich montagabends immer mit ihren Damen zum Kartenspielen.«

»Okay, aber ich habe keine Badesachen dabei.« Er lächelt und ich kann förmlich seine Gedanken lesen.

»Du brauchst gar nicht so schelmisch zu grinsen. Meine Mutter hat unten einen Schrank voller nagelneuer Bademode für Sie und Ihn. Extra für Gäste.«

»Gut, ich bin dabei.«

»Ich ziehe mir meinen Bikini an und dann können wir los.« Immer noch unsicher, ob das eine gute Idee war, gehe ich in Richtung Schlafzimmer und Jeli folgt mir bis in den Flur, um dort auf mich zu warten.

Nachdem ich meinen Bikini angezogen habe, betrachte ich mich kurz im Spiegel.

Das bisschen Stoff wird es ihm nicht leichter machen und mir somit auch nicht. Super, Schorschi!!

Ich ziehe einen Bademantel über und gehe zu Jeli.

»Ich habe die Flasche Sekt in der Küche stehen sehen, wollen wir sie mit runter nehmen?«, fragt er mit der Flasche in der Hand, als ich den Flur betrete.

»Lass uns lieber eine Flasche alkoholfreien Sekt nehmen. Müsste ich auch noch haben.« Ich nehme ihm die Flasche ab und tausche sie in der Küche gegen einen alkoholfreien Sekt.

»Wie du meinst.« Sichtlich amüsiert lächelt er.

Wir verlassen meine Wohnung und gehen zwei Treppen hinunter in die Wellnessoase, wie meine Mutter es immer nennt. In dem kleinen Vorraum wühle ich in den Schubladen einer kleinen Kommode.

»Hier. Ich hoffe die passt.« Ich halte ihm Badeshorts hin.

»Sieht gut aus«, sagt er, nachdem er sie begutachtet hat.

»Okay, dann kannst du dort durch die Tür in die Umkleide gehen und die Tür auf der anderen Seite führt dann zum Pool. Wir treffen uns gleich dort.«

»Ich kann es kaum erwarten.« Er lächelt schief und ich nehme die Flasche Sekt.

Ich gehe durch die Tür zum Pool, der wunderschön beleuchtet ist. Der ganze

Raum ist in ein schummeriges Licht getaucht und wie immer läuft im Hintergrund leise Musik. Durch die großen Panoramascheiben zum Garten hin kann man den Schnee sehen, der draußen liegt.

Super! Es geht wohl kaum romantischer! Happy Birthday!

Ich stelle die Flasche auf dem kleinen Tisch ab, der zwischen zwei Holzliegen am Beckenrand steht.

»Das ist aber schön hier!« Jeli schließt die Tür hinter sich, durch die er gekommen ist.

»Ja, und heute wird wohl das letzte Mal sein, dass ich hier schwimmen werde. Also lass es uns genießen.«

Ich für meinen Teil genieße allein schon seinen Anblick in diesen Shorts, der wirklich mehr als sehenswert ist.

»Das werde ich ganz sicher.« Er steuert auf die Flasche Sekt zu und öffnet sie auch gleich. »Hast du Gläser?«

Ohne weiter auf seine Frage einzugehen, nehme ich ihm die Flasche ab und trinke aus ihr.

»So geht es natürlich auch«, sagt er lachend und ich reiche ihm die Flasche.

»Dann befreie ich dich mal von deinem Bademantel.« Er stellt die Flasche beiseite und löst die Schleife im Gürtel. Danach streift er den Mantel von meinen Schultern, berührt flüchtig meine nackte Haut, woraufhin sich ihm meine Nippel unter meinem Bikinioberteil entgegenrecken.

»Ist dir etwa kalt?«, fragt er und das Knistern zwischen uns kann man fast schon hören.

Ich schenke ihm nur ein mildes Lächeln und wende mich ab, um in den Pool zu steigen.

Das Wasser ist angenehm warm und ich schließe kurz die Augen. Jeli legt von hinten seine Hände um meine Taille und ich halte meine Augen geschlossen. Er kommt näher und seine Hände wandern auf meinen Bauch. Er streift meine Haare nach hinten, sodass eine Seite meines Halses frei vor ihm liegt. Sanft haucht er einen Kuss auf die freie Stelle und ich lege meine Hände über seine Hand, die noch auf meinem Bauch ruht.

Oh, man! Wirklich keine gute Idee!

»Magst du noch einen Schluck Sekt?«, haucht er in mein Ohr.

»Gerne«, antworte ich immer noch mit geschlossenen Augen.

Er lässt mich los und als ich die Augen öffne, sehe ich, wie er sich auf dem Beckenrand aus dem Wasser stemmt, um an die Flasche zu gelangen. Die Muskeln auf seinem Rücken spannen sich an und Wassertropfen suchen sich ihren Weg über seinen Körper.

Verdammt!

»Bitteschön!« Er streckt mir die Flasche entgegen.

»Danke, der Herr.« Ich nehme die Flasche und trinke.

»Kannst du auch gleich an mich weitergeben.« Er streckt mir eine Hand entgegen, aber ich nehme noch einen Schluck, ehe ich sie ihm weiterreiche. Lächelnd nimmt er mir die Flasche ab, trinkt und stellt sie wieder zurück.

Er dreht sich zu mir und legt die Arme auf dem Beckenrand ab. Von seinen nassen Haaren tropft es auf seinen halb aus dem Wasser ragenden Oberkörper. Er sieht so unglaublich sexy aus, dass ich mich dabei erwische, wie ich mir unbewusst die Lippen lecke.

»Was guckst du denn so?«, fragt er und fährt sich mit einer Hand durch sein nasses Haar, was den Anblick nur noch unwiderstehlicher macht.

In meinem Kopf läuft nun noch neben der Alarmleuchte ständig eine Durchsage: »Attention please! Achtung, Achtung wir stehen kurz vor einer Kernschmelze!«

»Hallo? Jemand zu Hause?«, fragt er, als ich nicht antworte.

»Ich gucke doch gar nicht.« Bekomme ich raus, als ich krampfhaft versuche mich zusammenzureißen.

»Ist klar.« Sichtlich amüsiert schaut er mich an.

Langsam bewege ich mich durch das Wasser auf ihn zu, um dann über seinen immer noch auf dem Beckenrand liegenden Arm nach der Sektflasche zu greifen.

Ich trinke etwas und spüre dabei, wie er eine Hand auf meinen Rücken legt und sie langsam bis zu meinem Po wandern lässt, sodass ich mich fast verschlucke.

»Willst du auch noch was?«, pruste ich.

»Sekt nicht! Danke.« Er hebt eine Augenbraue und mustert mich.

Ich stelle die Flasche wieder ab und er zieht mich zu sich hin.

Seine Lippen kommen näher…

Oh Gott! Das dürfen wir nicht!

Doch er küsst mich nicht auf meinen Mund, sondern ganz sanft daneben. Immer wieder küsst er sanft um meinen Mund herum und dann auf meine Nasenspitze. Ich schließe die Augen und mein Herz springt mir fast aus der Brust. Das, was er da tut, bringt mich wirklich um den Verstand. Eigentlich sollte ich weg von ihm gehen, aber ich kann einfach nicht.

»Ich kann dein Herz schlagen sehen«, sagt er und legt vorsichtig eine Hand auf mein Bikinioberteil. »Und spüren kann ich es auch.« Tief schaut er mir in die Augen.

Vor einem Jahr noch hätte ich ihm jetzt schon die Badehose unter Wasser mit den

Zähnen ausgezogen, aber ich kann einfach nicht.

Ohne seinen Blick von meinen Augen zu nehmen, lässt er seine Hand ins Wasser sinken, aber es kribbelt immer noch an den Stellen auf meiner Haut, wo er mich zuvor berührt hat.

Wäre es so falsch ihn zu küssen?

Ich verschränke meine Hände hinter seinem Nacken, ziehe seinen Kopf näher an meinen heran und schließe die Augen…

Plötzlich höre ich, wie sich die Tür öffnet, und da kommt meine Mutter herein, nur mit einem Bikini bekleidet und in ihrer ganzen brathähnchenbraunen Pracht.

Jeli und ich fahren auseinander.

»Freut mich Sie kennenzulernen, Frau von Hofburg.« Er grinst sie etwas verschämt an.

Und so schnell, wie sie da war, ist sie auch wieder verschwunden.

»Das war deine Mutter?« Jeli lacht ungläubig.

»Ja, das ist sie. Da ist ihr Damenabend wohl ausgefallen.«

»Sicher, dass du nicht adoptiert bist?«

»Du glaubst gar nicht, wie oft ich mich das schon gefragt habe.« Ich greife zur Flasche und eins wird mir klar, wäre meine Mutter nicht hereingekommen, hätte ich ihn geküsst und dann vielleicht die Kernschmelze nicht mehr verhindern können...

Aber die Anwesenheit meiner Mutter hat wie eine kalte Dusche gewirkt und so planschen wir noch etwas, duschen getrennt voneinander, essen etwas und beschließen dann zu späterer Stunde ins Bett zu gehen.

»Wann musst du eigentlich wieder los?«, frage ich mit der Zahnbürste im Mund.

»Wenn du morgen zur Arbeit fährst, fahre ich auch«, antwortet er, nachdem er sich den Mund ausgespült hat.

»Schade, aber bald können wir uns ja so oft sehen, wie wir wollen.«

»Ich kann es noch gar nicht ganz glauben, dass du in Kürze ganz in meiner Nähe wohnen wirst.« Er nimmt mich in den Arm.

»Ich kann es kaum mehr erwarten.« Ich drücke ihn fest und wir gehen dann in Richtung Schlafzimmer. Plötzlich beschleicht mich wieder dieses Gefühl, dass Till der letzte Mann in diesem Bett war und ich diesen Zustand eigentlich noch nicht ändern möchte. Aber was soll ich denn jetzt sagen? Wir würden uns ja nicht zum ersten Mal ein Bett teilen, da wäre es mir mehr als unangenehm ihn aufs Sofa zu schicken.

»Du schläfst rechts, richtig?« Jeli reißt mich aus meinen Gedanken.

»Richtig.« Ich kann sehen, wie sein Blick zu meinem Nachttisch wandert, auf dem Tills Foto steht.

Er geht mit dem Blick auf das Foto gerichtet zur linken Seite des Bettes und nimmt Decke und Kissen herunter. »Wir sehen uns morgen Früh. Ich schlafe auf dem Sofa.« Flüchtig drückt er mir einen Kuss auf die Wange und lässt mich verwundert im Schlafzimmer zurück.

Da ich eher erleichtert als beleidigt bin, lege ich mich hin und schaue Tills Augen auf dem Foto an, ehe ich das Licht ausschalte.

Am nächsten Morgen dröhnt mein Wecker gnadenlos laut neben meinem Ohr. Ich strecke mich und da fällt mir wieder ein, dass auf meinem Sofa im Wohnzimmer ja immer noch dieser heiße Typ liegen müsste.

Mit einem breiten Lächeln auf den Lippen gehe ich ins Wohnzimmer und finde einen noch friedlich schlummernden Jeli. Möglichst leise schleiche ich zum Couchtisch, nehme mein Handy herunter und öffne die Kamerafunktion. Er sieht einfach so unglaublich süß aus, da kann ich nicht wiederstehen und muss ein Foto machen.

»Was machst du da?«, brummelt er gerade, als ich das Foto mache.

»Nichts.« Mit einem verlegenen Lächeln schließe ich die Kamera und sehe mehrere Anrufe in Abwesenheit auf dem Display. Von Larissa und Svenja.

»Du hast ja wohl nicht etwa ein Foto von mir gemacht?«

»Vielleicht...« Ich kann mir ein Lachen nicht verkneifen.

»Na, warte.« Mit einem Ruck hat er mich an einem Arm zu sich aufs Sofa gezogen und ich quieke vor Schreck.

»Los, gib mir dein Handy«, fordert er mich auf.

»Ganz bestimmt nicht. Da sind äußerst sensible Daten drauf.« Lachend strecke ich meine Hand mit dem Handy in die Höhe, möglichst weit weg von ihm.

»Dann muss ich dich jetzt auskitzeln. Du lässt mir keine andere Wahl.« Mit einem Arm fixiert er mich und mit der freien Hand beginnt er mich an den Seiten meines Bauches zu kitzeln. Ich schaffe es gerade noch mein Handy auf dem Tisch abzulegen.

»Lass das!« Lachend winde ich mich unter seinem festen Griff. »Okay, okay. Du kannst es löschen!«, pruste ich.

»Da du dich ergibst, will ich mal nicht so sein und du darfst es behalten.« Er lässt mich los.

»Oh, wie großzügig von Ihnen.«

»So bin ich.« Er schenkt mir ein schiefes Lächeln und schaut mich plötzlich ganz ernst an. »Ich hoffe, dass du mir nicht böse bist, weil ich auf dem Sofa geschlafen habe.«

»Nein, natürlich nicht.« Ich nehme seine Hand in meine.

»Es war nur wegen des Fotos von Till. Es kam alles wieder hoch und ich konnte einfach nicht…«

»Hey…«, falle ich ihm ins Wort. »…du musst mir nun wirklich nichts erklären!«

»Okay. Danke.« Sanft küsst er mich auf die Wange, ehe er aufsteht und ins Bad geht.

Als ich alleine bin, lasse ich mich rückwärts aufs Sofa fallen und schließe die Augen.

Wo soll das mit Jeli und mir noch hinführen?!

14

Heute ist mein letzter Arbeitstag, dann genieße ich noch eine Woche Urlaub, bevor am 01.03. mein neuer Job beginnt.
Gestern habe ich es meinen Eltern gesagt, die vollkommen ausgeflippt sind. Sie haben mir sofort jede Form von Geld gestrichen und auch mein Auto haben sie mir abgenommen. Mir ist das aber egal. Ich habe immer genug zur Seite gelegt. Es reicht also für einen guten Gebrauchtwagen und für meinen Neustart in Rockeskill.

Mit dem Bus fahre ich ein letztes Mal zur Arbeit. Meine Schicht beginnt und ich fühle mich ganz wehmütig. Ich werde den Park, die Tiere und ganz besonders mein Lieblingskaninchen Flitzer vermissen.
Als ich in der Mittagspause den Pausenraum betrete, traue ich meinen Augen kaum. Süßigkeiten und eine Tiertransportkiste stehen auf dem Tisch.

Meine Kollegin Beate steht mit einem breiten Grinsen dahinter.

»Wir haben da noch eine Kleinigkeit für dich. Eigentlich wollten wir Blumen schenken, aber da du ja morgen schon fährst, haben wir darauf verzichtet und dir lieber Proviant gekauft.« Sie deutet auf den Tisch.

»Vielen Dank.« Ich umarme sie.

»Und die Transportbox ist auch für dich.«

»Danke, aber ich verstehe nicht ganz…«

»Ich habe mit unserem Chef gesprochen.« Ihr Grinsen wird noch breiter und ich kann nur verwundert schauen.

»Du darfst Flitzer mitnehmen.«

»Echt?«

»Das ist ja unglaublich, aber was ist dann mit seiner Freundin Trudi? Die lieben sich doch so.«

»Da ich wusste, dass du das sagen wirst, habe ich gleich veranlasst, dass Trudi auch mitdarf!«

»Ich freue mich so.« Wieder umarme ich sie und wische mir eine Träne aus dem Augenwinkel.

»Ich wünsche dir alles Gute.«

»Danke, Beate, das wünsche ich dir auch.«

Den restlichen Arbeitstag verbringe ich damit mich zu verabschieden. Von meinen Tieren und Kollegen. Da ich aber Flitzer und Trudi mitnehmen darf, fällt mir die Trennung sehr viel leichter.

Am Nachmittag fahre ich noch ein Auto Probe und kaufe es auch gleich. Natürlich ist es nicht so schick wie mein altes, aber es passt eigentlich viel besser zu mir und natürlich zu meinem neuen Leben.
Mit dem Händler vereinbare ich, dass er es für mich zulässt und ich es am nächsten Tag abholen kann.

Und genau das tue ich am nächsten Morgen, an meinem letzten Tag in Göttingen.
Aufgeregt hole ich mein Auto ab, packe meine letzten Sachen. Viel ist es nicht, da ich ja keine Möbel mitnehme und um eine Hasenunterkunft wollte Fritz sich kümmern. Also fahre ich zum Tierpark um Flitzer und Trudi abzuholen und dann geht

es los. Ab nach Rockeskill, in mein neues Leben...

Obwohl ich schon so oft hier war, fühlt es sich dieses Mal komplett anders an, als ich das Ortsschild von Rockeskill passiere. Ich fahre vor meinem neuen Zuhause vor und drücke die Hupe. Es dauert nicht lange und Larissa kommt durch den Garten vors Haus gelaufen.
»Da bist du ja endlich«, ruft sie, als ich aussteige.
Wir fallen uns in die Arme und ich habe das Gefühl, dass eine riesen Last von mir abfällt.
»Schönes neues Auto«, sagt sie, als wir die Umarmung lösen.
»Danke. Lass uns mal schnell die Kaninchen aus dem Auto holen. Die Fahrt war lange genug.« Ich öffne die Beifahrertür und schnalle den Gurt ab, den ich um die Transportbox gewickelt habe.
»Da sind wir, ihr zwei. In unserem neuen Zuhause.«

Ich folge Larissa ums Haus und sehe hinten im Garten einen riesengroßen Auslauf und eine geräumige Schutzhütte.

»Das ist ja der Hammer!« Freudestrahlend klappe ich das Gitter hoch, das zum Schutz auf dem Auslauf liegt und setze Flitzer und Trudi hinein, die auch gleich loshoppeln und ihr neues Revier erkunden.

Fritz und Saskia kommen aus dem Haus.

»Fritz, das ist ja unglaublich schön geworden! Vielen, vielen Dank!« Stürmisch umarme ich ihn.

»Gerne. Ich habe auch extra Maschendraht ringsherum verbuddelt, damit die beiden sich nicht rausgraben können.«

»Super, Fritz. Du hast echt an alles gedacht. Danke nochmal!«

»Willkommen zu Hause«, sagt Saskia und drückt mich fest.

»Ich kann euch gar nicht genug danken!«

Wir packen meine restlichen Sachen aus dem Auto und ich richte mir mein neues Zimmer ein.

Endlich habe ich ein richtiges Zuhause!
Es klopft an der Tür.

»Kann ich reinkommen?« Larissa steckt ihren Kopf durch die leicht geöffnete Tür.

»Klar, komm rein.«

»Wir treffen uns in einer Stunde im Schützenhaus. Erst schießen und dann noch gemütlich zusammensitzen. Hast du Lust?«

»Natürlich. Ich fahre. Dann kannst du dir mein neues Auto von innen anschauen.«

»Gerne. Magst du mit runter kommen, was essen?«

»Danke, aber ich wäre gerne etwas alleine, bevor wir fahren.«

»Kein Problem. Bis gleich.«

»Bis gleich.«

Larissa schließt die Tür hinter sich und ich setze mich auf mein Bett.

Hier bin ich nun. Fange ganz neu an. Ich denke es wird Zeit die Reset-Taste zu drücken, alles neu, alles auf null. So weit wie es irgendwie geht.

Ich nehme meine Schmuckschatulle und schütte den Inhalt aufs Bett. Nehme dann Tills Foto aus meiner Tasche und stecke es in die Schatulle. Weiter nehme ich meinen Block und einen Stift und beginne zu schreiben:

Lieber Till,

Du hast mir gezeigt, wie es ist geliebt zu werden und zu lieben!
Du hast mein Leben gerettet!
Du hast mir ein neues Leben geschenkt, das ich nur zu gern mit Dir geteilt hätte!
Deine Familie ist meine geworden!
Ich werde Dich niemals vergessen!
Einen Teil meines Herzens hast Du mit Dir genommen und es wird für immer Dir gehören!
Ich vermisse Dich ganz schrecklich, aber es wird Zeit, Dich gehen zu lassen!
Ich werde Dich immer lieben!

Wir sehen uns im Himmel
Schorschi

Ich falte den Brief zusammen und lege ihn zu dem Foto in die Schatulle.

Zaghaft fasse ich an meinen Nacken und öffne die Kette, die ich kein einziges Mal abgelegt habe, seit ich sie von Till bekommen habe. Ich nehme sie ab, küsse das ‹T› und lege die Kette ebenfalls in das Kästchen.

»Ich werde dich nie vergessen und für immer lieben!«, flüstere ich und schließe die Schatulle.

Tränen laufen über meine Wangen. Es fühlt sich so an, als hätte ich gerade erst verstanden, dass er wirklich nie wieder kommen wird! Neben der Trauer steigt wieder diese brennende Wut in mir auf. Diese Schweine haben es nicht verdient, einfach so ihr Leben weiterzuführen, während ich mich in meines so hart zurückkämpfen musste!

Behutsam stelle ich das Kästchen in die oberste Schublade meines Nachttisches, wische mir dann die Tränen weg und versuche meine Wut herunterzuschlucken.

Mein Neuanfang wartet!

15

»Hey, Schorschi ist da!«, ruft Svenja, die mit Theo zusammen vorm Schützenhaus steht, und umarmt mich dann.

»Hallo, du Gerolsteinerin.« Auch Theo umarmt mich.

»Hi, ihr zwei. Danke für die nette Begrüßung.«

»Um genau zu sein Rockeskillerin.« Larissa lacht.

»Hört sich auch viel cooler an«, sagt Theo.

»Da hast du recht«, stimme ich ihm zu.

»Sind Stefan und Jeli auch schon da?«, fragt Larissa und ich spüre deutlich die Schmetterlinge in meinem Bauch, als ich seinen Namen höre.

»Ja, die sind schon reingegangen.« Theo geht mit Svenja an der Hand vor und wir folgen ihnen.

Ich sehe Jeli mit dem Rücken zu uns gedreht und mein Herz beginnt wie wild zu klopfen, was immer häufiger in den letzten Wochen vorkommt.

»Unsere neueste Einwohnerin!«, ruft Stefan, als er mich sieht.

Jeli dreht sich um und ich schaue tief in seine braunen Augen, die mich anstrahlen, als er mich sieht.

Ohne ein Wort zu sagen, gehe ich auf ihn zu, lege meine Hände um seinen Nacken und küsse ihn. Nach der ersten Schrecksekunde schlingt auch er seine Arme um mich. Die Stimmen der anderen treten in weite Ferne. Für einen Moment gibt es nur ihn und mich.

»Schön, dass du da bist und besonders, dass du bleibst«, sagt er, nachdem sich unsere Lippen voneinander gelöst haben.

»Freut mich auch.« Ich gebe ihm noch einen flüchtigen Kuss und begrüße dann Stefan und noch ein paar andere Schützen.

»Das wurde aber auch Zeit«, flüstert Larissa mir ins Ohr und ich lächele sie an.

Wir schießen, was mir immer mehr Spaß macht, und danach setzt sich unsere Clique noch zusammen.

»Schorschi, magst du mal mit mir rauskommen?« Auffordernd sieht Jeli mich an.

»Gerne.«

Auf dem Weg nach draußen nimmt er meine Hand und wir setzen uns auf eine Holzbank, die etwas abseits vom Schützenhaus steht.

Er legt einen Arm um mich und küsst mich.

»Erweiterte Grenzen?«, fragt er und küsst mich erneut.

»Keine Grenzen mehr!«, sage ich fest entschlossen und blicke ihm tief in seine Augen.

»Ganz sicher?«

»Ganz sicher!« Ich küsse ihn erneut.

»Ich kann es gar nicht glauben.« Immer noch fassungslos schaut er mich an.

»Danke für deine Geduld in den letzten Monaten. Ich habe die Zeit wirklich gebraucht.«

»Ich weiß.«

»Darf ich dich einladen, heute bei mir zu Hause zu übernachten?« Ich schenke ihm ein süßes Lächeln.

»Oh, aber gerne doch«, antwortet er amüsiert.

»Wollen wir wieder reingehen?«

»Ich würde viel lieber hier draußen mit dir das Grenzenlos-Sein ausprobieren.« Wieder küsst er mich.

»Lass uns das doch für später aufheben.«

»Okay, aber es fällt mir schwer mich zu beherrschen.«

»Du hast dich so lange beherrscht, da wird dir eine weitere Stunde wie ein Kinderspiel vorkommen.«

»Das meinst aber auch nur du.«

Ich stehe auf, nehme seine Hand und ziehe ihn mit.

»Ich komme ja schon.«

»Das solltest du dir aber lieber für später aufheben.« Ich lache.

»Uhh, der kam aber flach, da musste ich mich ja fast ducken.«

»Witzig. Los, rein mit dir.« Ich schiebe ihn vor mir her ins Schützenhaus.

»Den Satz solltest du dir für später aufheben.« Jetzt lacht er.

»Erzähle du mir nochmal was über flache Witze.«

»Was treibt ihr denn so lange draußen? Wir wollten schon einen Suchtrupp losschicken.« Stefan mustert uns.

»Wir mussten nur mal eben was besprechen.« Jeli setzt sich und zieht mich auf seinen Schoß.

»Das Gespräch hätte mich auch mal interessiert.« Stefan nimmt einen Schluck Cola.

»Seid ihr jetzt zusammen?«, fragt Svenja und Jeli schaut mich an, als wäre er sich immer noch nicht ganz sicher.

»Ja, sind wir.« Ich drücke ihn an mich.

»Wurde auch mal Zeit, dass dieser Balztanz, den ihr schon seit Wochen aufführt, ein Ende hat«, sagt Svenja und Theo nickt zustimmend.

»Dann ist es ja auch nicht schlimm, dass ich für nächstes Wochenende nur noch ein Doppelzimmer für euch buchen konnte.« Stefan grinst wie ein Honigkuchenpferd.

»Warum nächstes Wochenende?« Irritiert lasse ich meinen Blick durch die Runde wandern.

»Das Schützenturnier in Leipzig«, erinnert mich Larissa.

»Ist das schon am kommenden Wochenende? Das hatte ich vollkommen vergessen«, entschuldige ich mich.

»Jetzt weißt du es ja wieder. Also auf nächstes Wochenende.« Stefan erhebt sein Glas und wir stoßen alle an.

»Ich kann es kaum erwarten«, flüstert Jeli mir ins Ohr und der Gedanke daran jagt mir einen wohligen Schauder über den Rücken.

Gegen 21 Uhr verabschieden Jeli und ich uns und machen uns auf den Weg zu meinem neuem Zuhause.

Die Wohnungstür ist hinter uns noch nicht ganz ins Schloss gefallen, da dreht er mich zu sich und küsst mich.

Seine Lippen wandern herunter zu meinem Hals.

»Keine Grenzen?«, flüstert er.

»Keine Grenzen!«, wiederhole ich.

»Gut. Ich wollte es nur noch einmal hören.«

Wild küssend schiebt er mich vor sich her. Mit einer Hand fuchtele ich hinter meinem Rücken rum, bis ich die Türklinke meines Zimmers zu greifen bekomme. Ich öffne die Tür und Jeli stößt sie mit seinem Fuß zu, als wir im Zimmer sind.

»Habe ich gerade noch auf der Herrentoilette aus dem Automaten gezogen.« Er hält drei Kondome hoch.

»Drei gleich?«, frage ich lachend.

»Keine Grenzen«, antwortet er nur und küsst mich erneut.

Ich öffne die Reißverschlüsse meiner Boots und schlüpfe hinaus. Dann beobachte ich, wie auch er sich von seinen Schuhen befreit.

Ungeduldig zieht er meinen Pullover und mein Shirt aus, schubst mich aufs Bett und macht sich dann an meiner Hose zu schaffen, bis ich nur noch in Unterwäsche vor ihm liege.

Schnell richtet er sich auf und zieht sein Shirt über den Kopf. Der Anblick seines trainierten Oberkörpers und der tief sitzenden Jeans ist unglaublich heiß.

»Zieh dein Höschen aus«, befiehlt er schnell atmend und ich gehorche artig.

Einen Moment beobachtet er mich dabei und zieht sich dann Jeans und Shorts aus, sodass er in seiner vollen Pracht vor mir steht.

Fast schon ungeduldig fasst er mir zwischen die Beine, um zu spüren, ob ich bereit bin und das bin ich.

Er zieht sich ein Gummi über und dringt dann mit einem festen Stoß in mich ein, sodass ich aufstöhne. Immer und immer wieder stößt er fest zu und sein Atem beschleunigt sich immer mehr. Er drückt seine Lippen auf meine und seine Zunge dringt fordernd in meinen Mund ein.

»Du kannst dir gar nicht vorstellen, wie sehr ich dich brauche!«, haucht er zwischen zwei Küssen.

Und ich denke, ich kann es mir annähernd vorstellen, so lange wie ich ihn habe zappeln lassen.

Er schiebt meinen BH-Träger über meine Schulter und legt eine meiner Brüste frei. Seine Zunge umkreist meinen Nippel und seine Lippen saugen sanft. Immer mehr muss ich mich zusammenreißen, um nicht zu laut zu werden. Er ist einfach zu gut und seine Nähe bringt mich fast um den Verstand.

Plötzlich richtet er sich auf, hebt mein Becken leicht an, schiebt etwas von der Bettdecke unter mich und kniet jetzt zwischen meinen Beinen. Wieder beginnt er mich fest zu stoßen und massiert mich mit einer Hand zwischen meinen Beinen. Ich atme immer schwerer und mir wird schwindelig. Der Höhepunkt ist zum Greifen nah, da hört er auf sich zu bewegen.

»Noch nicht.« Er lächelt mich verführerisch an und lässt mich kurz zu Atem kommen, bevor er fortfährt.

Erst lässt er nur ganz langsam seine Finger kreisen, um mich dann wieder zu stoßen.

»Jeli, ich bin gleich so weit«, stöhne ich, er erhöht das Tempo und als ich komme, halte ich mir selber den Mund zu. Das Gefühl ist einfach zu überwältigend.

»Was machst du nur mit mir?«, frage ich nach Luft japsend und er zieht die Decke unter mir weg und lässt sich auf mich sinken.

Langsam bewegt er sich in mir und ich schlinge meine Arme um ihn, um ihm noch näher zu sein. Er küsst mich und stößt dann wieder stärker zu, drückt meine Arme zurück auf die Matratze und umfasst fest meine Handgelenke. Als er kommt, bäumt er sich über mir auf, um noch tiefer eindringen zu können. Es fühlt sich so unglaublich gut an.
Er gibt mir noch einen zärtlichen Kuss, ehe er sich aus mir zurückzieht.
»Ich bin noch nicht fertig mit dir«, sagt er lächelnd und verschwindet ins Bad.

Am nächsten Morgen werde ich wach, spüre seine Wärme auf meiner nackten Haut und hole tief Luft, um seinen Duft einzusaugen, noch bevor ich die Augen öffne. Er riecht einfach so lecker. Vorsichtig strecke ich mich und spüre jeden Zentimeter meines Körpers, aber das ist ein Preis, den ich nur allzu gerne zahle für das, was Jeli letzte Nacht mit mir angestellt hat. Mit den drei Kondomen hatte er nicht zu viel versprochen!

Kurz begutachte ich ihn, wie er nackt in meinem Bett liegt, und kann mir ein Lächeln nicht verkneifen.
Dich gebe ich nicht mehr her!
Glücklich kuschele ich mich an ihn, was einen zufriedenen Grunzer bei ihm auslöst, und schließe wieder meine Augen…

Am Samstagmorgen klingelt schon früh der Wecker.
»Schorschi, wir müssen aufstehen.« Jeli streicht mir eine Haarsträhne aus dem Gesicht und gibt mir einen Kuss auf die Stirn. »Los, raus aus den Federn.«
Langsam quäle ich mich hoch und suche mir was zum Anziehen aus dem Schrank.
Als ich ins Bad komme, putzt Jeli sich schon die Zähne und ich schließe mich ihm morgenmuffelig an.
»Du bist ja unausstehlich so früh am Morgen«, stellt er fest.
»Und du bist unausstehlich gut gelaunt so früh am Morgen.«
Nach dem Zähneputzen springen wir unter die Dusche und ich werde langsam munter.

Wir frühstücken noch eine Kleinigkeit zusammen mit Larissa und Stefan und fahren dann gemeinsam los nach Leipzig zu meinem ersten Turnier.

Dort angekommen staunen Jeli und ich nicht schlecht über das von Stefan für uns gebuchte Zimmer.

»Ein Kingsize-Bett und eine Whirlpool-Badewanne. Wenn Stefan da nicht schon Hintergedanken hatte beim Buchen, dann weiß ich auch nicht.« Jeli stellt unsere Koffer ab.

»Vielleicht lassen wir das Turnier einfach sausen und bleiben hier.« Ich beginne an seinem Hals zu knabbern.

»Das ist ein sehr verlockendes Angebot, Frau von Hofburg.« Er küsst mich. »Aber du willst doch dein erstes Turnier nicht verpassen, oder?«

»Ich werde eh tierisch schlecht abschneiden.«

»Quatsch. Du wirst bestimmt ganz toll sein und dann feiern wir heute Abend dein überragendes Ergebnis.« Ich bekomme noch einen Kuss.

»Schauen wir mal, wenn nicht, musst du mich halt trösten.«
»Das werde ich dann nur zu gerne tun!«

Am Abend treffen wir uns mit anderen Vereinsmitgliedern am Schützenhaus des einladenden Vereins.
Das Vereinsheim ist um ein Vielfaches größer als unseres und davor sind Getränke- und Würstchen-Buden aufgebaut. 20 Vereine treten heute gegeneinander an. Als ich dann im Inneren des Gebäudes den großen Schießstand mit der riesigen Fensterfront dahinter sehe, werde ich doch etwas aufgeregt. Ich habe noch nie vor so vielen Zuschauern geschossen.
Wir melden uns an und dürfen dann ein paar Probeschüsse abgeben.
Also stehe ich neben Jeli im Schießstand, setze den Gehörschutz auf, lade meine Waffe, entsichere, ziele und treffe genau die Mitte der Zielscheibe.
Schnell drehe ich mich um, um zu schauen, ob Larissa den besten Schuss, den ich je geschossen habe, von ihrem Platz hinter der Scheibe aus sehen konnte. Ich erkenne

sie in der Menge und sie hält einen Daumen hoch. Kurz lasse ich meinen Blick schweifen und schaue in ein mir bekanntes Gesicht. Ich schaue nochmal hin, um mich zu vergewissern, und er ist es tatsächlich: der Schmierige. Er lächelt mit seinen ungepflegten Zähnen jemanden neben sich an, den ich auch kenne. Es ist der Chef der Gruppe, der einen Arm um eine ziemlich billig aussehende Blondine legt.

Ich spüre, wie langsam wieder diese brennende Wut in mir aufsteigt, dieser Hass. Sie sollen genauso leiden, wie wir es getan haben! Sie haben es nicht verdient weiterzuleben!

Langsam setze ich meinen Gehörschutz ab und gehe mit der Waffe in der Hand zur Tür des Schießstandes. Beim Gehen entsichere ich die Waffe. Ich kann Jelis Stimme hören, aber blende sie aus. Meine Seele brennt so stark, dass es jetzt vielleicht an der Zeit ist, ein zweites Feuer zu legen, um dem ersten das Futter zu nehmen.

Ich verlasse den Schießstand und gehe auf die beiden Männer zu. Der Schmierige erkennt mich als Erster.

»Das ist doch unsere kleine Prinzessin«, sagt er und schubst seinen Chef an, der mir erst ins Gesicht sieht und dann an mir herab auf die Waffe.

Ich erhebe meinen Arm, richte die Waffe in Richtung der Männer und um mich herum bricht Panik aus. Leute laufen schreiend nach draußen und auch die billige Blondine ergreift die Flucht. Zu meiner Verwunderung ergreift keiner der anderen Schützen eine Waffe, um mich von meinem Vorhaben abzubringen.

»Mach keinen Scheiß! Nimm die Waffe runter.« Der Chef lächelt mich beschwichtigend an, doch in meinem Kopf läuft eine Endlosschleife ab, von Till, wie er von diesem Schwein erschossen wird.

»Komm schon. Nimm die Waffe runter.« Der Chef will sich in seine Jacke greifen.

»Nimm sofort deine Finger da weg. Ihr habt mein Leben zerstört und jetzt werde ich euch dafür büßen lassen!«, schreie ich.

»Schorschi«, höre ich Jeli hinter mir. »Gib mir die Waffe. Larissa ruft gerade die Polizei.«

»Ich werde euch abknallen, genau wie du es mit Till getan hast. Und dir werde ich in eine besonders empfindliche Stelle schießen.« Ich schaue den Schmierigen an, dem das Lachen bereits vergangen ist.

»Schorschi, tu das nicht. Davon werden Till, Frauke und Aileen auch nicht wieder lebendig«, versucht Jeli mich zu beruhigen.

»Das nicht, aber die können so was nicht nochmal tun. Die haben es nicht verdient weiterzuleben. Ihr habt mich durch die Hölle geschickt, aber ich bin noch da und jetzt drehe ich den Spieß um!« Ich ziele auf den Chef und meine Hände beginnen zu zittern.

»Es tut uns leid.« Er wirkt ganz ruhig.

»Willst du mich verarschen? Es tut euch leid. Nichts tut euch leid!« Meine Finger verkrampfen sich immer mehr um die Waffe und ich spüre, wie Tränen meine Wangen herunterlaufen.

»Vielleicht schieße ich auch erst deinem Kumpel ein Loch in den Schritt und hebe mir dich für den Schluss auf.« Jetzt ziele ich auf den Schritt des Schmierigen und sehe, wie seine Hose genau an dieser Stelle nass wird.

»Machst du dir gerade in die Hose? Das ist echt ein Witz, oder?« Ich höre Polizeisirenen näherkommen.

Kurz darauf betreten mehrere bewaffnete Polizisten das Schützenhaus und ich lasse mich auf die Knie sinken und lege meine Waffe auf den Boden, noch bevor sie mich dazu auffordern können.

»Hey? Alles okay?«, fragt Jeli, kniet sich hinter mich und nimmt mich dann vorsichtig in den Arm, während ich aus dem Augenwinkel sehen kann, wie Larissa mit den Polizisten spricht und die dann den beiden Männern Handschellen anlegen.

»Du wolltest doch nicht wirklich…?« Jeli schaut mich prüfend an.

»Doch. Im ersten Moment wollte ich einfach nur, dass sie sterben. Dann habe ich an dich gedacht und an alles, was ich, wenn ich das tun würde, verlieren würde. Und da konnte ich es nicht..., weil... weil ich dich liebe, Jeli!«

»Ich liebe dich auch!« Er zieht mich fest an sich und ich genieße das Gefühl von Sicherheit, Geborgenheit und seiner bedingungslosen Liebe.... Und mir wird klar, dass genau diese Liebe es sein wird, die es schaffen wird das Feuer in meiner Seele in einen kleinen glühenden Punkt zu verwandeln...

ENDE

Lesen Sie auch:

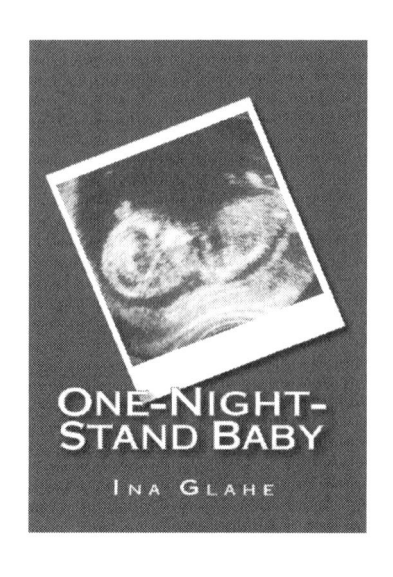

Pia und Tom wünschen sich nichts sehnlicher als ein Baby. Als auch nach längerer Zeit ohne Verhütung keine Schwangerschaft eintritt, holen die beiden sich Hilfe in einem Kinderwunschzentrum. Auf Anraten ihres Arztes entschließen sie sich zu einer künstlichen Befruchtung. Doch das Schicksal hat einen komplett anderen Plan. Pia droht an der Situation zu zerbrechen und Tom begeht einen folgenschweren Fehler…

Die Geschichte einer großen Liebe, die viele Hindernisse überwinden muss, und darüber, wie unerfüllter Kinderwunsch einen in den Wahnsinn treiben kann.

Vielen Dank an...

...Sie. Dafür, dass Sie Tierische Liebe - Tödlicher Hass legal erworben haben. Ich hoffe, es hat Ihnen gefallen!!! Vielen lieben Dank :-*!

...meine lieben Testleser. Durch eure konstruktive Kritik ist Tierische Liebe - Tödlicher Hass geworden, was es ist. Auch wenn es manchmal schmerzhaft war;-)!

...alle die lieben Menschen, die zu dem Erfolg von meinem ersten Buch One-Night-Stand Baby beigetragen haben.
Alle, die es gekauft und bei Amazon eine Rezension abgegeben haben.
Alle, die es Freunden und Bekannten weiterempfohlen haben.
Alle netten eBook-Kritiker, die One-Night-Stand Baby auf ihren Internetseiten empfohlen haben.

Flitzer und Trudi im Herbst 2014

Für Bastian!

*Du bist immer für mich da,
bist mir ganz nah.
In der Notaufnahme holst du mir etwas aus dem Süßigkeiten-Automaten,
weil du schon ahnst, dass wir auf schlechte Nachrichten warten.
Im Krankenhaus hältst du meine Hand
und wir träumen uns gemeinsam weg zum Strand.
Wenn es sein muss, hältst du mir auch Schüssel und Haare,
was ich nur sehr schwer ertrage.
Du kämpfst mit mir,
wenn es sein muss wie ein Stier.
Du versuchst immer mich aufzuheitern
oder streichelst wortlos meine Wange, wenn du spürst damit zu scheitern.
'Gemeinsam schaffen wir das!', habe ich so oft von dir gehört,
wäre ich alleine gewesen, hätte es mich wohl zerstört.
Ich will für immer bei dir bleiben,
das wollte ich dir hier mal schreiben...*

Impressum:

Ina Glahe: Tierische Liebe - Tödlicher Hass

Uslar, November 2014

Alle Rechte am Werk liegen bei:

Verlag Ina Glahe

Heimchenbreite 10

37170 Uslar

Erstauflage, CreateSpace Independent Publishing Platform

ISBN-10: 1502385430

ISBN-13: 978-1502385437

Printed in Poland
by Amazon Fulfillment
Poland Sp. z o.o., Wrocław